商谍

戴培钧 ◎ 著

北方文艺出版社

图书在版编目（CIP）数据

商谍/戴培钧著. -- 哈尔滨：北方文艺出版社，2021.6
 ISBN 978-7-5317-5093-2

Ⅰ.①商… Ⅱ.①戴… Ⅲ.①长篇小说-中国-当代 Ⅳ.①I247.5

中国版本图书馆 CIP 数据核字 (2021) 第 040338 号

商　谍
SHANG DIE

作　　者 / 戴培钧
责任编辑 / 富翔强　　　　　　装帧设计 / 树上微出版
出版发行 / 北方文艺出版社　　邮　编 / 150008
发行电话 / (0451) 86825533　经　销 / 新华书店
地　　址 / 哈尔滨市南岗区宣庆小区 1 号楼　网　址 / www.bfwy.com

印　　刷 / 武汉市籍缘印刷厂　　开　本 / 880×1230　1/32
字　　数 / 249 千　　　　　　　印　张 / 12
版　　次 / 2021 年 6 月第 1 版　　印　次 / 2021 年 6 月第 1 次印刷
书　　号 / ISBN 978-7-5317-5093-2　定　价 / 68.00 元

目 录

第一章	回尚海过年	1
第二章	春节	8
第三章	返回深川	15
第四章	开工第一天	19
第五章	内查	29
第六章	军需订单	43
第七章	项目签约	54
第八章	独访天琴湾	58
第九章	疑问	63
第十章	国安局插手	70
第十一章	演习试验	74
第十二章	周明昌失踪	82
第十三章	天琴湾餐厅	87
第十四章	金诗娜的故事	90
第十五章	审讯马雄	98
第十六章	扑朔迷离	103
第十七章	兵分两路	106
第十八章	追捕梁百志	116
第十九章	技术总监遇挟	119
第二十章	扎紧篱笆	127
第二十一章	困惑	133
第二十二章	军需部会议	136

I

第二十三章	部长的建议	142
第二十四章	林雅琴重伤	147
第二十五章	马峦山	151
第二十六章	赶回深川	157
第二十七章	家中遭窃	163
第二十八章	朱俊逸病了	167
第二十九章	安安回深川	173
第三十章	病房	179
第三十一章	激战马峦山	185
第三十二章	审讯梁百志	193
第三十三章	闵东海来深川	197
第三十四章	雨过天晴	204
第三十五章	相识相知	210
第三十六章	最后的晚餐	213
第三十七章	姜部长来访	219
第三十八章	东海电机	229
第三十九章	又有内贼	233
第四十章	会议继续	241
第四十一章	危情依然	245
第四十二章	新厂建设	250
第四十三章	追查叶明	256
第四十四章	叶明被杀	263
第四十五章	审讯人妖	267
第四十六章	新工厂落成	275
第四十七章	赌场得意	285

目 录

第四十八章	鸿运当头	294
第四十九章	"好兄弟"	304
第五十章	陷阱	308
第五十一章	鬼魔缠身	318
第五十二章	背水一战	325
第五十三章	树欲静而风不止	332
第五十四章	为了金诗娜	335
第五十五章	菲菲被绑架	341
第五十六章	车祸	349
第五十七章	爱琴湾山庄	353
第五十八章	尾声	358
第五十九章	军方来访	365
第六十章	又是过年	372

第一章 回尚海过年

2032年2月10日，今晚是大年夜。

朱俊逸独自一人，坐在每小时680公里的高速列车头等座上闭目养神，可是脑子却是静不下来。

去年的公司业绩不怎么好，自动智能化生产设备的投入和研发的投入都过于巨大。而当公司刚准备推出最新研发的9千瓦小时/千克容量密度的新产品时，公司市场部报告，长岛国的安洋公司竟然提前瑞德一周的时间，就已推出了9千瓦小时/千克密度的硅碳锂动力电池。朱俊逸思考着问题到底是出在哪儿？如果老是在新产品开发上慢于安洋公司，瑞德集团的市场占有率将会继续下降！

去年，瑞德集团向市场提供了60G千瓦小时的高密度锂聚电池，销售比上一年下降了百分之十二。

跨入2032年，如果产品技术性能不能领先，市场第一的优势将不再保有！大容量密度和轻量化，是动力电池厂商的重要竞争技术。

可是朱俊逸一直百思不得其解的是，为什么瑞德的新技术研发结果在推出前，长岛国安洋公司的同类产品就提前推向市场了？难道安洋的研发方向与瑞德的完全一样？

还总能快瑞德一拍？而且安洋的销售价格更是低得让朱总觉得不可思议！这是想要将瑞德挤死的节奏！

去年，瑞德光是在研发这一块就投入了八个多亿！三个项目的研发成果，只是都慢了安洋一拍，如果再想推出，那就只能拼价格了！

朱俊逸按摩着太阳穴，两个半小时的车程，头脑有点发胀。

列车稳稳地停靠在尚海站站台，朱俊逸拍了拍衣服起身下车。

走出行道电梯，对着脸部识别器照了一下，自行式行李箱被推送到朱总身边，还萌萌地说了句："朱总您好！"

大过年的，车站上人山人海。租赁车站台排了好长的队。朱俊逸有些后悔，还是应该让安安来接一下的。

HaHa无人驾驶电能车一辆接着一辆地驶入租车平台。

朱俊逸上了前排座椅，行李箱自动滑上轿厢的后座，说了句："华安路31号。"电能车显示屏上显示："尚海市古汇区华安路31号。"朱俊逸点击了一下"确认"，HaHa回了声"OK！"自动驶出了平台。

差不多有一年没回家了！突然觉得好想家！

朱俊逸收起二郎腿，看着车窗外再熟悉不过的城市，每每回来都觉得有陌生感！高架道路已经是二层结构的了，可是仍然堵车！

HaHa电能车柔声地和朱俊逸聊天，有些喋喋不休！俊逸也只是有一句没一句地应着。

第一章 回尚海过年

尚海不愧为"魔都",高架道路的上层竟是建造得如此轻薄!引领自动驾驶电能车的引导信号标线,发出暗绿色的光带,一直延伸到路的尽头。

高楼大厦鳞次栉比,每年都会冒出许多,真是如雨后春笋般。

时不时还有堵得不耐烦的飞驰车喷出气流,凌空而起……

HaHa 是没有飞行功能的简版租赁车,只能默默地自动跟着前车,在北斗导航系统和地面引导标线的引导下慢吞吞地行驶着。朱总叹了口气,无奈……

突然,HaHa 萌甜的声音响起:"朱先生您好!闵东海先生来电,请问您要接听吗?"

东海?这小子!朱俊逸回答说:"接听。"

"嗨!俊逸!"车上响起了闵东海油滑的声音,"你怎么还在常平路呢?"

"你小子跟着我呀?"朱俊逸发现自己的手机定位没关闭!这个功能真的不太好,一点隐私都没有了!

"哈哈!我下午问嫂子你回来过年吗?嫂子说你应该是四点的车到尚海的,我才查了下你的位置,是不是没回家,转身去哪里混了?"

"东海,我乘的这个 HaHa 车的永磁电机是你家的吧?"

"是啊!赞不赞?你想再要增资扩股吗?"

"赞个鬼!"朱俊逸脱口就骂了一句,"车速只有十几公里,你的电机耗能数值还是显示这么高?假变频的呀?"

"呵呵!专家就是专家呀!被你一眼识破啦!"东海还

3

是脸不红心不跳地回答。

"先不谈这个,明天我来向老爷子拜年哦!这几天一起聚聚?好久不见了!"东海说。

"哈哈,总得陪陪老爷子吧?大过年的,你明天不是要来吗?我到家门口了。"俊逸按了HaHa车上的电话挂断键。

安安站在门口,红白细嫩的脸颊,大冬天的,还微微闪烁着油汗,在门灯的衬托下,显得格外迷人。安安的腰间扎着个围裙,一副上得了厅堂,下得了厨房的小女人模样。

安安甜甜的声音:"老公,很堵车是吗?累了吧?"说着,要帮着提行李箱。

俊逸连忙推开行李箱,一把搂住妻子:"安安,想你!都好吗?"

自从去年八月份女儿考入复兴大学读研究生,安安也一起随女儿从深川回到尚海,夫妻俩就没见过面。

HaHa在边上等得有些不耐烦了,生冷地问:"朱先生,我还要等着吗?"

朱俊逸连忙道歉,对着车的显示屏按了下结束键,说了句,"回吧!谢谢!"

HaHa这才自动关闭了车门,闪了闪大灯说:"祝朱先生新年快乐!Goodbye!"自动开车离去。

俊逸刚想吻一下安安,就听见女儿菲菲的笑声和老爷子的假咳声,回头发现他俩正站在门口看着他。

"不进来了呀?"老爷子嗔笑着说。

"爸!您老好吗?"俊逸连忙问候。

第一章 回尚海过年

"好,好,你回家来了就好!"

HaHa 却又驶回来了,闪了闪前大灯说:"朱先生,座椅上好像有您的手机哦!"

俊逸和安安都笑了!

俊逸连忙看了一下车厢内,自己的手机落在座椅上了。他说了声:"谢谢!"HaHa 又调头驶走了。

老爷子过了年就八十七岁了,依然是神采奕奕的,一点儿都不显老。老妈因患癌症,去世得早。之后全家人哄着老爷子去做了个细胞再生回植,每过三年去细胞中心做一次细胞替换,注入在老爷子六十五岁时提取的自身干细胞。这项技术用在老爷子身上看来效果还是不错的,老爷子依然如六十五岁时那么硬朗,只是话多了些,有些倚老卖老的感觉。

姐姐去南洲探望儿子了,说是今天很晚才能到家。

已经七点多了,大家着实也是饿了。一家四口围着安安操办的丰盛晚餐,先开动了。

菲菲抢先给爷爷斟了一小杯陈酿黄酒,又给爸倒了一杯。

安安默默地倒了杯果汁,放在老爷子的边上。这是个空座位,放置着碗筷,是每年除夕敬婆婆的。二十多年了,年年如此。

俊逸很郑重地站起来说:"爸爸,儿先敬您,儿不在您老身边,不孝了!"

老爷子哈哈笑着,举着杯和儿子碰了一下,高兴地说:"有安安菲菲陪着,你姐也时时来看看我,你忙你的,没事!"

好久没有吃到妻子安安做的尚海菜了,红烧肉、腌笃鲜、

商谍

草头圈子、响油鳝丝……都是俊逸的最爱!

俊逸看了一眼妻子,眼神中充满着柔情。安安恬静地回望了一下老公,拿着果汁杯对老公举杯说:"我不在你身边,辛苦你了!"

女儿菲菲嗔笑着嘟囔道:"嘿!嘿!把我当空气啦?"说完也咋咋呼呼地举杯向爷爷、爸爸、妈妈碰杯,共祝新年快乐!

俊逸看着女儿,爱意浓浓的。女儿过了年也有二十一岁了,长得亭亭玉立的,肤色白嫩中透着些许红润,个子已经有一米七了,比她妈高了些许,可性格还是像个孩子,叽叽喳喳的。

门外传来乒乒乓乓的响声,一阵冷风钻了进来,接着是姐姐俊涵的声音响起:"啊!啊!年夜饭也不等等我呀!"一边嚷着,一边拖拉着两只大行李箱走进来。

安安连忙起身接了行李。俊涵风风火火的脾气一点都没变,急着先打开行李箱,老爸的礼物、安安的礼物、菲菲的和俊逸的礼物,一个都没落下。全家人都忘了吃饭,急着拆包装的礼物了!嘻嘻哈哈的,甚是热闹!气氛一下子变得欢乐了!

"姐夫呢?"俊逸问。

"呵呵,他呀,一出机场就被局里接走了!过个年也没消停!"姐姐嗔怪地说。

姐夫郭华鸿,去年刚调任了尚海市公安局副局长,对于当了十几年的市刑侦总队长,已有五十六岁的老公安来说,算是转了个比较轻松些的行政岗位了。

第一章 回尚海过年

"两个小子都不回来过年呀？还要不要外公了呀？"老爷子嗔笑着问。

"哎呀呀！说好一到了家就视频的呢！"

俊涵连忙打开电脑屏幕，薄薄的一片屏幕上露出了挤眼弄眉的两个小子，嘻哈着对着视频说："外公新年好！舅舅舅妈新年好！菲菲新年好！"两张英俊帅气的脸庞塞满了屏幕。

两个儿子，没少让姐操心。老大郭俊，比菲菲年长四岁，在南洲读博。老二郭涵，也二十了，明年大学毕业。学习都是很不错，就是从小调皮惯了，在南洲经常闹些事情出来，姐就赶过去帮着擦屁股，来回地折腾着。

安安帮俊涵加了座位，一家人继续着其乐融融的年夜饭。

没有了鞭炮声的大年夜，还是蛮安静的。

俊逸冲了个澡，穿着睡袍的模样更是英俊帅气。

安安着迷般地看着老公，一米八几的个子，刀削神刻般的脸颊，双眼炯炯有神，瞬间脸上感觉发热潮红，爱意酥浓，心跳加速！

……

第二章 春节

今天是大年初一。

俊逸醒来扫了一眼激光时钟,六点三十分。多年的习惯了,总是这个点醒来。

安安白皙的小手仍然抱着俊逸,嘴角微微上扬,还在甜美的梦乡中。

俊逸轻轻地吻了她一下,起床洗漱冲澡。想要轻手轻脚的,可还是惊醒了梦中人。

安安揉了揉眼睛,伸出双手搂住老公的脖子,深吻着,抱得更紧了。

……

"安安,还是要赶紧起床!上午应该会有客人来向老爷子拜年!"

安安深吻了一下俊逸,很不情愿地松开手,然后快速起床洗漱,整理房间。

姐姐起得更早,已经做好了新年的早餐,老习惯:猪油芝麻汤圆,加了水煎鸡蛋,撒上少许糖桂花。

老爷子也已经起床,精神抖擞地在庭院中活动着,修剪花草植物。

俊逸和安安向老爷子恭祝新年!向姐姐恭祝新年!

第二章 春节

俊涵看着安安脖子上的吻痕，扑哧一声笑着说："小别胜新婚嘛，干吗这么早起来了呢？"边说边指着自己的脖子。

安安一下子脸红到脖子，赶紧逃到卫生间去了，俊涵很八卦地捂嘴偷笑。

姐姐和弟媳性格完全不同，一个疯癫直接，一个安静含蓄，却是亲情有加，随意得很。

听到老爷子在院子里说话，是姐夫郭华鸿来拜年了。

俊逸连忙迎上去，也是有事要找姐夫。二人拍肩打背的，相互寒暄着进来。一人一碗汤圆，先是吃了起来。

华鸿昨晚在网格化监控中心值班，还没睡过觉，有点倦态。俊涵看着有些心疼，嘴上却说："大年夜的，也不能消停一下，真是的！"

"姐夫，你下午能抽出些时间来吗？我有些事情要与你讨论。"俊逸说。

"呵呵，可以呀，我休假两天，随时可以的。"华鸿噎着个汤圆，口齿不清地回答。

门铃叮咚叮咚作响，闵东海拎着大包小包的礼物走了进来。身后跟着他的太太易风洁，一身贵夫人的穿着，一个头几乎淹没在米色大衣的领子里了。

小洁后面又滚进来一个胖子，穿着件鼓鼓的滑雪衫，看上去圆滚滚的，哇啦哇啦地叫着："大家新年好！新年好！老爷子万寿无疆！"引得大家哈哈大笑！

闵东海和胖子陈伟成，都是原来石库门老房子一个弄堂的邻居，和俊逸是小时候的玩伴，又是小学、中学的同学。

区别的是，俊逸一直是班长，又是学霸。而东海和伟成一直是捣蛋鬼，也是俊逸的小跟班，铁兄弟。

考大学时，朱俊逸进了京华理工科，后又攻读了商管硕士。而闵东海则是进入了尚海理工大学。胖子就惨了，读了个大专，还在学校为了女同学而出头打架，差点没毕业。

俊逸在京华硕士毕业后，接替了老爸的企业，在保持了公司原有的碱性电池产品基础上，增加了铁锂电池产品，又将企业从尚海转移到了深川。在二十多年的时间里，使企业以腾飞的速度发展为中国锂聚合物电池生产企业的前五名之一。

闵东海早先是在外资公司工作，承担着公司的永磁同步电动机的研发和驱动系统的设计，私下里偷偷地在研究着变频技术与永磁电机的应用。十年前跳槽出来，向朱俊逸借了三千万元人民币，创立了东海电机股份有限公司，并在三年后进入了创业板上市。

为此，外资公司多次起诉东海电机，说是闵东海窃取技术，差点把东海电机搞死。

朱俊逸当初的借款，在东海电机上市前，由会计师事务所折算成了股份，是东海电机的大股东。但俊逸坚持不担任职务，也不参与任何管理事务，只是坐地分红而已。当初的借款，早已得到了几倍的回报。闵东海是东海电机的董事长兼总裁。

胖子陈伟成则是可以躺着数钱的家伙！别看他贪玩贪吃，可他从小就喜欢玩电脑，编程语言玩的极好！俊逸的瑞德集团使用的企业管理软件就是他编写的。这样，源代码就可以

第二章 春节

由瑞德自己操控而不会受到软件开发商的控制。

陈伟成自己开发了个无线传输系统集成电路，这与蓝牙技术类似，但传输速率和距离相比蓝牙技术提高了三倍，在降噪和跳频技术上远超于蓝牙，且可以兼容蓝牙，并且申请了国际标准协议，非常受用户欢迎，现在已经占据了百分之十几的国际市场用户份额。

这个集成电路是外发委托给一家芯片封装厂加工，自己不生产，只是独家专利技术，独家销售。公司内部其实只是做些日常客户服务，轻松的很。

他们三个家伙碰到一起，就天侃地吹地闹腾着，好像又回到了童年的时光。

全家人都很熟悉他们，连老爷子也受到了感染，只是郭华鸿习惯了公安的环境，脸上跟着嘻哈了一会后，溜去卧房睡觉了，昨晚值班可是没眯过眼哦。

保姆过年回老家了。姐姐和安安操持着午餐，小洁不怎么会家务，只是倚在厨房门口，和俊涵、安安兴高采烈地聊着。

满满的一桌丰盛的午餐，很快摆上了大圆桌，大家嘻嘻哈哈地就位，男人清一色的陈年茅台，女士红酒，举樽碰杯，相互祝贺新年！

一直闹腾到下午三点，胖子已经喝得酩酊大醉了，还是吵着要往酒杯里倒酒，说话舌头在打架，含糊不清。

安安给大家递上了咖啡，又特地为胖子泡了杯浓茶，男士们全部移位到客厅。

俊逸一改刚才吃饭时的嘻哈，一本正经地说："姐夫、东海、胖子，今天是大年初一，应该是轻松地享受生活的时候，可我想借用几位兄弟在一起的时间，谈一下我公司去年遇到的困难，想听听兄弟们的看法。"

华鸿、东海停止了聊天，安静下来听俊逸介绍公司遇到的问题，可胖子此刻正头枕着沙发，睡得直打呼噜！

俊逸按了下遥控器，薄薄的一张大屏显示器滑下。显示器出现了瑞德集团的组织架构图。

俊逸先简单地描述了公司内部新产品研发相关部门之间的衔接、关系、权限和管理范围。

俊逸点了支烟，继续讲述着：

"去年公司在氢氧化锂提取技术、三元墨稀催化技术，以及氧化锂负极生成材料研发上，获得了很大的进展和成功，这将使目前的固态锂动力电池的容量密度、充电速度和使用寿命都更进一步。

"前后三个技术项目一个接着一个投入了实施，在小批量试产前，却发现长岛国的安洋公司提前几天推出销售了！

"我怀疑公司内部，有人潜入了研发中心的网络，窃取了全部的设计和实验技术数据！

"我目前没有在公司高层以及研发部门宣布过这个猜疑，以免打草惊蛇。所以，借今天兄弟们在一起，想听听你们的看法，特别是姐夫，在市刑侦总队工作，很有经验。"

"会不会是有黑客什么的，进入瑞德公司的网站或是服务器终端系统，直接窃取了技术资料？"郭华鸿问。

"俊逸，你先打开公司的管理软件我看看。"刚刚还打

第二章 春节

着呼噜的胖子，突然说话了，把大家搞得一惊。

伟成打着哈欠说："瑞德公司的研发、财务部门的局域网络是内部运行网，是不与外网互联的。理论上不会有黑客直接在网络上侵入窃取资料技术的。"

"研发中心的每个人员的电脑都是设有直接密码和远程指令的双重密码才能开启工作网络的。电脑资料的下载和删除是有权限设置的，同时也是受远程双重指令控制的。理论上讲，也不是某一个人可以下载的，而且只是内网运行。"伟成有些得意地介绍。

"俊逸，我现在能看到研发部门后端人员的名单吗？包括进公司的时间、岗位职务。"郭华鸿问。

俊逸在系统中的人事管理部中调出实验中心、设计研发部的人员名单，共有 72 人。名单上有着齐全的姓名、年龄、身份证号、进企业年月日、劳动合同签订日期、薪酬和岗位职务，及职务变动记载，人员变动情况记录一目了然。

"有网络管理人员名单吗？"郭华鸿问。

俊逸又调出了网络管理部的名单，包括电脑和网络维护、网络主管等共 5 人。网络管理部归属总裁办公室管理。

郭华鸿扫视着名单上的每一个人，默默地琢磨着每一个员工的情况。

"权限管理和授权是谁？"郭华鸿盯着屏幕上的名单问俊逸。

"是我的助理杨一方和总裁办公室主任叶明。"俊逸指着屏幕上的二人回答。

郭华鸿沉默着……

13

"还有一种可能就是,服务器被人做了手脚!或者是网络线被人改装了!"胖子伸了个懒腰说,"好久没去深川了,要么我们一起去看看,蹭个饭吧?"

朱俊逸点头说:"我下一个计划是动力电池模块标准化。模块化实施已经有十余年了,但各家企业的尺寸规格都不统一。瑞德集团已经向国际电工委员会提交了建议,想牵头制定标准。谁制定了国际标准,谁就有话语权,谁就有可能成为行业的领军企业!但现在有些怕了,不敢公开。而时间又不等人!

"而且我们还在研制可能达到12千瓦小时／千克超高密度容量的合成固态锂动力电池!

"我们瑞德有望解决锂电池爆燃的关键技术!如果这个技术能成功,能付之实现,那我们瑞德可以在国际行业中,至少在相当一段时间内走在前列!但现在我们只能转入小规模内部研发。如果泄密,我们将前功尽弃!"

时间快晚上六点了,下午的讨论并无进展,只是几个人都把这件事装在了心里,各自带着揣摩和困惑散去。

新年第一天,还是在工作!

第三章 返回深川

朱俊逸揣着满满的心事，在尚海休息了两天。安安的爸爸妈妈来拜年，俊逸和安安也去了，又和几个朋友和老同学聚了聚，初四早上就回深川了。

安安还是留在尚海，照顾着老爷子和女儿。

杨一方开着"揽胜"来车站接朱总，边把行李往车上装边问候："首长您好！老爷子和嫂子都好？"

俊逸拿出一份礼物，说："是嫂子送你的。"

"嫂子真好！"杨一方兴高采烈地接过礼物说。

小杨是朱总的助理兼司机，差不多是时时刻刻跟在朱总身边的。

六年前，杨一方因在中东执行任务时受伤，从特种兵部队退役回来，被公司录用。

那天面试时正好朱总路过人事部，看了一眼小杨，正气凛然的模样，有些喜欢，看了一眼简历随口问："是你爸爸姓杨，你妈妈姓方，所以你叫杨一方？"

小杨一惊，立身一个军礼，回答说："是！'首长'！"把大家惹得哈哈大笑！

商谍

从此以后,小杨担任了朱总裁的司机。

跟了朱总裁一段时间,小杨聪明好学,反应迅速而语言不多的性格,更得朱总的喜欢,送他进了深川大学法律专业学习法务和商务,结业后兼任了总裁助理。

朱俊逸住在大梅沙的爱琴湾山庄。

爱琴湾山庄别墅建在梧桐山的山坡上,呈阶梯形依山而建。透过大落地窗,三洲田自然湖泊环抱着。远眺窗外,大梅沙海滨的碧海蓝天,水天一色,让人目酣神醉。

可是安安和菲菲不在,一个大宅子,空落落的,透着一丝的寂寞。

杨一方把车开进车库,利索地把行李放在了客厅打开,将衣物用品等分类整理好,挂入衣柜。

安安不在家,小杨就是首长的生活助理了。

保姆刘阿姨匆忙地从后花园进来,身上还挂着树叶碎片,边跑边说着:"哎呀呀!先生回来啦!我没听见呢!先生新年好!新年发财!"

"刘阿姨新年好!这是安安给你的礼物,还有一件毛衣呢!"

刘阿姨来接礼物,又放下了,赶紧跑去洗手,才跑来接礼物。又当着朱俊逸的面一样样地拿出来,两大瓶保健药品,是辅助治疗腿脚膝盖疼痛和帮助治疗缓解眼睛干涩的深海鱼油胶囊,还有一大盒糕点。

刘阿姨又打开包装,将开衫毛衣比肩在身前,转了好几圈,笑得合不拢嘴,连连说着:"好!好看!好看!"不停地说:

第三章 返回深川

"谢谢先生！谢谢太太！太太真好！"把俊逸也给惹笑了。

七年前俊逸和安安买这套房子时，物业公司应业主的要求，介绍了刘阿姨为驻家保姆。刘阿姨有驾证，能开车。她做事勤恳周到，跟着安安学会了做特色菜肴。住在这里，若不开车，大概要走半个小时才能到达公交车站或者商店。为此，俊逸专门给刘阿姨配了辆小型特斯拉电能车，方便刘阿姨买菜买物什么的。

别墅的一楼是厨房和大小两个餐厅，有两个房间分别是刘阿姨和杨一方的卧室。在一楼还有大小两个客厅和一个书房，书房是俊逸的工作室。二楼是女儿菲菲的世界，另外还有两个客房。俊逸住在三楼，有一个不大的电梯将地下室和每个楼层相连。

二楼和三楼都有各一个大阳台，搭建着广式喝茶的长桌座椅。

花园大约有五百平方米，一个半道长度的游泳池的一端伸进了一楼，使下水或是换泳衣、冲洗都可以在这一端的室内进行。

杨一方住进别墅后，把原来装置的监控系统全部拆了，换上了从部队搞来的微小型红外夜视监控设备。监控摄像头仅有小手指一个关节这么大，而且是无线传输，把室外室内武装成了天罗地网，却是一个也看不出来。

朱俊逸也随他折腾。深川的社会治安很好，没偷没盗的，不知道杨一方在担心些什么！有些老板喜欢身边跟着几个保镖，耀武扬威的，俊逸一点也不入眼。所以朱俊逸经常是一个人外出，没冤没仇的，也不会去想谁会绑了自己。

总控中心设置在地下室的一间电控室内，也只是薄薄的一张卷帘式屏幕，却有着极高的分辨率和同步性。平时屏幕隐藏着，只有自己或是首长的指纹识别加密码才能开启。

杨一方将自己定位为首长的司机加保镖，而"总裁助理"小杨认为只是个虚衔而已。不过，小杨真的是很认真地对待首长的一切生活起居的。在家空闲时，小杨会将花园打理得干净整洁，花红柳绿的。

安安不在，俊逸抽烟就有些无惧无畏的了。一回家就钻进书房，一杯普洱一支烟，坐在转椅上闭眼沉思，然后打开电脑，浏览一下邮箱。春节期间，也都是些问候祝福之类的邮件，俊逸礼貌性地做了几句回复。

有些想念安安和女儿，也给她们发送了新年祝福。

看时间还早，朱俊逸叫了小杨，一起去世纪海景高尔夫俱乐部散散心。

第四章 开工第一天

正月初六，2月16日早上，小杨开车和首长一起去上班，公司离家不远。

瑞德集团全称为深川市瑞德电能集团股份有限公司，位于深川市盐山区沙头角的田东隧道罗沙路出口，早年这里以中英街而出名。

老爷子当年创业时，在尚海的金浦工业区，工厂占地15亩，企业建筑面积八千多平方米，有三百多员工，年销售额徘徊在一亿人民币左右。

朱俊逸接替老爷子的第三年，销售额上升到了近三个亿，其中新开发的产品铁锂电池新增了一半的销售额。

然而，俊逸意识到，劳动密集型的企业随着人工成本的不断提高，产品成本是很难控制的，最终将会失去产品价格优势，要智能化自动化生产才会有发展前景。但金浦的厂区是租赁的，又实在是太小了。

当年正好深川市来尚海引资招商，朱总带着老爸随着盐山区招商办的人员一起去了深川看地。

一到盐山区他们就喜欢得不得了！依山靠海，一大片土地已三通一平。盐山无盐，却是山清水秀，风水宝地也！俊逸开口就要了二百亩，把招商办黄主任吓了一跳！

商谍

招商办提出了营业收入要达到八个亿,税收五千万以上才能达到批给二百亩地的条件,朱俊逸满口答应,说是三年后一定会达到或超过!

初生牛犊不怕虎!年轻气盛的朱俊逸就这样和盐山区签约了。

老爷子眯眼望着自己的儿子,心情忐忑不安,有些激动……

自从俊逸他妈早逝开始,老爸一下子就从风趣幽默变得寡言少语,闷闷不乐的。

看着儿子的心胸壮志,老爸知道,儿子一定是好样的!

心情豁然开朗!他对着苍天心语:"俊逸他妈!儿子成材啦!"

朱俊逸的雄心壮志,却是换给了他这几年最艰难的日子!

钱!

买土地八千万,建八万平方米的厂区,大约两个亿!自动化智能生产系统设备,初期需要两到三个亿!

朱俊逸手头可以调用的只有两个亿,至少还有五个亿的缺口!

朱总开始进入漫长的求银行贷款之路!求爷爷告奶奶地一家一家跑银行,每天请吃请喝还加上请客"玩"!天天搞得晕头转向的,身心俱疲!三个多月过去了,最后总算是老天开眼,深川恒峰银行同意了两年期的基本建设贷款三个亿,却也是在经历一番波折后才签约放贷的。

第四章 开工第一天

然后便是自动化生产线设备和实验测试中心的投入使用，边设备安装调试边接单生产，夜以继日地带领全体员工努力，在最短的时间内使公司的生产和销售发展到同行业前列。

朱俊逸回想起初期这三年，初涉创业，没日没夜地拼命，在第三年就将销售额做到了五十多亿元，还清了债务贷款。

想着，脸上露出一丝苦涩。

这些日子早都过去了，在这二十多年的时间里，朱俊逸已经将瑞德集团打造成了年销售额二百六十亿元的动力电池中国五强之一！应该也是国际同行业中十强之一了！

瑞德电能在运行第五年就在股交所主板上市了，而真正的股东也仅是他的一家五口。姐夫是公务员，不能经商。去年俊逸把姐姐的大儿子也加入了股东。

管理和技术高层人员均持有多少不同的干股，在职同样享受权利和义务，享受分红，离职则是自动失效股权，这样一是可以鼓励高层员工的个人利益与集团利益关系相依相存，二是不会有转股和继承股权的麻烦。

社会流通股则是按证券交易的最低要求，有35%在市场流通。其实上不上市对朱总而言，真的不看重。只是当时深川市金融办主任一直盯着朱俊逸，鼓吹着上市的好处。不过其他的好处不见得有多少，还要每年将财务状况进行公示。只是政府政策对上市公司有些倾斜，对税收也有些优惠而已。

瑞德集团不缺钱，银行里一直是个存款大户，所以朱俊逸平时也不关心自己公司的股票升还是跌的，完全成了个社会大众股了，这倒是少了很多烦心事。

集团办公楼是栋八层的大楼,朱总下车进入办公楼,保安、员工们纷纷道贺新年好!朱总也一一相互道贺后,进入电梯。

八楼是公司办公楼层,包括财务部、法务部和总裁办公室、助理和秘书办公室,还有几个大小不同的会议接待室。总裁办公室位于靠南的一侧。

应该是办公室主任叶明的书法杰作吧?总裁办公室大门两侧新贴着一幅大红洒金纸藏头对联:

右书:瑞气祥云　新年新气象

左书:德润华夏　好景好风光

有点传统,也多了些喜庆气氛。朱总没多深琢对联的工整与否,点头微笑表示了赞许。又转身问了叶主任:"这句'德润华夏',是出自濠江妈祖阁的横匾上的吧?"

叶明一惊,连忙说:"总裁真是有才呀!真是出自妈祖阁的横匾哦!"说完头上已渗出汗珠!

"不妥吗?"叶明带着慌乱问朱总。

"也没有啦,只是用在这里,口气有点大。"

叶主任一身惊虚,哈腰称是。

朱总皱了一下眉,其实他不喜欢员工对他点头哈腰。

叶明是北大文学院博士学位毕业,三年前应聘进入了瑞德集团,对文件文本编制写作和集团系统管理及制度设计制定,有着驾轻就熟的非凡能力,进入总裁办公室一年后就被升任为主任,差不多是部门总监职位。文学学多了,总感觉带着点书卷气,少了些刚性。快三十岁了,不知道为什么还没有女朋友。

总裁秘书林雅琴托着一个茶盘进来,笑吟吟地说:"总

第四章 开工第一天

裁好！新年快乐！"边说边利索地将一壶滚烫的普洱倒在小杯中，轻放在朱总办公桌的杯垫上。

朱总喜欢喝茶，而且喜欢浓茶。在尚海时跟着老爸喝茶，是绿茶，而且只喝浙东产的草青，又浓又甘味又便宜。到了深川后，喝了几次普洱，就爱上了浓厚金汤的普洱了，而对普洱的年份并不讲究。

总裁秘书，这个职位有些微妙。秘书隶属于总裁办公室，归叶明主任管理。而总裁秘书则是直接听任于总裁，工作于总裁。职位不高，实权不小。

林雅琴人缘很好，人又长得漂亮，很懂得自己职位的轻重，处理事务能力又是极强，深得高层主管人员的好评。

朱总抿了口茶，对小林说："通知各部门主管开个拜年会。"

"好的，总裁！"

小林退了出去。

会议室人员已全部到齐，各位董事，各部门总监和主要负责人五十余人。朱总也穿梭在各位中，大家相互道贺着新年祝福，轻松嘻哈，一片祥和愉悦！

九点半，每年惯例的新春拜年会开始，朱总坐在会议桌上端席，站起身向在座的各位拜年！大家都又站起身，向总裁拜年祝贺！

礼毕，朱总谈了些去年的公司成绩、研发和生产设施自动化投入的问题和今年的方向目标、经济效益指标等，要求各部门在二月底的工作会议上进行汇报。

同时，朱总也简单地说了一下市场竞争的激烈和长岛国

23

安洋公司的超前意识，要求大家共同鼓劲，努力赶超。

集团总经理胡敬平也接着总裁讲话后补了几句官场话，要求各部门同心协力，完成公司年度的工作目标，等等。

朱俊逸反复扫视着参加会议的每一个高层人员，心里揣摩着，谁会出卖公司利益？可是实在是看不出来。

朱总一直都是用人不疑。

新春上班第一天的会议其实只是个新年拜年活动。接着是总裁秘书小林代表朱总发送新年开工红包。当然，年前这些高层的年薪加分红也都有五六百万元的入账。大家嘻嘻哈哈地乐着，谢着朱总。虽然大家都知道，去年的销售额是历年来第一次下滑，而且下跌幅度不小。

在电能同行业中，瑞德集团的效益是最好的。同样，管理层和员工的薪酬，也是最高的。

午饭后，朱总带着胡敬平、办公室主任叶明、小杨和秘书小林，去各部门和车间转了一圈，看望慰问员工。

各岗位员工都各自忙碌着，但秩序井然。对朱总的到来，齐声打着招呼："总裁新年好！"但并不停下手中的工作。

生产车间经过十几年前开始实施的智能化和自动化的系统改造，又经过了几次的提升，线上生产工人已经是寥寥无几。基本上都是根据系统指令电脑系统下达订单，自动智能化控制生产过程和流程。车间里忙碌的是智能运输车和智能机械手臂。销售部的订单要什么，生产部就自动生产什么，这样基本上可以做到成品零库存，劳动力成本最低化，产品销售价格具有合理性和竞争力。瑞德集团在生产系统的先进程度，是同行业中

第四章 开工第一天

顶尖的。朱总对这一系统也是最满意的。

朱总一行人回到办公大楼，先上了二楼。

二楼是公司的采购供应部和市场销售部，公司的赚钱和花钱都在这个楼层，每年的公司年度目标业绩也都是出自二楼。集团总经理胡敬平每次开会，总是提出，采购部要将材料价格每年下降多少个点，而销售部则是每年都要增加多少个点！又要马儿好，又要马儿少吃草！就是胡总的企业管理准则。朱总也不去干预他。

技术研发部门在公司大楼的五层和六层。

五层楼整层是实验中心，差不多是一个新产品试制车间，或者说是一个技术、装备顶尖的，先进程度一流的全流程全工序的锂电池制造小工厂。从锂矿石提取分离，石墨烯合成，其他元素材料的配比合成，一直到小试成品，以及测试试验，充放电试验，负载试验，产品寿命试验，到结论报告，全部是在这里进行。

进入实验中心有两道检测许可才能通行，分别是眼睛虹膜识别和指纹识别。

一行人没有进去，朱总站在实验中心门口思索着，掉头上了六楼。

六楼则是研发中心的团队办公区域，有40多名工程师和技术专家在各自的岗位上实施产品研发工作，也包括目标性产品材质的研究和产品方向可行性研究，以及对现有生产过程中或是成品出厂前的参数检测分析。

集团技术首席总监李斌迎了出来，将朱总一行带到办公区，给大家拜年！

商谍

李斌总监是星国斯坦福大学的博士生，早年在斯坦福毕业后，留在斯坦福电储能实验室工作了五六年，又去了长岛松田电工电池工作了几年后，才被瑞德集团挖了过来。在瑞德工作了十几年，李斌也差不多是中国电储能技术的权威专家了。

朱总他们转了一圈，向各部门负责人和员工拜年祝福，这也是每个新年开工第一天的公司习俗。

朱总回到办公室，屁股还没坐定，林雅琴就进来说："楼下有市区政府领导来访。"朱总只能亲自下楼迎接。

市政府副市长、金融办主任、证监会领导、区长一行人，拎着礼物，前来拜年。

毕竟是深川市百强企业之一，这些企业的经营效益，特别是税收这一块，关系着市区政府的政绩考核，也与官员的业绩息息相关。

朱俊逸将领导们迎到接待室坐下，办公室送上茶水瓜果，领导与朱总相互拜年祝福！

送走了领导一行，朱总点了支烟，斜倚在沙发上……

每年的开工第一天都是差不多的程式。而今年总觉得有些什么与往年不同，朱俊逸有些烦躁……

小林为朱总斟了杯普洱，看了一眼老大，轻声地问："总裁，您有心事？"

"心事？"朱俊逸望着小林问，"你猜我有什么心事？"俊逸是想将她一军。

小林弱弱地回答："为什么安洋推出的与我们瑞德研发的一样？"

第四章 开工第一天

"哟!"林雅琴的回答,惊得朱俊逸从沙发上弹了起来!"你也这样想?"

"是啊!我是这样觉得!"小林胆怯地说:"总裁您是这样想的吗?"

朱总语塞……

"小杨呢?一起吃饭去!你找个小饭店吧!"

"就三人?"

小林转身去订饭店,又叫了小杨开车,三人去了大梅沙月亮湾公园边上的一家店面不大,但挺有风格的粤菜馆,在一个小包房坐定。

小林也不问朱总吃什么,就点好了。林雅琴太了解自己的老大了!问了也是与不问一样的结果:"随便!"

小包房能看到大梅沙海滨的海浪与白沙追逐,椰树与彩霞相倚,甚是心旷神怡!

广东菜先上汤,每人一盅猴头菇乌鸡汤,清淡不腻!

朱总和小杨每人两扎生啤,小林自己一小扎,三人碰杯开吃!竟是没大没小的,没了总裁首长什么的拘束,只是大哥和弟妹在一起的美好时光。

朱俊逸最喜欢和他们两人一起吃喝玩乐了,轻松愉快,不用装模作样,可以无话不谈。特别是安安不在,一个人吃饭没味的时候,这样的日子就很多了。

杨一方喝了几口后开口:"首长,我心里也琢磨着有没有谁在网络中心动手脚,我觉得是有人利用研发部终端与外界连接。只有安洋能随时收到我们瑞德的技术资料和实验数据,才有可能提前我们或是同步我们,推出拷贝我们的新技术产品。

我春节假期期间，在四楼网络中心查看了，服务器端口没有异样。如果允许，我想打开服务器看看内部有没有异样。但这一台一台地打开，再恢复，需要用一整天的时间！"

小林却认为，最有可能是研发部某一人员在下载出卖技术！

"可是下载是有权限限制的呀？"朱总问。

小林语塞，看了一下杨一方。

小杨知道林雅琴看他意味着什么，说："能够授权解除限制的有三人，我，胡总和叶主任。"

朱总奇怪："胡敬平有授权资格吗？"朱俊逸只知道是杨一方和叶明二人有授权资格。

小林说："这是在叶明没来之前，办公室主任曾经空缺了一个月，你这才给了胡总授权资格的。不过叶明上任后，却是没有收回胡总的授权资格。"

朱俊逸默认地表示，看来我们的管理也是有不足的呢！

朱总补充说："这件事我确认有猫腻！绝不可能安洋的研发会与我们同步！而且三项研究项目都会一样！

我现在暂没有在公司告知我的怀疑，是怕打草惊蛇。不过你们可以悄悄地关注，随时可以把自己的想法疑点告诉我。另外，我已经把猜疑与我尚海的姐夫和两个朋友说了，其中一个朋友是我们公司管理软件的编制人，他对我们的网络中心和服务器的系统非常了解！过几天他们会来深川。"

同步传输？胡敬平？

朱总心中嘀咕着……

第五章 内查

杨一方去车站接闵东海、陈伟成和姐夫郭华鸿一行来深川。

瞬间，爱琴湾山庄就差点给他俩掀翻了！都是快奔五十的人了，还是一副疯癫的样子！

胖子和东海来过好多次了，只是姐夫因公务太忙，仅和姐姐一起来过一次，仍是屋前屋后，楼上楼下地看着。然后轻轻地对俊逸说："你这套监控系统不错嘛！"

杨一方听到吃了一惊！不过也知道姐夫是干什么的，知道郭副局长也绝对是高手，只有更敬佩的份了。

自从小杨换装了这套监控系统后，首长家人来人往的，从没有一个发现有监控。

"晚上怎么安排？吃饭后K歌？还是泡吧？"俊逸问。他知道就是不问，他俩也是要提要求的。

东海却是打趣道："有妹子泡了？哈哈！"

"泡你个头！泡大梅沙啦！"俊逸嗔笑。

小杨打电话让林雅琴订个包房，一行人就出发了。

靠着大梅沙海滨公园的"皇冠会所"，是会员制的俱乐部，老板马雄，是朱俊逸京华的同学。不知怎么的，学金融的搞了个餐饮娱乐业。

在校时，同学们都把他的姓名倒着叫，叫他"雄马"，女生却都在背后叫他"公马",因为这家伙长得五大三粗的,怎么看都不像是京华大学出来的!

一行人进入包房,林雅琴点了清一色的粤菜和潮式卤烧。

大家都很熟悉,气氛也轻松。

闵东海坐在小林侧边,端起酒杯先是腻滑地对着小林:"啊呀呀!雅琴美女真是越来越漂亮可爱了,哥先敬你!"

林雅琴熟知东海的德行,看见女子就魂不守舍了!笑了起来:"东海哥,谁怕谁还不知道呢?"

胖子哈哈大笑起来:"哎呀呀!东海你忘了喝趴下了吗?还敢和小林再喝呀?"

俊逸也忍不住地笑了!

大家闹腾着。

"不理你们了!"小林红着脸,逃了出去。

嘻嘻哈哈地疯闹了一阵,俊逸转回了主题,让小杨先把观察到的情况向大家做了分析。

郭华鸿并不吭声,静静地听着。

胖子也百思不得其解,嘟囔着说:"公司的企业管理、技术研发、财务、生产仓储、文件发放、内部邮件等,都是在内网上。唯有采购和销售,以及公司官网,因为是与外界联系的,才是外网。我思量着,这不像是黑客入侵,较多的可能,要么是有人动了服务器,或许是内网连到外网上了,或许是有人在直接窃取资料!"

俊逸说:"现在吃好玩好,明天周日公司休息,小杨带你们一起去看看。"

俊逸看了一下大家,小杨机灵,立马发现林雅琴去了些

第五章 内查

时间了，还没回来？

一步蹿了出去！就听见有嘈杂的声音，是小林！

林雅琴被四五个穿着黑色T恤、手臂刺着乱七八糟图案的家伙围在卫生间门口，上衣被扯破！手臂也被抓破！满脸泪水地一边护着前胸，一边在拼命招架着！

几个五大三粗的家伙，样貌猥琐！酒气熏天地拉扯着小林，叫嚣着："美女，美女！"

杨一方怒火中烧，一步飞起，一脚踹在了一个无赖头上！

只听"咚"的一声巨响，这个无耻之徒被踹飞了五六米！脑袋重重地撞到罗马圆柱上，鲜血迸溅！滑下落在了地上！

其余几人被这突如其来的巨响吓到了！大叫着围了上来。

郭华鸿也听到了走廊传来的响声，立马也跑了出来！

俊逸、胖子和东海也跟了出来，一下被眼前的状况惊呆了！

小杨回退几步，气如虎啸！双脚腾飞而起，双掌劈出！

啪啪几声！一瞬间，四个家伙还没回过神来，脖颈、脑袋已血溅壁墙，滚在地上号叫了！

朱俊逸快步跨了过去，边走边脱下外套，披在小林身上，搀扶着小林回了包房。

看着在地上打滚号叫的几个家伙，闵东海竟是对着杨一方连声"爽呀！爽爆了"地叫嚷着！

紧接着，会所保安，老板马雄也都赶到了。

朱俊逸恼怒了："什么时候你这会所也成了这些乌合之众啦？"

马雄连声道歉！点头哈腰地赔不是！

其他的客户也都冤声指责一片！

郭华鸿看着小杨，默默点赞。

朱俊逸也是第一次看到小杨出手，嘴上不说，心中赞许！

一顿欢迎晚宴，闹出了一阵不愉快！大家更没有心情继续安排K歌酒吧了，打道回府！

第二天早上，小杨接了郭华鸿、闵东海和陈伟成去瑞德集团。

郭华鸿径直进入了公司二楼的网络中心，从自己的包内拿出一个设备，串接在服务器终端，然后打开终端显示屏，开始逐行扫描。

华鸿盯着显示屏上快速滚动着0和1组成的数字，捕捉着什么。

胖子陈伟成则是去了研发中心，打开了总监李斌和实验室主任周明昌的主机，并将两台显示屏搬在一起，浏览着"我的电脑"中的硬盘内存内容。

胖子始终认为，技术泄密者最大的怀疑对象就是技术研发和实验室这两个部门的负责人！而且只有他俩才有权限下载偷窃全部的技术文档！

要全部查看这两台MG级硬盘容量的主机内容，至少要花半天的时间，进度有点慢，但没有更好的办法。

要命的是，朱俊逸很自私地规定了整个大楼，只有他自己的八楼可以抽烟，其次是在厂区的门卫室边上设了个吸烟室，其他地方全部严禁吸烟！胖子没办法，只能憋着。

倒腾到下午两点，胖子看完了李斌和周明昌两人的内存硬盘里的内容，一无所获，没有发现可疑的迹象。

第五章 内查

可是胖子发现周明昌的"邮件往来"中,有一个单独的"文件夹",是用密码锁定的,而且不是使用公司统一授权的密码!胖子感觉好奇,试着用周明昌的生日、身份证号码,等等,都显示密码错误

而整个上午,杨一方咬着办公室主任叶明不放!将叶明的主机中的硬盘和内存全数地仔细浏览分析着。

除了公司的文本资料以及管理系统文件等以外,竟在E盘中还储存着乱七八糟的色情片!

怪不得这家伙老婆也不找!

"神经病!"小杨骂了一句!

杨一方转而进了总经理办公室,坐到了公司总经理胡敬平的座椅上,打开了主机中"我的电脑"。

胡敬平有些洁癖,电脑中的内存也是整理得干干净净的,文件编号简洁明了,一目了然。

浏览了全部分盘内容后,小杨发现其中一个压缩文件用私人密码锁了,无法解压打开!杨一方甚至试着用军用摩斯密码法,恺撒密码法,都打不开压缩文件!也复制不下来!

小杨叫来了胖子陈伟成。

胖子也绝对是黑客级的高手,捣鼓了一会儿,把胡敬平的压缩文件拷贝在了闪存盘上。

可是,胖子仍是没有复制出周明昌的"邮件往来"!

理工男的技术与文化人的技术,的确有很大的不同!胖子自语道,也束手无策了!

胖子和小杨把所有动过的电脑,主机复原关闭,回到了八楼。

点了支烟，胖子猛吸了两口，就看到郭华鸿和闵东海上来了。东海手上竟拿了个像是内存扩展条似的电路裸板！

胖子一眼认出了这是7.5G"云"盘传输器！大吃一惊地问："你这是在哪里找到的？"

东海得意地指着郭华鸿说："是姐夫找到的，装在服务器终端主机内，我只是助手啦，拆卸后再恢复了终端主机而已！"

俊逸、胖子伟成、东海各点了烟坐下。郭华鸿和小杨都不抽烟，也只能皱眉坐下。

大家总结了一下今天的发现：

"在周明昌的电脑'邮件往来'中，发现有一个加密的'邮件箱'，打不开，也下载不了！"胖子说。

"在胡敬平的电脑里发现有个加了密码的'压缩文件'，无论如何也没办法解压打开！但已复制到闪存盘了。"小杨介绍。

"在我扫描清查总服务器中的'加载设备'时，发现了服务器终端竟有'7.5G'云端发送装置！很明显，资料应该是可以通过'云'时时刻刻在传输发送出去的！现在还不能确定信号接收人是谁。"郭华鸿说。

郭华鸿摆着一副局长的架势，认真地说："今天还是有些收获的，可以确认，资料有可能是通过7.5G发送模块从'云端'发送出去的，而IP根是公司的域名，没有显示是从哪个电脑发送的。但可以认定我们的内网已经变成内外网了！现在我们拆下了发送模块，嫌疑人，更准确点说，是收件人，会立即发现的！小杨已经下载了胡敬平的压缩文件，我看一

第五章 内查

定是可以解密解压的！我们明天上午可以去深川公安局，请高手试试。"

郭华鸿接着说："伟成在周明昌的邮件中发现的加密邮件，我们也必须要知道这里面是些什么东西。杨一方是否可以让周主任的电脑死机坏了，周明昌肯定会提出修机的，然后在换上新硬盘时在将旧硬盘资料传输到新硬盘过程中，将加密邮件留在旧硬盘中，这样应该也可以解密读出邮件内容了的。"

"这个现在没法换，只能是在周明昌亲自操作开机密码后才能换硬盘。"

小杨看了一下首长后说："修机明面上必须是电脑网管部的事情，我不能插手的。"

朱俊逸对小杨说："这个我会安排。"

郭华鸿对俊逸说："我明天晚上要回尚海。硬盘到手后，我们明天上午送到深川市公安局刑侦大队，我会安排好他们试着解密，他们高手多，应该可以。现在只能暂时认定胡敬平、周明昌有嫌疑，一切只能等解密后看了再作定论！至少拆卸了发送模块后，目前他们外网发不出。同时，我们的下载授权更须严格控制！"

郭华鸿说完，胖子嘀咕着："我有想过是否有人动了服务器，但怎么也没想到，会在服务器终端安装了'云端'无线传输器！7.5G的传输数据速度绝对不比光缆慢的！这就证实了，瑞德一边在研发实验，安洋可以同步地接收设计和实验数据，相当于瑞德的研发实验就是安洋的研发实验！这绝对是个偷窃技术的恶劣手段！那么，这个云传输器是谁安装

35

的呢？"胖子伟成自言自语地问。

　　俊逸一直在听，也很赞同姐夫的总结和建议，说："今天的成绩很好，至少我们已经发现了对外传输的手段，并已经拆除了，截断了再次传输的可能！姐夫明天上午把闪存盘送深川市公安局试试解密解压。小杨现在就先将周明昌的电脑主机损坏，明天周明昌上班时应该会报修，网管主任明天一早我调开他，然后仍是小杨去维修，争取尽早拿到硬盘！"

　　俊逸又和姐夫聊了一会儿。

　　郭华鸿说："至少，一是你的研发结果有人死盯着不放，成了共享技术了！二是你的内外网有人死盯着不放！毕竟巨大容量的资料从网络传输是速率最高的！企业做成这样规模真的很不容易！但是内部有几只老鼠的话，真的会坏了一锅汤！"

　　"为了避免服务器终端有人做手脚，机房必须加强管理，单独加装监控，进入机房必须要同时有两个人，才能操作。"郭华鸿补充说。

　　俊逸边按摩着太阳穴边说："我从未怀疑过谁会在背后捅刀！如果是周明昌或者胡敬平，我至今也想不出来，他们的动机是什么？"

　　聊着，小杨他们回来了。不用问，应该是搞定了。

　　已经是晚上七点多了，一行人也是饿得背贴肚皮了！离开公司，在附近找了个饭馆吃完回家。

　　第二天上班，和预期计划的一样，实验室主任周明昌发现电脑开机后，屏幕显示了黑屏，怎么检查还是黑屏！气得周主任拍打着电脑，打电话通知网管来看看。

第五章 内查

网管部来了个员工捣鼓了一会儿，还是没搞定，打电话叫了小杨来。

杨一方检查了一下，说是硬盘坏了，去拿了个新硬盘。

周明昌急了："我这硬盘里有天量的资料呀！"

小杨淡定地笑道："您放心吧！肯定不会少了一个字一幅图的！"

杨一方将旧硬盘里的资料复制到了新硬盘上，然后又"复制"到旧硬盘里，其实是倒腾了两次。

周明昌重新开机，显示屏显示如原来一样，"桌面"排列也完全不变地存在。

小杨收拾了工具，对周明昌说："如果还有什么问题，可以找我。"

小杨一走，周明昌就猴急地打开"邮件往来"，敲了一下键盘，输入了密码，内存的邮件完好如初！然后又退出关机，擦了一下头上冒出的汗珠。

早上，郭华鸿就去了深川市公安局刑侦大队。

深川市公安局刑侦大队郭华鸿很熟悉，自己当了十多年的尚海市公安局刑侦总队队长，没少和深川同行打交道。这些年中，至少有十多个案件，是尚深两地联手才破获的，与深川刑侦的同行亲如兄弟。

刑侦大队在南三区松坪山。郭华鸿一到，就有十多个兄弟迎了出来。大家嚷着说："郭大队长荣升局长啦！是要请客的哦！"拍肩揽腰的，亲热得很。

郭华鸿嗔笑着说："哪儿能啊？到了深川还要我请客

的呀？"

大队长徐佩卿边笑边迎出来说："呵呵，大局长驾到！有失远迎啦！"一边快步上来拥抱着郭华鸿！

徐大队长指着手下说："是啊！哪能是要大局长请客的啦！在深川必须是我请的嘛！何况是荣升了大局长啦！"

众人嘻嘻哈哈地将郭华鸿相拥着进了办公室。

郭华鸿坐定后开门见山地说："我来是有件私事，我妻弟朱俊逸的瑞德集团，怀疑有技术资料被盗。经查，发现有两人的电脑内，一个是压缩文件无法解密解压打开。另一个是'邮件往来'中有部分邮件上'锁'无法解密打开。想请求兄弟们帮忙。"

"哈！郭局的舅爷是我深川市巨商呀？"徐佩卿惊呼！

"这不是私事，是我们刑侦大队的工作嘛！公安部门的主要职责之一，是要为企业保驾护航的嘛！"徐大队长打着官腔说，"猴子呢？以最快速度试着解密！"

猴子叫侯子华，起名时他爹妈一定是没想过动物中也有个叫猴子的吧？

侯子华认识郭华鸿，也是深川市刑侦大队中电脑网络的绝对黑客级的高手，接过郭华鸿带来的闪存盘就进入了他的工作室。

徐大队长则是在听着郭华鸿简单地介绍着瑞德集团所遇到的疑似商业技术偷盗失密情况，说："郭局你放心，瑞德有任何事情，可以直接找我！如若问题较严重，建议可以立案侦查！"

第五章 内查

郭华鸿摇手说:"先看看解密后的内容再定论吧!瑞德朱俊逸现在还没在公司公开此事。"说着,郭华鸿将装在塑料袋中的一块"7.5G云端发送模块"交给了徐佩卿说:"这是在瑞德集团总服务器里发现的,加装的模块,能看看上面的手印什么的吗?"

徐大队长很率直地说:"反正这个事交给我了,不管立不立案,你妻弟随时可以找我,如需出手,随时可以!"

正聊着,杨一方拿着硬盘赶到,交给了郭华鸿。徐队拿了硬盘进了猴子的工作室。

徐队要请华鸿一起去饭店吃午饭,华鸿坚持推托了,"就在你们食堂吃点吧,我还等着猴子尽快解密看看内容呢!"

徐队见郭局真的表示不外出吃饭,也只能听任着在食堂简单地吃点了。

三人还没吃完饭,侯子华便来叫郭局了,请郭局和小杨一起进了工作室。

这是一个近似于计算机室加上网络中心站的专业工作室,摆满了高速大容量的各种电脑、服务器和存储终端设备等。甚至还有通信设备、无线基站什么的,还有些大小不一的显示屏之类,新款老款的都有。

小杨看着心里痒痒的,好羡慕能有这样一个工作室。原来在军队服役时,杨一方也有一个这样的工作室。

侯子华先是打开了加密邮件,郭华鸿和小杨头挤在一起,盯住屏幕。

邮件内容令人失望!是周明昌对一名叫"娜娜"的女子往来的邮件,是叫周明昌为明昌哥的,多是感激之言。

明显是周明昌的私生活日记而已!

侯子华指着屏幕说:"这个叫'娜娜'的邮箱地址,我查了一下,是位于天琴湾一家酒吧餐厅的老板娘,名字叫金诗娜。"

"而另一个'压缩文件',解密后显示的的确是从开始实验到实验转入产品小试的技术研发实验的全部资料文件和参数记录。文件排列整齐,内容有序不乱,如果要将这个研发实验过程印刷成册,完全不需要再整理排版。这非常符合胡敬平的洁癖性格。"

郭华鸿、杨一方大大地舒了口气!总算没有白忙活!

可是侯子华却是一盆冷水浇了下来!说是没证据表明这套文件是泄密了或是有对外传送或者是下载过的记载迹象!

侯子华说:"在电脑上,任何文件的形成建立、编辑,都会自动留下痕迹,这个痕迹就是编制的日期时间,精确到分秒。这包括文件的修改、重新编写,或者发送,或者下载,都会自动留下痕迹,这个痕迹,是抹不去改不了的。除非他可以重新编辑源程序。"

侯子华说:"这个硬盘中的压缩文件,只显示了编辑和储存的日期时间记录,没有发送或下载的任何日期时间记载。也就是说,在这个硬盘加了密的压缩文件内,储存了一套完整的技术和实验数据文件,且资料来源路径清晰可查实,这不能说明有泄密行为的存在。从这个主人的职位是总经理的身份看,他将工作内容做了编辑后单独加密保存的目的无可厚非。当然,是否只是为了保存?可以再调查!"

郭华鸿很明白,这两个文件经解密打开后,都不能证明

第五章 内查

胡敬平或者周明昌有嫌疑，证据不确凿，或者说至少目前不成立！

这不知道是喜？还是忧？

喜的是，朱俊逸身边或许没有坏人。

忧的是，那么7.5G数据传输卡是谁装的？谁是技术资料的偷窃者？暂时没有查获，但肯定有！

侯子华说："应该可以查监控的，网络中心有监控的吧？"

小杨说："有的！但是不知道是什么时间段的？2030年、2031年的任何时间都有可能，那么要查看两整年的监控视频记录，这要花不少时间的。而且监控是设在总机房外的。"

侯子华说："我有软件可以自动协助分析视频，只是要将可疑人员的照片给我，软件会自动对比，这样会快很多。"

杨一方连声说好。

郭华鸿和杨一方心有不甘地谢了众位，并向徐佩卿握手道谢！

徐大队长给了小杨名片说："瑞德遇到任何事情，可以直接找我！"

杨一方谢了徐队，打道回府。

路上，郭华鸿一声不吭，小杨也是静默地开车。

朱俊逸在办公室等着，心情烦躁地抽着烟。东海和胖子也在。

郭华鸿详细地向俊逸介绍了解密后的邮件和压缩文件的内容，并将密码、下载出来的文本闪存盘交给了俊逸。并且

商谍

把刑侦大队的意见转告给俊逸，结论是，从加密的邮件和压缩文件来看，偷窃技术文件的嫌疑暂不成立！

现在唯一需要继续调查的是监控记录，至少是在2031年这一年期间，有谁进入网络中心，并对服务器动过手脚？

胖子插嘴说："我估计会困难，谁会傻到明知有监控，还会顶着作案的？"

大家一下子都沉默了，认为胖子说得有理。

小杨对着首长说："监控记录我会花些时间查看，刑侦大队也愿意协助。"

郭华鸿说："也不能放弃对管理层人员的怀疑！至少无线传输卡是有人装上去的！"

内查工作只能暂告一段落。

第六章 军需订单

朱俊逸每天上班，秘书小林总是会比他早到，在朱总的办公桌上摆放好今明事项提示，月度、季度工作、会议等事项提示，以及需要总裁过目或批签的文件等。

朱俊逸走进办公室的第一件事是，一支烟，一杯茶。茶是小林泡好的普洱茶，温度合适，甘味浓郁。

打开电脑，浏览了一下邮件，然后转到公司管理页面，查看了销售、生产和财务日报、部门留言等内容。

小林进来说："朱总，预约了上午九点半天都华城贸易公司来访，已经到了，共六人。"

华城贸易？朱总想了想说："请他们到接待室。"

年初时，军需装备部来过几次电话，是与朱总的直线座机连线的，说是华城贸易公司需要高密度大容量锂电池。产品技术要求高，规格多，且是需要保密，有些棘手！

五名着便服男子，一名女子，都是气宇轩昂的，一看就是军人或是军人出身。林雅琴带他们在总裁接待室坐定，送上茶水。

几位各自拿出了军官证，以证明一下身份。带头的是少将，军需装备部副部长，杜明杰，同时也是天都华城贸易公司总经理。

商谍

没有开场客套，杜明杰简单说明了来意，拿出一份《军需装备部令》，递给朱俊逸，说："这是命令函！"

命令？朱总有些发蒙！用命令方式做生意，朱俊逸还是第一次碰到！他心里明白，这是个烫手山芋！

"呵呵！请朱总裁不需要紧张！也不需要有任何压力！但这是军需项目，而且是J/A级别的保密项目！"

杜将军扫了一眼小林和站在朱总后的小杨说："这两位是林雅琴、杨一方吧？"

朱总更是一惊！来者不善，是全部调查了底牌吧？

杜少将年龄不大，威势不小！

另一位军官拿出一叠盖有"机密A"的采购合同和盖有"绝密"的技术要求，递给朱总，并自我介绍："卢新宇，少校，华城贸易采购总监，工程师。"

杜明杰说："我们现在以华城贸易的身份讨论吧！我是杜明杰总经理，呵呵！这样双方可以轻松些吧？"

朱俊逸苦笑了一下。

卢新宇看着朱俊逸说："朱总您好，我们采购的锂动力电池，用于什么装备上，将不会对你保密。我们需要你组建一个项目组，项目组成员和职责需报我们备案。除项目组成员之外，任何人不能知道这是军需物资！合同附件是一份保密协议，请附上项目组成员的身份证复印件和职责。所有合同、协议、技术要求等，一式两份签署后，文件由朱总或是朱总指定的人保管，不允许进入贵公司内外部的局域网，也不允许由文档管理部门管理。订单将全部以华城公司与贵公司签订，用途只写作出口产品。"

第六章 军需订单

"期间若需要安全保卫以及保密措施事宜,请直接与徐佩琪处长联系,国安可以在明面或暗里协助做安全工作,尽量在暗里较好。"杜总插话说。

来客中的一位女士,点了下头,自我介绍:"徐佩琪,国安深川分局网络监管处处长,上校。"

很年轻,但看上去很果断豪爽。

卢工接着说:"第一期试订单中将有33G千瓦小时的总量,是你们去年产能的一半。产品特点是采用最新的,贵公司正在进行研发的锂硫石墨合成动力固态电池,要求容量密度大于12千瓦小时/千克。"

朱总听着,心里有些发怵!

锂硫石墨合成是瑞德集团在去年上半年开始研发的产品,也只是经过小批量中试实验,军需部怎么会针对着这个新研发的项目下订单的呢?

"另外,还有几个特殊技术要求,"卢工接着说:"第一,防爆防燃等级要大于EC/T1!第二,材料有害物质需符合RoHS和Reach标准!第三,针刺测试,针刺测试后,电池温度不超过50℃。电池不会自燃,不会爆燃!这些要求,在技术协议中都有详细说明,我只是重复提示一下。"

"33G千瓦小时!对瑞德集团来说,绝对是一个巨大的订单!"朱总边听边自语着。不过这些技术要求,困难重重!这是块肉,也或许是罐药!

杜总转而很严肃地说:"朱总,我们关注瑞德公司有两三年了,也清楚你的人品和管理能力。不过我要强调的是,这是军需战略装备物资!是能让国力提升强大的重要项目之

商 谍

一！你我都应该清楚明白！"

语气咄咄逼人！

朱俊逸有点头大，开口说："我们不接这个订单可以吗？"

"不可！使祖国更强大是每个中华儿女、每个企业家应有的义务！"杜总断然拒绝！

朱总明白，这是骑虎难下的买卖！不过，如果瑞德能做到这些技术条件，则是可以将瑞德推上一层楼了！

秘书林雅琴记录着会议内容。

杨一方面无表情地站在朱总后面，好像从头到尾就没动过一下。

杜总对朱总说："你们可以对合同、技术要求和订单文件讨论两天，两天后我们双方再见面讨论，最好是能签署订单，希望合作愉快！"杜总又补充了一句，"售价你们决定，只要合适就好！"

一行人起身离开。

朱总送出接待室时，徐佩琪停下说："朱总，保密工作很重要很关键！如需要，我们国安可以参与。"

朱总点了点头，心里明白，这个保密工作更有些难度！

送走了华城公司一行人，朱俊逸回办公室，站立在窗前猛吸了几口烟，好像是对着香烟出气似的。

林雅琴捧着会议纪要夹，看着朱总说："我们需要先确定成员，设立项目组？"

第六章 军需订单

杨一方却是嘀咕着："军需部和国安局对我们这么了解？"他拿出一张名片，是深川市公安局刑侦大队长的："徐佩卿，徐佩琪？"他默念着。

朱俊逸叹了一口粗气说："两件事都要入手，小林你先拟定项目组成员，小杨你继续关注'安洋事件'。"

"其实，我是真心不想接这个订单啊！只是民品项目，就已经泄密了，已是查无头绪了！再接下这个军需项目，又是更高技术性能的产品，能不泄密的吗？可是，军需项目一旦泄密，那是涉及国家战略部署的！是会很麻烦的！是要闯大祸的！说归说，我们只能是尽力吧！"

林雅琴先草拟了"华城项目"组名单，请朱总裁审核。

项目组成员有七人：总裁朱俊逸，总经理胡敬平，技术总监李斌，研发中心主任周明昌，研发中心主任助理李易峰，生产部总监张长根，以及总裁秘书林雅琴。

小林补充说："您挂帅，胡总协调。华城产品的重中之重是产品的研发和特殊技术要求，技术部门压力不小，放了三员大将。生产部要完成这些增加的产能，难度也不小。项目组因涉及军需及保密，成员也不宜多。我本人负责与华城联系往来和文件管理。"

朱总赞许着点头。

杨一方对朱总说："首长，我想项目组新拉条独立内网，单独的电脑每人一台，这样保密程度会提高，因为我总是怀疑集团内网还会有些问题！"

"哈哈，看来你还能兼个网管中心主任了啊？"朱总笑着点头。

时间紧任务重！朱总指意小林通知开会。

八楼总裁会议室，项目组成员悉数到齐。

小林给每位签收后分发了华城贸易的合同稿，技术参数要求书，订单稿。分发的文件资料复印件均已没有了抬头，也没有了落款，像是条鱼的中段部分，但却是新盖了公司的"机密 A"和"禁止复印"字样的专用章，看着怪怪的。

林雅琴介绍说："请各位先用半小时时间浏览研究一下文本内容，项目暂定名为'华城项目'，在座的各位是项目组成员，此项目为公司'机密一级'项目！"

大家议论开了！"33G 千瓦小时呀？锂硫石墨合成呀？今年年底前要全部交付的呀？不可思议吧？"

李斌、周明昌和李易峰三人则是小声地在讨论着技术文件中的产品难点。

朱总进来，大家才安静下来。

朱总说："由于这个项目的保密性极强！不但是客户要求保密，我们内部也需要保密！这给各位在工作中带来了难度！其次是该合同第三天就要签约，包括技术要求和订单。在技术方面，生产方面能否接单？能否达到客户的技术要求？能否保证完成？这是一个不容易啃的硬骨头！还有在时间上！各位必须要足够重视！而且，没有讨价还价，必须要接下来！"

"难度很高的啊！"众人叹了口气。

研发中心主任周明昌仍是摇着头说："这个锂硫石墨稀合成，我们研发中心去年就做了大量的研究和实验，硫元素太难合成了，非常不稳定呀！所以暂时就没有继续实验下去。

第六章 军需订单

还有这个防爆等级 EC/T1，什么电池材质能耐 300 度呀？早都变成灰炭了嘛？"

主任助理李易峰却看着周明昌，怯怯地说："主任，硫元素在氧化过程中，去年不是已经可以稳定合成了吗？"

周明昌瞪了一眼小李，恼怒地说："你合成给我看看？膨胀系数等级符合了吗？"

周明昌和小李二人起了争执⋯⋯

朱总看了一下李斌。

李斌打断了周明昌和小李二人的争论说："会后我们再讨论锂硫石墨稀合成的问题，把去年的研发记录和数据再捋一遍，争取在今晚确定方案，再向朱总汇报。技术研发没有定论，生产就无从谈起。"

张长根不急不慢地说："当订单确定后，我们将立即组织调整生产线，然后就是等米下锅了。我估计一下，最迟七月份可以启动生产的话，33G 千瓦小时的交货数量，按照现在的生产能力，实足需要六个月的生产时间的。"

朱总又强调了一下："华城项目是绝密项目，明天起网管中心会为各位再配上一台电脑，这是单网独立运行的，华城项目将只能在新网操作平台运行！明天上午九点，各位再在此会议室汇报订单项目的可行性。"

大家边讨论着边散会。

李斌总监对周明昌和小李说："今晚没有下班时间了！我们一起把客户的技术要求和去年的实验结果再分析一下，把问题汇总后再找出解决方案！"

周明昌嘟囔着："还有从满电到 10% 余电时，放电曲线平滑不波动这个要求……"边说边走。

朱总看着他们离去的背影，点了支烟……

一边是疑似技术泄密内查无果。一边是军需订单，技术要求非常苛刻，又需要绝对保密！

能做到军需订单的保密，就不会有去年民用产品的技术泄密问题了！

何况是目前世界顶尖的锂硫石墨合成动力电池技术，12千瓦小时/千克的高密度高容量？我们能在短时间内攻克吗？这会有多少同行盯着？这能做到保密吗？

2032年，注定会是个不平静的一年！

朱总一边思考着，顺手又接了一支烟……

第二天上午，华城项目组成员经过大半夜的奋战努力，睡眼惺忪地陆续来到八楼会议室。

李斌打开PPT（演示文稿软件），屏幕上显示了华城项目的五款产品的外观设计。

五款动力电池的外形有如薄形拉杆行李箱，由呈凹凸高低条形成的壳体构成，也有拎手。

李总监介绍说："这几款的外壳体是用钛铝合金制成，能符合防爆燃等级，而且重量轻，抗冲击性强！

"两边各有五条导电极，电池能整体插入电池箱的电极上，而且电池是可以独立充电方式的设计。

"尺寸是我们在拟制的国际标准（草案），是我们瑞德公司向IEC国际电工委员会申请标准化动力电池系列的初拟标准尺寸，以方便和适应以后的互换性。

第六章 军需订单

"比如说，一辆输出功率为300马力左右的轿车，这相当于奔驰S400级别，以后只需要一块502508型动力电池（尺寸为50×25×8cm），即可以跑5000公里的路程。在车上还可以携带一块电池，当在用的一块电能耗尽后，司机只需抽出这块电池，再插入一块电能充足的电池即可。因为高容量，所以电池能做到又轻又小。

"同样，这个尺寸也将是华城项目的电池安装座的设计尺寸。我们以后也可以提供标准化的插入式电池安装座。"

李斌接着说："锂硫石墨合成动力固态电池是我们瑞德研究了一年多的成果，虽然目前在合成配比中遇到些困难，主要是不稳定。但充电时间短，我们提供的高频脉冲式充电器，大约15分钟可以从零到充满电能，放电输出我们可以依靠电子平滑控制，能做到放电波形平整。容量密度我们将在负电极硫化合物结构上作配比调整，虽然这是国际上顶级电能研究课题，困难不小，但是我相信，能达到12千瓦小时／千克！

"最重要的是，整个电池不是阻燃，而是不会燃烧！就如是一块石头般的，会被烤焦，但不会燃烧！这项技术将给使用电池带来真正的安全！这包括比如车身在燃烧，或是炮弹打在电池上，电池会被炸得四分五裂，但仍然不会燃烧！"李斌停顿了一下说，"这项技术我们没有申请发明专利，是担心申请专利反而是将技术公开了。这就要求我们内部必须要有严格的技术保密措施！我们再拼搏一下，应该可以在两个月的时间内，解决合成配比的稳定性的问题和负电极结构配比。昨晚上我们讨论了几个方案，这需要技术研发部和实验中心的一致努力！"

李斌总监说完，脸上洋溢着兴奋！

会议室也兴奋了！有了摩拳擦掌的气氛！

"全部结构设计和尺寸设计多少时间可以确定？"生产部总监张长根问，"这样我们才能设计生产流程和自动化智能流水线的工装。"

周明昌接口说："大约三十天内吧。"

午饭后，会议仍然继续。大家把可能会遇到的问题再捋了一遍，又对照华城贸易公司的技术要求，逐条做了分析对比，最后由林雅琴作了整理汇总。

朱总很是吃惊李斌总监团队的拼搏精神和高效，心里也是很兴奋！强调说："'华城项目'对瑞德来说，一是能逼着瑞德在产品创新和技术领先上前进一大步！二是产品外形尺寸架构的标准化设计理念能逐步带来非常方便的互换性！三是高容量高密度带来动力电池的轻量化、小型化！这样的动力电池将会在车辆，航空，船舰等动力系统发挥极其重要的优势作用！并且，必定会将瑞德推上一个新的，做强做大的高度！特别重要的是，如果我们掌握了动力电池的不爆燃性能，这将是在技术上的重大突破！"

朱总转而严肃地说："但问题在于，我们这个项目是绝密级的！我们这些技术都是绝密的！这不但是客户对我们的要求，也是我们对自己的要求！我感到这个保密工作比搞产品还难！前些日子，国家安全局在我们的内网服务器中查获了7.5G高速传送卡！这一定是嫌犯用于作案的手段！这应该也是去年的安洋电池能超越我们的技术，先一步推出高容量电池的原因吧！"

第六章 军需订单

朱总将内查说成是国家安全局,是想会造成些震撼作用!

在座的都"哇"的一声惊叫!怎么可能?会是我们内部人员吗?嘀咕着,猜疑着……

朱总看着各位,没有说话。

停顿了一会儿,朱总接着严肃地说:"所以,我们必须严格遵守保密制度!如果泄密,这是触碰国家安全的底线!这不但是经济上的,更重要的是政治上的!是关乎国家安全和利益的!因为这个'华城项目'是:战略军需物资!"朱总加重语气!一字一顿地说。

众人鸦雀无声,深感责任压力重大!

商谍

第七章 项目签约

第三天上午九点,杜明杰、卢新宇、徐佩琪三人如约而至。朱俊逸、李斌和林雅琴参加了今天的签约会谈。

几句寒暄后,杜明杰开门见山地对朱俊逸说:"朱总应该是胸有成竹了吧?"

然后跟李斌握了一下手说:"斯坦福的博士呀!"李斌点了一下头,算是打过招呼了。

"先听听李斌总监的技术情况介绍吧?"朱俊逸说。

李斌仍是打开PPT,指着显示屏,将"华城项目"的五款产品的设计外形,技术参数,产品创新特点和存在的问题一一做了解说。并且对研发实验的时间,生产所需时间,作了解答。

卢工对李总监的解说极为满意,兴奋地说:"我们没看错瑞德,也肯定瑞德的技术能力和责任感!除了技术参数能完全符合外,我特别赞赏插拔式的、可以方便互换的结构标准化的架构设计!以及可以携带几块电池的思路。"

特别对整个动力电池的抗爆燃的设计,更是点赞不绝!

杜明杰也很满意地对卢工说:"看来我们的实施设计要倒过来做了。"

杜明杰看了一眼朱俊逸说:"虽然是和平年代,但我们

第七章 项目签约

军需部却是时刻在提醒自己,如果战争打响,我们怎么样?我们的装备怎么样?

二战期间的 1942 年,德国法西斯攻打苏联,集结了 190 个师 550 万人、4900 架飞机、3700 辆坦克、47000 门大炮、190 艘军舰,因燃油运输铁路被斯大林切断,致使德军的军辎装备全部趴在冰天雪地里,变为废铁!"

"当然,"杜明杰换了个口气说,"现在战争不需要这样大规模的军辎作战,但车舰坦克的燃油问题当前依然存在!

"按照刚才李斌总监的介绍,现在的电能动力电池的技术参数,我们充电一次可以行驶 8000 公里左右。再带上几块轻而小的备换电池,那么,我们的坦克、军车,就不会担心燃料的问题。而且,电池容易运输,又可以反复充电。

"动力电池可以单独充电的设计也是极好的思路!一块充了电的电池,有效期可以达五年,这就像是一个固体的汽油箱。整车不但是可以充电,还可以换电板,这的确是很方便的设计思路!

"更重要的是,军车、坦克,大都是油箱燃烧然后爆炸,毁了整车!也毁了我们的战士!如果使用了防爆燃的电池,安全性能将会提升到极致!这是一个极其先进的技术!

"如果现在的战机,军舰艇的动力系统都提升改进为电池,而且容量足够却体积轻小,又带着足够的备换电池。我国幅员辽阔,领海广袤!这是个绝对重要的军事项目!这将会对我国的国防装备发展起到一个前所未有的提升!这就是我们军需部今年的首要任务!又是绝密的任务!而这个重要而绝密的任务,落在了你们瑞德的身上。我相信你们一定能尽最大的努力，圆满地完成！"

听了杜总的介绍，更是使人激动！心潮澎湃！

杜明杰的最后一句，却也是把全部的压力，压在了瑞德身上了！

朱俊逸沉默了一会儿说："我担心的是保密工作！"

朱总把最近一年公司发生的疑似技术泄密的事件，以及查获的情况，向杜明杰作了简单介绍。

朱总说："我相信我们瑞德能做好'华城项目'，也有足够的为祖国效力的信心，尽管目前在技术上还有些问题。可是如果在技术方面再次出现泄密，那我们就是军需项目的罪人了！"

杜明杰瞬间脸色沉重，感到了事态的严重性！看了一下徐佩琪。

徐佩琪也感到事情的严重性！国安局并没有接到过有关瑞德有技术泄密，而且是跨境跨国的案件！看着林雅琴给她的"华城项目"组的名单，深思着，深感棘手！

朱总继续说："我们昨天已经将华城项目单独建了一个独立的内网，配备了专用的独立电脑，以防原来的公司内网安全性不强。"

朱总接着说："我们也可以再安装一套监控系统，但只要有人窥窃，仍是防不胜防的。"

"看来瑞德是被国际商业间谍盯上了！"徐佩琪说，"我们国安也关注过长岛国的安洋公司，他同样是民用和军用动力电池的世界五强之一的供应商，盯上瑞德的高新技术是有可能的！但如果瑞德的军需'华城项目'也遭泄露，那这就

第七章 项目签约

会是个惊动上层的大案了！"

杜明杰有些惊恐不安，对徐佩琪说："看来你们国安局要直接插手瑞德了！这会惊动瑞德集团的内部人，同时也会惊动外部偷窥者！但只能这样了！"

徐佩琪点头说是："我会与老大商量一下，看怎么布置。"

大家都明白，保密工作难度极大！

朱俊逸感觉并不好，一个企业由国安插手进来，一定会打乱正常的企业管理和生产经营的！

"华城项目"协议签署后，技术研发部和实验中心就开始忙碌了。

除了项目组成员以外，其他人只知道项目的技术要求很高，很严格！都不知道是军需装备用的产品。

李斌总监对锂硫石墨合成动力电池命名了代号：LHC32；所有文件资料都是以代号方式记录。

研发中心先对订单产品规格进行材料配比合成化学分析、稳定性分析，以及容量密度分析。技术部负责外形结构设计和电池座尺寸设计。实验室则是依照研发中心的要求，对产品进行模型化试验，包括所有参数的论证。

LHC32项目实施组（华城项目）由李斌任组长，周明昌、张长根任副组长，进展迅速而有序地推进着。

商谍

第八章 独访天琴湾

杨一方总是心里存疑着周明昌的邮件内容和胡敬平的加密压缩文件。小杨想先去了解一下这个天琴湾酒吧的金诗娜。

天琴湾酒吧餐厅紧邻着喜来顿酒店,面朝大梅沙海滨,是栋极其精致的西式三层小楼。一楼是酒吧餐厅和厨房,二楼是台球房和雪茄红酒吧,还有一个类似于高端商务会议室。三楼有五六间装修豪华的餐厅包房。另外,朝海的阳台房是老板金诗娜的卧室,外间是办公室和会客区。

杨一方找了个吧台座位,要了杯朗姆酒,慢慢地品着,眼睛看着周围。

因为是紧靠着喜来顿酒店,天琴湾酒吧的客人也主要是以宾馆客人居多。

酒吧的一角有架电子琴和几个鼓手,演奏着爵士乐。整个酒吧光照暗淡,但星光灯闪烁着,伴着音乐,使人有欲醉欲仙的感觉。

小杨才坐下几分钟,一个女孩便粘在了杨一方身后,两只手臂已圈在小杨的脖颈上了,一股香味混着酒气,直冲脑门。

小杨转身看了一眼女孩,模样还算是俊俏。上身穿了件白色背心,下穿一条有着流苏的,短得不能再短的牛仔

第八章 独访天琴湾

短裤,露着白皙的细长腿,甜甜地问着:"帅哥,我陪您喝一杯好吗?"

小杨明白,这应该是酒吧的陪酒女,拉了张吧椅说:"坐吧。"顺手拿出一沓钱递给了她,有七八千元吧,小杨数都没数,装了一下大款。

女孩一下子变得开心了,把椅子更靠近小杨,欢快地坐下,模样羞羞地说着:"谢谢哥!谢谢哥!"

"我叫妮妮,哥叫啥呢?"女孩问。

小杨愣了一下说:"你叫我方哥吧。"

杨一方不怎么会编谎,又不想告诉她全名,第一次冒出来了个"方哥"的。

女孩问:"方哥,你不常来这里的吧?"

杨一方应声说:"第一次来,这楼上能去吗?"

女孩一下子竟是脸红了,说:"方哥你好坏哦!这楼上是台球啦!三楼是包房呀!"

小杨不知道突然为啥好坏呢?愣了一下,知道她是误会了,心里笑着说:"什么啦?我只是想上楼去看看啊!"

女孩又笑了,撒娇地拉着小杨说:"我陪你上去看看啦!"

妮妮带着小杨先上到三楼,小杨看了一下,有两个包房内人声鼎沸地在喝酒嘻哈着,门外站着服务生。

妮妮指着另一靠海的房间说:"这是老板娘的办公室。"

小杨应着,下到二楼,看到一男一女两人在玩斯诺克,边上围着几个男的。

小杨站停,看了一会儿,发现几个男的都是说着长岛语。而那个女的,球技极好!一杆竟是将红球、黄球、红球、绿球、

59

红球、棕球按着顺序交替着入袋,只可惜打到粉球时因角度太刁而偏了!才换杆给这个长岛男子打。男子击打了个粉球和交替红球后,击打黑球时偏了,又换杆给这女子,女子竟是一杆扫清了!

几个男子叽里呱啦地在笑话着男子,女子则是神态自若地微笑着点头,也用长岛语表达着歉意。

小杨看着这女子,大约三十来岁,并无化妆修饰,却是气质高雅时尚。身材高挑修长,特别是在击球时,臀部高挑圆润,胸部丰满性感!露肩的纤手握着球杆,有如白藕横生,真有着闭月羞花般的感觉!

妮妮上前叫了声:"娜姐。"指着小杨介绍说,"我的朋友方哥。"

小杨向娜姐点了下头,心里怎么也没办法把这个素净高雅的娜姐和酒吧老板娘联系起来!

妮妮挽着杨一方下楼坐回座位上,给自己点了杯鸡尾酒,再给方哥点了杯尼格罗尼。

小杨看着调酒师将金酒、郎姆、特吉拉、伏特加、君度七七八八地倒进这个高脚杯中,又加了点柠檬汁和可乐,杯口插了片卷曲的柠檬片,到是一种艺术感十足的享受。

其实杨一方自己是单独第一次来酒吧,平时都是跟着首长一起来的,首长点什么他就喝什么的,自己真的也搞不懂这么多的洋酒区别在哪里。

小杨看了一眼妮妮,说声:"谢谢!"抿了一小口,问:"娜姐是哪里人?"

妮妮好像很熟悉娜姐,告诉杨一方说:"娜姐是成多人,

第八章 独访天琴湾

早年去长岛留学,在早稻田大学期间,和长岛男孩谈恋爱,生了一个女儿。后来好像分手了,就来深川开了这个酒吧。娜姐人很好的,长得又漂亮,来我们酒吧的或是用餐的,很多都是冲着娜姐来的。"

小杨问:"楼上怎么都是些长岛人呢?"

"哦!"妮妮回答说:"因为喜来顿住客中有许多是长岛人,来我们酒吧的也就有半数是长岛人了。何况娜姐长岛语很好,对长岛饮食习惯也了解!"

杨一方拿出手机,将周明昌的照片调出,问妮妮:"你见过这个人吗?"

妮妮看了一下照片就肯定地说:"见过呀!但不知道姓名。他好像是这个酒吧的股东吧?来了就上楼在娜姐的办公室了,关系不一般的哦!"说着俏皮地做了个鬼脸。

"股东?"小杨心里嘀咕着。

"你是来喝酒的?还是调查娜姐的呢?"妮妮突然一改笑容,警惕地问。

"没事,这个人是我朋友,说是经常来你家这酒吧,而且说这个酒吧有他的情人,所以我好奇地问一句。竟然他说的情人是你们的老板娘!"小杨圆着谎说。

妮妮这才松了口气说:"这个人很少在一楼坐的,我不熟悉,不过好像他也会说长岛语的。"

会说长岛语?小杨大吃一惊!

长岛安洋?周明昌?会说长岛语?股东?金诗娜也会长岛语?杨一方心里有些迷茫,打了好几个问号,想要把这几个问号串起来看看。

小杨还想了解更多，但想想也不能让边上这个女孩太多疑，起身要离开。

妮妮依偎在小杨身边，抬眼看着杨一方，真情地问："方哥，你还会来吗？"

"应该会来的。"小杨装模作样地吻了一下女孩，离开了酒吧。

第九章 疑问

第二天早上,杨一方开车送朱俊逸去公司。路上,小杨将昨晚去天琴湾酒吧,以及女孩说的,原原本本地告诉了首长,并问朱俊逸:"周明昌会长岛语?还可能是天琴湾酒吧的股东?"

可是首长听了并不是感到很惊奇,说:"周明昌当然会长岛语的呀,他是长岛早稻田的电能储存专业硕士研究生呀!否则怎能是瑞德集团的实验中心主任啦?"

"可是我不知道他会是天琴湾酒吧的股东。"朱俊逸对这个也疑惑不解。

朱俊逸去过几次天琴湾酒吧餐厅,对这个位于大梅沙海滨边上的小楼很有好感!不计算小楼的面积,单是这么一个风水宝地的位置,也绝对是几个亿价值的存在!

周明昌能是股东吗?他有多少钱能投资呢?朱俊逸感到小杨想到自己前面了,的确有值得深究的必要。

小杨仍是不依不饶地问:"安洋的总部不是也在长岛东京吗?会不会?"

朱俊逸没回答,说:"你可以继续调查一下周明昌以及那个天琴湾的老板娘,叫什么?"

"金诗娜。"小杨回答。

商谍

离开首长办公室,杨一方立即拨打了市公安局刑侦大队徐佩卿的电话,然后将公司电脑"员工人事档案"中周明昌的人事表格以及身份证信息发给了徐大队长。

小杨又看着周明昌的人事表格中填写的内容:

周明昌,男,1984年7月出生于成多市金牛区锦欣苑小区;2006年毕业于西南大通大学,去长岛早稻田大学就读硕士研究生;2011年从长岛回国,进入其父亲开办的工厂工作了五年;2016年受聘进入瑞德集团;妻子刘思影,仍住在成多市,有一女儿周晶。

简历不复杂,但杨一方是第一次看,才知道周明昌是长岛留学的高材生,会讲长岛语也是再正常不过了。

第二天,杨一方就收到了市刑侦大队徐佩卿发来的关于周明昌履历和金诗娜履历的邮件。

邮件中周明昌的履历中,有一段时间:2011年9月从长岛早稻田大学硕士学位毕业后,至2016年7月进入瑞德集团期间的去向,是在长岛村上制作所电池株式会社实验室工作。

小杨觉得很奇怪,周明昌为什么要抹去这段经历呢?特别是他在应聘瑞德时,这段工作经历绝对是加分项呀!

而邮件中提到,成多市金牛区锦欣苑小区,是他妻子的住所。他和刘思影是在2011年留学回国期间结婚的,婚后在成多住了三个月就又去长岛了,至今与妻子一直处于分居状态。女儿周晶,现年20岁,在浙东大学读书。

杨一方再看金诗娜履历,倒也是吃惊!

金诗娜,未婚,现年32岁,出生地:成多市金牛区锦欣

第九章 疑问

苑小区，父母离异。金诗娜跟着母亲居住，家境贫困。

2020年2月，金诗娜赴长岛早稻田大学留学，2025年8月回成多。因母亲脑中风偏瘫，住院治疗两年后去世，这两年期间金诗娜一直陪伴着母亲，并同时在成多市的华侨城高尔夫会所任大堂经理。

在长岛留学时的2023年，与长岛籍木村井一恋爱并生有一女，现年九岁，由木村家抚养。

木村家族是村上制作所的大股东和实际老板，是东京都的富商。

母亲去世后，2028年，金诗娜只身来到深川。不久，以一亿六千万元的价格买下了位于大梅沙盐梅路喜来顿大酒店边上的这幢小楼的产权，命名为"天琴湾酒吧餐厅"，当上了法人代表。

也就是说，天琴湾酒吧餐厅开业至今，也只有三年多的时间。小杨想着。

看着这两份周明昌和金诗娜的履历，杨一方努力地想将这两个人串起来，小杨相信，这两个人一定是有关联的！可是关联在哪呢？

一、金诗娜和周明昌竟是邻居。

二、两人都在长岛早稻田大学留学。但周明昌是2011年9月毕业离开早稻田；而金诗娜是2020年2月进入早稻田大学读书，2025年8月毕业回成多。从时间上看，两人是碰不到一起的啊？

三、周明昌自2011年从早稻田毕业后，进入长岛村上制作所电池株式会社工作了四年，至2016年7月进入深川瑞德集团；但周明昌为什么在进入瑞德的个人简历上没有体现这段呢？

金诗娜在2023年与木村井一恋爱并生有一女，而木村井一的家族是村上制作所的老板？！

四、2028年，金诗娜以一亿六千万元买下了大梅沙这幢有着近两千平方米的海滨小楼，开办了"天琴湾酒吧餐厅"。

而据妮妮说，周明昌可能是天琴湾酒吧餐厅的股东。

杨一方想得有点头晕！这里面一定有故事！但是……小杨试图继续剖析着……

金诗娜家境贫困，怎么能进入长岛早稻田大学？这可是长岛国最好的大学呀！

母亲住院两年，费用也是不低吧？靠金诗娜在高尔夫会所当个大堂经理，能支撑得起她的生活和母亲的医疗费用吗？

一亿六千万元买下小楼的产权！金诗娜哪来这么多的钱？就算是周明昌投资，那周明昌哪来这么多的钱呢？

周明昌与金诗娜两人是情人关系？可是怎么看也不配呀！金诗娜美若天仙，而周明昌又矮又胖！且年龄上周明昌大她十六岁！金诗娜喜欢周明昌什么呢？钱？周明昌也不算是个有钱的主呀！

想到这里，不知怎么的，杨一方竟然替金诗娜感到有些愤愤不平起来。

钱？杨一方又打了个电话给徐佩卿大队长，想要了解金诗娜当年在成多华侨城高尔夫会所的年薪和她母亲住院两年期间的治疗住院费用。

徐大队长立即答应了，说这不难。

第九章 疑问

大数据时代的个人信息对公安局来说，那就是小菜一碟！

没过一个小时，杨一方的邮件箱就收到了一堆表格，是金诗娜母亲住院的成多大学附属医院的账单，记载着详细的每个月的各项费用。小杨将这些费用加了起来，总共是72.26万元，减去公费医疗部分，自己分担16.35万元。

而金诗娜在高尔夫会所工作的年薪的银行水单显示是42.6万元，两年也就是85万元。

这倒是能平衡过去的，但也不会多余多少。

那金诗娜的一亿六千万元买小楼的钱是哪儿来的呢？

没办法，还是得再麻烦徐佩卿了。

徐大队长接了电话说："哈哈！刑侦大队是为你家开的喽！不过我也在琢磨着这笔资金是怎么来的？我们已经在查了，过一小时回复你吧。"

杨一方思乱如麻，还想着怎么捋出些头绪出来，才能将自己理顺的事情向首长汇报，就看到电脑收件箱有邮件进来。

徐佩卿的邮件显示，是深川市招商银行盐田支行的进账流水单，收款方是金诗娜。

流水进账单显示，自2027年11月起，到2028年3月期间，进账单陆续分五笔汇入了共一亿九千多万元！

汇入行显示的是汇丰银行香江中环分行。

这应该是汇二亿元，被银行换汇后成了一亿九千多万元的吧？杨一方想。

徐佩卿在邮件中写了一句：香江汇丰银行是外资银行，已知汇款人账户号，无法查证汇款人真实户名。

一亿九千多万元啊！买楼一亿六，余下的用于酒吧餐厅

67

装修用具等，杨一方大致明白。

可是这一亿九千多万元，是谁给金诗娜的呢？周明昌？周明昌哪有这么多的钱？为啥要汇款给金诗娜？

又是留下一堆问题，百思不解！

朱俊逸和胡敬平这几天忙着接待南洲的客人，建立分销网络平台，刚坐下点了支烟。林雅琴还在朱总办公室整理着记录。

杨一方敲门进来，把这些整理了的刑侦大队调查后的邮件，以及自己整理的疑问打印件，一并呈给首长朱俊逸。

朱俊逸喝了口小林递过来的普洱茶，仔细看着这些邮件和杨一方整理的标着好几个问号的疑问，也是吃惊的不小！

如果按照杨一方的思路，再继续查出香江汇丰银行的汇款人是谁，是不是就接近真相了呢？

经济问题公安系统查取有困难，何况是外资银行。那么国安系统呢？

想着，朱俊逸打了徐佩琪的电话，把情况告诉了她。电话中徐佩琪要求把银行流水账单转发给她，再回复朱总。

小杨在边上听着朱总称电话对方徐佩琪，刑侦大队的叫徐佩卿？杨一方笑着对首长说："这可能是两兄妹，这么巧呀？"

朱俊逸认为也是，说以后可能要麻烦这二位的事情还不少呢！

"不过小杨你也已经是福尔摩斯的水准了呢！"林雅琴笑着说。

第九章 疑问

　　杨一方摇了摇头说:"我是一筹莫展了!但至少天琴湾酒吧餐厅的资金来源是个问题!如果查明是周明昌总监汇入的,那么周明昌就一定有问题了!这笔巨款是哪里来的?难道真的会是出卖了我们瑞德的技术情报换取的?如果没有其他的解释,这就证实了妮妮说的周明昌可能是天琴湾酒吧餐厅的股东的说法了。"

　　"哎呀!小杨现在也学会去酒吧泡妞啦?"林雅琴打趣说。

　　"哪有啦……"小杨竟被林雅琴问得支支吾吾地红脸了!

　　正说着,朱总的电话响了,是国安徐佩琪来电,说她会在明天来瑞德集团。

第十章 国安局插手

第二天上午，国家安全局深川分局网络安全处处长徐佩琪上校和深川市公安局刑侦大队长徐佩卿一起来到瑞德集团。两人都穿着便装，但还是有一种咄咄逼人的气场流露。

两人是亲兄妹，徐佩卿41岁，大了妹妹11岁，都是从部队分别转业到公安和国安系统。不过兄妹俩的性格有些不同，哥哥徐佩卿较轻松嘻哈，妹妹徐佩琪较为严谨。这可能是不同岗位造成的吧。

徐大队长一边和朱俊逸握着手，一边嘻哈着说："郭局长的舅爷啊！我们深川市的巨商！我早就应该来拜访您的呀！"

朱俊逸笑着说："别说早些了，我估计会有许多麻烦事情要有得你来了！"

徐佩琪没有客套，坐下后就拿出了一个平板电脑，并把一叠打印件交给了朱总。

杨一方一起参加了会议。

徐佩琪边指着摊开在桌上的打印件，边看着自己的平板电脑说："我们查踪了金诗娜的资金来源，汇入香江汇丰银行的是长岛'银根国际信托'。这是家企业集团财务信托公司，有资金流转和票据交易等业务。不是银行，但具有银行功能。

第十章 国安局插手

汇出款项户头是'木村家基金',也就是长岛村上制作所的老板家族私人基金,或者说就是金诗娜女儿木村良诗的父亲木村井一的家族基金。"

在座的朱俊逸、杨一方,包括徐佩卿一起哗然!

转了一大圈,竟然是金诗娜曾经的男人,女儿的父亲汇钱给女儿她妈妈的!

虽然有将近二亿元人民币的资金,自己的女儿她爸,汇钱给自己女儿她妈,再正常不过了!何况是用于置楼创业!

徐佩琪继续说:"金诗娜的'深川市天琴湾酒吧餐厅',是个体工商户营业执照,注册资金为两千万元,业主是金诗娜本人。'深川市盐山区盐梅路577号'房产证上的产权人也是金诗娜,三层楼钢混结构,总产证面积:建筑面积2116平方米;花园面积560平方米。经查,该小楼原产权人为深川市盐山区国资委,建造后因为对环境适合性有争议而一直空置没用,委托区房产管理局以拍卖方式,在2028年3月由金诗娜以私人名义拍得,并有承诺协议书规范了用途。无懈可击!不管是产权证上的产权人,还是天琴湾酒吧餐厅,都没有想象中的'周明昌'出现,至少在法律权利上没有周明昌什么事。"

徐佩琪说完,喝了口水。

厉害了,国安局!才一天时间哪!就查清楚了这么多的状况!而且一半内容还是在境外的事呐!杨一方惊奇地想着。

朱俊逸重重地叹了口气说:"这么说,线索就此断了?或者说是暂时断了?"

徐佩琪不置可否,看了一眼杨一方说:"你们总的思路是对的,周明昌和金诗娜也是一定有着复杂的故事的,否则不会有这么多的巧合!但要搞清楚他们俩之间的故事关系,就没有这么简单了。"

"除非他们自己说?"杨一方自言自语道。

徐佩琪接着说:"你们怀疑的情况,我们国安也会同步关注和跟踪。国安深川局已经成立了'华城项目专项工作组',这是目前的头等大事!天都方面老大也已亲自指令深川分局要求确保这个项目绝不能泄密!也同时指令深川市公安局协助配合。同时,又要确保瑞德集团的LHC32项目主要人员的安全,包括朱俊逸总裁的安全!"

杨一方吓了一跳!会有人员安全问题?会有首长的安全问题?

徐佩琪严肃地说:"我国的各类重要项目,只要是走在世界技术前沿的,就一定会有国外国内的间谍联手,疯狂地、不惜一切手段地窃取技术信息!何况这是极其重要的军需项目!"

朱俊逸真的有些后悔,要是不接受这个军需项目订单,可能就不会这么头疼了!前期的疑惑毫无头绪,手上的军需项目将一定会更加麻烦的!

徐佩琪对朱总说:"国安局开始对瑞德 LHC32 项目组负责人的个人信息实施监控,同时'云天网'也对瑞德集团实施了监控。根据情况变化,国安局还会会同军方部门,制定和实施有效的方案方法。产品的技术、配比、参数和用途,以及进度都要保密!更难的是,对实施保密工作和措施的实施也是要保密的!"

第十章 国安局插手

朱俊逸摇着头说:"如果是军需工厂,你说的这些可能容易实施一些。可我们是民用产品工厂,还有大量的民用订单要接单生产。这些LHC32项目组的负责人,也同时要处理日常民用订单的工作的,不可能把这些负责人关在一个笼子里工作生活的呀!"

徐佩卿插话说:"可否将LHC32项目组的负责人脱出民用订单的日常工作,而日常工作另外任命其他人员负责呢?"

朱俊逸沉默了一会儿,转向林雅琴说:"你看一下,有可能分担吗?"

小林接口说:"人员分担应该没问题,这样对项目进度也会有提高。不过研发中心和实验中心,以及生产,还是分不开的。事实上LHC32项目是需要大家一起共同努力,而不是几个项目负责人就能完成的。"

大家都沉默了。

朱俊逸避开冷场的气氛说:"我们瑞德会尽一切可能,尽快尽好地做好LHC32的项目,也会尽力地配合做好保密工作。国安和公安,我相信你们也一定会有有效的方案,承担着项目的保密责任。"

话语中好像是把保密责任踢给了国安、公安!

徐佩琪没有接话,看了一下朱总,心里明白,这个球也是必须要接的!

商谍

第十一章 演习试验

瑞德LHC32项目组和技术、实验部门几乎是没日没夜地努力，从接下订单开始，还不到四十天，就已经将五个不同规格的样品完成了。

生产部也按技术部的尺寸要求和工艺流程要求，开始了工装、工位、流程的生产线改造和调整，并且在智能系统上增加了全参数质控点流程检测。

实验参数证明，技术指标都达到和超过了预期的设计要求，也能完全符合项目订单的技术要求。

钛铝合金的电池外壳表面喷涂了野战数码迷彩色，挺酷炫的！

充、放电试验在瑞德一结束，军需装备部杜明杰和卢新宇就开着一辆民用车牌的越野车，来把五款不同规格的各个样品提走了。

二十几天后，杜明杰少将通知朱俊逸总裁及LHC32项目组负责人一行去观摩用电能动力改装后的军用车辆试验演习。

4月28日上午，一架军用飞机载着瑞德集团朱俊逸总裁、李斌总监、周明昌总监和总裁助理杨一方四人，降落在了不知地名的大漠戈壁。

第十一章 演习试验

下飞机前,一个士兵过来要求每人都交出手机,并且毫不礼貌地搜了每个人的身上,包括各个角落。

朱俊逸原提议希望多带些公司同事一起来看看,可是杜明杰没有同意。

广袤无边的大沙漠上,光秃秃的空无一物。

朱俊逸一行四人,以及军需装备部杜明杰、卢新宇,以及总参作战部、集团军首长等三十几人,坐在一辆侧开式观摩车上。车上装有射程式量子雷达和远程摄像机,一长排的量子计算机系统,以及超宽屏的薄型显示屏幕。强劲的空调倒是驱走了大漠的暑热。

演习开始,突然在空旷的沙漠上,发出了隆隆的响声,不知不觉,地下冒出了十辆十几年前产的老款99C型主战坦克,横冲直撞地在大漠上行驶,留下了很深的履带车辙。

坦克车中以燃油发动机为主动力的有五辆,喷着黑烟,发动机声也特别响。

用动力电能电池为能源的磁悬式变频电机为主动力的有五辆,静静的,只能听到履带的声音。双方将进行对比较量。

显示屏上也同时介绍了燃油动力99式坦克的基本情况:

长度为7.3米,宽度3.5米,重量58吨,最高时速90公里每小时。

坦克车震撼着登场亮相、显示屏上出现了多个角度拍摄的实时视频图像。

朱俊逸有点奇怪,场面上并无摄影用的高或低的支架及摄像机等装备。但显示屏上显示的有俯视实时视频图像和多角度的侧视实时视频图像,以及每一辆坦克车的实时数据闪

商谍

烁着显示。

然后是兵分两路，在一声命令后，坦克车各自在不断的信息指令中，施展着极限加速、全速、爬坡、翻坡、越沟，以及极限调头等！

仅在刚开始的 3 分钟的时间内，五辆电能动力坦克车就已经轻松地超越了燃油动力坦克，并且在 30 分钟的时间里，全部比试目标都倍级超越了燃油动力坦克。

观摩席上传来了一阵掌声。

显示屏上显示出了各种电子记录数据和实时曲线：

各自的燃油消耗和电能消耗；

各自的启动扭力和输出功率；

操控反应速度；

0～32 公里加速时间；

加减变速系统速度和平滑特性；

车内空调系统的负载和电子装置的负载；

耐异常突变特性……

全部对比指标结论是，电能动力坦克的各项性能，均超过燃油动力的百分之五十及以上！

特别是在储能数值上，燃油动力一次加满柴油，主副两只油箱是 200 升。不计算主副炮塔和 DD38 导弹操作，可以连续行驶距离是 450 公里。

而 12080 型锂硫石墨合成动力电池，两块标准架构的电池，就可以连续行驶 10000 公里！车上还有两块同样的备用电池用于续航！

第十一章 演习试验

更大的区别在于,一是电能动力没有污染排放,车厢内空气清洁,无燃油味;二是不行驶时,车厢内开着空调和全部电子设备时,极其安静!不需要像燃油动力这样,人一进坦克内就要启动发动机,否则就是一个闷罐子,也不能操控任何电子设备。

卢工在观摩车上也不停地为朱俊逸他们介绍着对比的参数和指标数据的重要性。同时介绍说:"车速是受到了履带的局限,而电能动力式的坦克总重量也比燃油动力式的减轻了近5吨!这将能使坦克的弹载量获得较大的提升!"

然后进行无人智能驾驶操控坦克的试验演示。这是军需装备部的另一个预备项目,同时也是验证燃油动力和电能动力的性能指标对比。

燃油动力坦克和电能动力坦克各自展示演出了无人驾驶的爬坡,加速减速,调头越沟等常规的项目外,同时演示了主炮射击打靶,机关枪射击打靶。更甚的是,DD38型导弹在自动无人操控下的发射!绝对是稳准狠!显示屏上传出的目标命中环点数都是10A+!

观摩席上又是一阵掌声!

第三项是燃爆危险性试验!这是各选出一辆燃油动力坦克和电能动力坦克在无人驾驶的常规行驶状态下,由另一辆坦克的发射导弹对其进行射击!实验其坦克的燃爆情况对比。

这有点像是在打游戏!杨一方着实惊呼了一声!五千多万元一辆的造价啊!还不算导弹在内,就可以这样玩呀?

只听一声命令,两辆坦克各自高速行驶在大漠荒滩上。大约行驶了十几分钟,突然传来了沉闷的连续两声尖利的呼

商谍

啸，接着又是连续的两声呼啸！DD38导弹就分别以精准的点环击中了正在行驶中的两辆坦克，竟然是轰得坦克跳了起来！一瞬间碎钢铁横飞！履带断裂！主炮塔竟被轰飞了出去！

紧接着，传来了燃油式动力坦克车的两只主副油箱的爆炸声，冲天的火焰熊熊燃烧！

而电能动力坦克也被导弹击中！两块12080型锂硫石墨合成动力固态电池竟被炸得四分五裂地弹落在大漠中！另外两块备用电池一块还算是完整，另一块也被炸得粉身碎骨了！而坦克却是没有燃烧，更没有爆炸！

类似于沙滩车模样的遥控机器人，或者说是有着多条手臂的自动智能履带式沙滩车，飞速地行驶到电能动力坦克边上，将四块电池的碎片捡到车上，又驶了回来。

卢工和军需部的两位专家，以及瑞德集团的李斌，将这些电池碎块按编号再拼复成四块电池。经李斌总监检测，电池因受外力影响而自动触发了解码器系统，已经自动自损了电极合成的材料架构和生产密码！

这有点像是在受到不正常外力触发下的自行了结的自杀行为！作用完全是为了产品的自我保密！

从试验项目三的爆燃实验中，总参作战部和集团军首长特别兴奋！一致认定，因为没有可燃爆性液体，电能动力电池的坦克的燃爆发生的可能性降到了很低！

而电池的自损毁功能，能保证哪怕动力电池被敌方获得，也是完全自损的电池，材料架构成了一堆垃圾而已！

更重要的性能是，电池在遭受到轰击爆炸后，不会燃烧！

出席观摩的首长们一致拍手叫好！称赞不已！

第十一章 演习试验

卢工向前来参加观摩演习的来宾和首长们介绍说："今天演习的坦克，是在老型号坦克的基础上，在现有燃油动力坦克的条件上做了电能动力的改造，并将燃油发动机改为了变频磁悬式电机。另外，我们还需要进一步做极限耐高低温试验，耐环境性试验。

"目前使用的 1200 千瓦变频磁悬式电机是从国外进口的，这也将会列入我国自行研制的军需装备配套件范围。

"有了今天的演习参数，接下来我们会重新设计和制造，将坦克全部升级为有人和无人操控主战坦克，型号升级暂命名为 32Ei 型。并且，将会有一种全新结构的履带出现，这将会使坦克的最高行驶速度提高一倍。

"第二步，我们军需部将会在歼 29 战机上改造成无人和有人驾驶的电能动力战机！若是同样成功的话，我们也将会重新设计制造全新型号的电能动力无人和有人操控的战机！

"这样，战机的飞行距离将可以提升五倍，甚至是十倍！足够在祖国广袤的领海上空盘旋和飞翔，以及作战！另外，新设计的电能动力系统的推力和马力输出，将会比燃油引擎提升 50% 以上，这将会使我们的战机推力更足！速度更快！起飞跑道距离更短！当然，这个项目的难度大大高于在地上跑的坦克！

"逐步改造成功了地上跑的和天上飞的，当然我们也会改造海上的艇舰！任务很重哦！"卢工略显得意地说。

参加观摩的集团军首长们兴奋不已！对军需装备部的首长说："你们边改我们边用！我们的实战演习试验结果一定是比你们的模拟试验真实得多！结论也快得多！否则等到你

们全部试验流程走下来,我都要等到啥年月呀!"

杜明杰少将接话说:"我们也想在全部动力系统的军械装备上铺开最新最好的技术,使中国军队的国防走向世界领先的地位!工作压力巨大呀!"

杜明杰转身对朱俊逸说:"邀请你们一起来参加观摩演习,是想让你们直接体会到,你们的军需物资对祖国的国防科技发展有着多么重要的作用!"

其实朱俊逸一行瑞德集团人员,从演习开始就被惊到了!好像是上了一堂不用听演讲的培训课程,信心和压力俱增!有种摩拳擦掌跃跃欲试的兴奋!

从西北军事基地回来,朱俊逸就召集了LHC32项目组成员开了个短会。

会议并没有提及观摩军事演习之事。

朱总把去了军事基地改成说是去了华城公司,先请李斌将客户的试验情况和相关要求向在场人员做了介绍。

李斌也没有说是看了坦克的演习对比,改为说是电池驱动电机的负荷运行情况下,包括突变,加减速时的放电特性和曲线的记录情况。

李斌特别提出了存在的一些技术性问题,环境温度极限下的负载放电存在的问题和耐振动等级,在重力加速作用下的稳定性分析,以及要提高的建议。

李斌总监又加强语气补充说:"耐燃爆特性一项至关重要!除了机械碰撞外,比如说对枪炮,甚至导弹轰击,可以碎裂,不能燃烧爆炸的性能设计和试验,仍可以加强和提升!"

第十一章 演习试验

会议对每位项目组成员负责人制定了工作任务和计划，对完成的时间作了最后约定，并且制定了生产开始的时间！

朱总再次地强调了保密工作的重要性，甚至把保密工作提升到了比生命更重要的高度！

商谍

第十二章 周明昌失踪

随着研发中心和实验中心对LCH32项目的生产前期准备工作的技术工艺和参数做最后的确定,朱俊逸这段时间也紧盯着每一个参数仔细观察分析着,总担心着批量生产时,材料合成配比与试验结果能否完全达到设计的要求。其实有李斌总监把控着,朱总应该可以不用亲力亲为的。

当大家都忙得没日没夜的时候,李斌一早来到朱总办公室焦急地说:"周明昌没有请假,不知道怎么了,有两天没来了。打他电话一直关机!今天是第三天了,我担心会不会出什么意外?"

朱俊逸一下从椅子上弹了起来!怒斥着说:"怎么到现在才来说啊!"

转身叫了杨一方,驱车和李斌一起去了周明昌家。

周明昌住在小梅沙新富苑小区公寓楼,这是当初公司买的,朱总也是好久没来了。

一行三人上到702室,怎么敲门也没有反应。杨一方看了一眼密码门锁,对着门锁倒腾了几下,就把门打开了。

李斌看了一眼小杨,没有作声。

家里没人,但明显是有打斗过的状态发生,以及凌乱的

第十二章 周明昌失踪

书房和没有关机的电脑！朱总很是吃惊！知道一定是出了什么事了！

杨一方扫视着房间，看不出有血渍之类的痕迹。

没有去触碰任何东西，杨一方对首长说："我们还是让公安和国安来吧？"

朱俊逸看着室内的状况，明显感觉到是周明昌的电脑里有着什么东西，才让什么人给绑走了。立即打了市刑侦大队徐佩卿的电话，并在电话里大致将现场情况和可能的关联说了一下。

十多分钟后，徐佩卿大队长带着侯子华和几名警员赶到现场。

侯子华先将朱俊逸、李斌和杨一方三人的鞋印和手印在平板电脑上进行扫描，然后请三位退出了房间，弄得三人有点哭笑不得。

然后徐佩卿也退出了房间。

用一个手持UV（紫外线）灯光，一端连着手提电脑，对着门外走廊，门和门拉手，室内地面，书房，桌子和电脑键盘，以及电脑主机等逐一进行扫描。侯子华的电脑屏幕上同步显示出了各种指纹，也明显地看到了杂乱的鞋印。

侯子华按了一下键盘，屏幕上减少了一些鞋印。杨一方看懂了，这是先排除了自己三人的鞋印。

扫描完成，侯子华并不急于分析有几个鞋印和手印，而是先与徐大队长一起，仔细察看着房间里的每一个角落。

侯子华看了一下周明昌的电脑，虽然没有关机，可是电

83

商 谍

脑主机内的硬盘已经给人拔了！猴子叹了口气说："硬盘没了！这个电脑差不多就只剩下个废壳了！"他把电脑主机搬出房间门外，准备搬回局里再说。

没有借助小区楼内的监控。侯子华输入了一串密码，平板电脑屏幕上显示出了"云天网"全景监控，新富苑小区的动态视频清晰地展现在屏幕上，犹如你站在楼顶看着小区内的动态实况。

侯子华将时间倒退回去，调整到前三天的5月17日，这是李斌说周明昌没有来上班的第一天。

输入了周明昌的照片，电脑开始快速地自动搜索着这一天24小时内的全天视频，没有什么线索。

再倒退到5月16日，这是星期天。

屏幕上出现了周明昌驾车回家，时间显示是23：16。

李斌说，星期天是加班的，下班的不晚，大约六点半钟。这中间的时间，周明昌没有直接回家？

屏幕上继续出现了23:25，有四个人相继进入了公寓楼中。

杨一方惊呼了一声："这四个男子中，其中两个怎么有些面熟啊？"

小杨叫侯子华调整清晰度。

"这是那天在马雄的皇冠会所挨过揍的几个家伙中的两人！"杨一方肯定地对着朱俊逸说。

朱总也点头，是这两个家伙！

徐佩卿听着，立即电话命令刑侦大队："立即封锁皇冠会所！捉拿马雄和这几个家伙！"

侯子华同步地将屏幕截图发给了刑侦大队。

第十二章 周明昌失踪

屏幕继续出现了这几个家伙挟着周明昌离开公寓楼后上了一辆白色面包车,时间是23:48,车牌号是"深BE287692"。明显能看出周明昌处于昏迷状态!

侯子华将车辆视屏截图发给了刑侦大队,同时命令追查跟踪周明昌的手机定位!

把屏幕"云天网"搜索扩大,在新富苑小区外看到了这辆白色面包车快速行驶在惠深沿海高速公路上,向大梅沙海滨公园的方向,然后进入了大梅沙隧道。

大梅沙隧道总长1520米,隧道出口处是盐梅路。可是,"云天网"竟然是停留在隧道出口处反复搜索着,没有找到白色面包车!屏幕上发出接连的"滴""滴"声音,也感到是迷茫了!

"糟糕!"侯子华叫了一声,"车不见了!"

"云天网"是卫星定位技术的监控视频系统,是从天上往下监控搜索的技术。当遇上障碍物时,就显得无能为力了!

刑侦大队发回信息称:查无此车牌!

这其实也是意料之中的!侯子华骂了声:"混蛋!"

徐佩卿立即对侯子华说:"调入到大梅沙隧道监控!"

屏幕上分隔成两幅画面,右上角显示出了光线不足的隧道内的画面。

车流不息的隧道交通中,驶入端显示了这辆白色面包车,时间是17日0:16。但是在隧道中段却是烟雾蒙蒙,什么都看不见!

这是怎么回事?

然后在隧道出口端就再也没有这辆白色面包车出现!

商谍

隐身术？烟幕弹？

侯子华惊了！

徐佩卿指着屏幕说："再倒回去看！"

屏幕上显示，隧道的中段此时烟雾已散尽，一辆白色面包车打着双跳灯，还在隧道内！

徐大队长一个电话打给刑侦大队："以最快速度赶到大梅沙隧道！"

八分钟后，传来刑侦大队的消息，面包车中空无一人，现在将车开回刑侦大队。

金蝉脱壳？

刑侦大队同时报告："周明昌手机在隧道中找到了，但已经是绝对的粉身碎骨的了！是摔烂后又给无数车辆多次碾压！也没有找到电话卡！"

大家一片茫然！徐佩卿沉思着说："我们遇上一个经验老到的犯罪分子了！"

刑侦大队又报告：皇冠会所被查封，除了老板马雄在会所，已捉拿回刑侦大队外，没有黑衣人，查获冰毒大约三公斤。

可是马雄竟然仍在会所？他没有逃跑？有些奇怪！徐佩卿悟着其中的可疑迹象……

杨一方思考着说："傍晚六点半下班，十一点多到家？这段时间周明昌是否与金诗娜在一起？"

徐大队长也是这样在想，说："我们先去天琴湾餐厅，这里让刑侦队继续搜查。"

李斌很知趣地接口说："那我回公司了。"

第十三章 天琴湾餐厅

可能是中午吧,天琴湾酒吧餐厅只有几位客人在用餐,也没有喧闹的音乐和灯光。

吧台上一小伙子出来打招呼:"几位是用餐的吗?里边请!"

徐大队长出示了一下刑侦工作证说:"我们找金诗娜!"

把小伙子吓得一惊!连忙说:"娜姐在三楼,我打电话给她吧?"

徐佩卿一行人没有理他,径直上楼了。

金诗娜听到楼梯上有声音,马上迎了出来,问:"几位是?"

朱俊逸打量着金诗娜:不施粉黛,无一件饰品修饰,仍是皎洁清秀,身材高挑修长。上套一件宽松的圆领短袖T恤,下着一条牛仔七分裤,气场十足,清爽利落。确如杨一方所述,是位清秀佳人。只是不知道为什么,脸上总有着那么一丝淡淡的忧容。

徐佩卿又拿出工作证给金诗娜扫了一眼说:"我们是市公安局刑侦大队的。"又指了一下朱俊逸和小杨说,"这两位是深川瑞德集团朱俊逸总裁和总裁助理杨一方。"

金诗娜向众位点了下头,转对杨一方说:"是方哥?"

杨一方点头，心里有些吃惊，只是见过一面，记忆力极好的嘛。

"请问各位找我？"

徐大队长看了一眼金诗娜说："周明昌被绑架失踪了！"

"啊？"金诗娜惊了一声，随口轻轻地说了句："该来的还是来了！"

闻言，倒是让徐佩卿吃了一惊，"你知道？"

"我想过，总会有这么一天的。"金诗娜接口说。

徐佩卿大队长把周明昌从5月16日六点半下班，到晚上十一点多回到家，然后被拖上一辆面包车，简单地向金诗娜说了一下。

"我们想了解一下，你所知道的、参与的、以及你们之间的关系！"

金诗娜沉默着，叹了口气说："我会告诉你们的，周明昌所做的，都是为了我！"说着，金诗娜已是泪流满面了！

金诗娜娓娓道说着，声音甚是好听：

"16日傍晚周明昌没来我这里，她边说边看着手机上的来电时间，显示是晚上19：16。

"周明昌对我说，他可能要离开深川一段时间，是黑龙帮在拦截他！我说想见到他，他不同意！他不想让我卷进去！并急促地要求我尽快地离开深川！"

金诗娜看了一下朱俊逸，淡定地说："我知道是周明昌出卖了瑞德集团的技术，这也是为了我！周明昌也已经知道你们发现了转发器。但是黑龙帮还不满足，上个星期天要求周明昌提供LCH32项目的全部技术资料！周明昌知道这是军

第十三章 天琴湾餐厅

用新技术物资,死不从命!黑龙帮威胁说要把我一起弄死!"

闻言,徐佩卿、朱俊逸大吃一惊!军需项目 LCH32 已泄露?黑龙帮?长岛国的黑龙帮帮会?

徐佩卿立即发了个信息给徐佩琪。

没过几分钟,一架军用直升机降落在酒店草坪上。徐佩琪和国安深川局赵副局长两人匆匆上了三楼会议室。

天琴湾酒吧餐厅外又站了几个公安人员,门口站了两个国安的,看来营业是要停了。

赵之峰副局长和徐佩琪处长没有插话,坐了下来。

金诗娜看了一下来人,继续接着说:"黑龙帮是长岛国历史悠久的第一黑帮会,发起于木村家族。

长岛的村上制作所是木村家族的控股公司之一。而安洋电池则是村上制作所下属的电池株式会社与星国能士股份有限公司合资组建的企业,电能电池产品主要供星国和长岛国的军需。"

徐佩卿看了一下徐佩琪,心想,国安的报告中没有显示村上制作所和木村家族与安洋之间的关联!

金诗娜看了下大家,感觉是在等着她讲述,抿了口水继续说:"在座的可能想要知道,周明昌和我的关系,这说来话长,各位可否愿意听?"

各位点头。

第十四章 金诗娜的故事

"我2000年出生在成多市金牛区的锦欣苑小区,与周明昌婚后的家是一个小区的邻居。

"我的家是一个支离破碎的家,父亲嗜酒如命,又要赌!天天喝的七醉八疯的!喝醉后就发酒疯,打妈妈,打我。那不叫打,几乎就是暴虐!

"我十周岁生日那天,小姨送来了一个小蛋糕,我开心极了!跳跃着,舞蹈着,自己给自己唱着生日歌。

"爸爸醉醺醺地从外面撞了进来,看到我的蛋糕,一把给摔在地上!一边揪着我的头发,一边骂着:你一个倒贴货!你也配过生日!接连的巴掌扇着,把我的牙齿都打飞了!

"我逃了出来,满脸满嘴是血,在小区里一头撞在了一个人身上,把这个人的衣服也沾上了血渍!

"这个人就是周明昌,我们住在同一小区。他看着我鼻青脸肿,吓得赶紧抱起我,奔向医院!医院报案把爸爸抓了进去。

"我在医院里住院治疗了十余天,都是周明昌陪着,为我买了各种好吃的零食,买了新衣服。

"那时他刚结婚不久,新娘子不开心是自然的,不陪着新娘子而是陪着一个素不相识的小女孩!

第十四章 金诗娜的故事

"当时我十岁,根本不懂什么的,还认为有哥哥陪着,这是我最开心最幸福的一段时光!不知不觉中已经给周明昌的新家埋下了隐患!

"没多久,明昌哥跟我说他要去长岛工作,但没有告诉他妻子。我也不懂为什么不告诉他妻子。

"明昌哥给了我一张银行卡,说我要用钱,要买衣服什么的,都可以用这张卡。我高兴坏了!因为我从小就没有零花钱的!

"明昌哥离开成多后,我妈和爸爸离婚了。

"可是我妈妈开始迷上了麻将!没有了固定工作,靠着帮人做保姆打小时工,微薄的收入根本支撑不了一个家,连我的上学书杂费都付不了,还欠了一身的债!结果把小区的房子卖了,租了间屋子母女俩度日。

"小学六年级,成多市舞蹈学院来学校挑选舞蹈学员,我一眼就被选中了。可是学费服装费价格昂贵,我不想去了。

"明昌哥正好从长岛回来,知道后,鼓励我去学舞蹈,去学习我所喜欢的一切知识和技能,并为我买了个手机,说有事情可以随时告诉他。

"我不知道的是,明昌哥的妻子刘思影已经怀孕了,周明昌去探望了一下,就离开去长岛工作了。

"差不多我上中学的费用、零花钱等,都是明昌哥资助的。

"我高中毕业前,周明昌妻子刘思影在我学校的课堂上找到了我,当着老师和学生的面,扯着我的头发,大骂我是狐狸精!骂得我无地自容!我大哭着逃出了学校!再也没有返回学校,也没有参加高考。

商谍

  "明昌哥那时已在深川瑞德集团工作了,知道后,又从深川赶了回来。坚决要求我必须要上大学,并协助我办理了去长岛国留学的签证,他说他在长岛的朋友会照顾我。

  "幸运的是,我竟然顺利地考进了早稻田大学。而我在长岛的所有开支,都是明昌哥资助的,我着实是受之有愧!

  "其实是我的本意想要早点成家,这样应该可以不需要明昌哥的资助了。

  "我在早稻田大学期间,同学们称我为校花,追求我的人不计其数。其中有一个男生,是个富贾家族公子,叫木村井一,比我矮了半个头,每天下课等着接我。

  "就这样,我就匆匆地坠入了爱河。

  "三个月后,我发觉怀孕了!

  "然后,我发现他同时与另一女子在谈恋爱!再逐步了解,发觉木村井一绝对是个花心大萝卜!同时和几个女子保持着暧昧关系!我气坏了!孩子不足月就早产了,我的身体也很虚弱。

  "生宝宝后,我在医院住了二十来天,其间宝宝的爷爷奶奶、太爷爷来医院看望过我。

  "我其实不知道木村井一家是什么来头,他们家族的人来医院时,我住院的小楼是被许多穿着黑衣的人围起来保护着的!

  "据太爷爷说,木村家族几代人都是男子,我出生了一个女婴,喜欢得不得了!太爷爷为曾孙女取了姓名:木村良诗,这个诗是我姓名中的一字。

  "木村家太爷爷其实是挺喜欢我的,要接我回木村家,并承诺说会说服井一和我成婚。我死活不肯,并且要求带着

第十四章 金诗娜的故事

女儿回国。

"我和女儿出院后,木村家安排我和女儿一起,住在一幢小楼内,有保姆照顾着,可是木村井一从没来看过我俩。

"木村家告诉我,女儿绝对不会让我带走,其他条件任我选择。

"从我生了女儿后的两年里,我与明昌哥没有联系过。

"那天我提出要一个手机,拿到后我第一个电话就打给了明昌哥。一接通电话,明昌哥竟然哭了!他说找了我两年了,音讯全无!我把这些年的情况告诉了他,我说想回家了。可是我自己也不知道是要回哪里,哪里有我的家?

"我打了个电话给我在成多的妈妈,电话那端的妈妈竟是很虚弱的声音,是妈妈病了。

"我知道,我必须回成多!

"我向木村家说了情况,要带着女儿一起回成多看妈妈。木村家没有反对我回去照顾妈妈,但是坚决不同意我带走良诗!

"可是这两年里,良诗一刻都没有离开过我,从牙牙学语到现在活泼可爱!我哭了好几天,最后还是与女儿分别了!

"木村家给了我一张1000万元人民币的银行卡,说不够可以随时说的。

"我回到成多,明昌哥已经把我妈妈安排进了医院住院治疗,并已预付了住院费用。

"到了成多我才想到,其实我在成多已经没有房子没有家了,于是用了680万元买了间小户型的房子。七七八八的就把1000万元花得差不多了。

"我不想再向木村家要钱,也不能再用明昌哥的钱了。

商谍

我在成多的一个会所找了个工作,白天在医院陪妈妈,下午四点去会所上班,到凌晨两点钟下班。

"这样的日子过了两年。两年里,我最难熬的是想女儿,每天想!

"妈妈去世了!我突然感到空寂!我仍然坚持着想接回女儿!

"明昌哥告诉我木村家族在长岛国的权势,劝说我领回女儿的可能性不大。还是待女儿长大了,让孩子自己选择吧。

"明昌哥劝说我,想女儿了就去长岛看她一下,然后开始过自己的生活,过好自己的生活!

"在成多已经举目无亲了,我来到了深川,在万科城租了个房子,那是2027年的三月。明昌哥那天很开心,我们俩在皇冠会所喝着酒,聊着将来,喝得有点过了。他打了个车先送我回家。

"明昌哥送我上楼,我倒在了明昌哥的怀里,我吻着他,心中充满着感恩!他也紧紧地抱着我,吻我!这是这么多年来,明昌哥第一次吻我!我非常想以身相许,不论算是报答也好,爱情也好!我知道,周明昌一定是深爱着我的!可是,明昌哥突然推开了我,满脸羞愧地说:他非常非常爱我,这完全是一种爱护的爱!他不愿意做伤害我的这种爱!

"我就像是一个他非常喜欢的瓷娃娃,他的爱是喜欢,是爱护,是怕被打碎!

"那晚,我枕着他,他抱着我,睡了!但没有跨越这道鸿沟!直到今天,我俩仍然是!"

所有人都听的唏嘘着!

第十四章 金诗娜的故事

金诗娜也是泪水浸湿了眼眶！金诗娜喝了口水，继续说：

"那天早上，明昌哥对我说，要求我能学着自己去做喜欢的事，试着创业，试着做老板。他说天琴湾那边有幢小楼，政府要拍卖，可以开一个非常不错的会所之类的餐厅，我们可以买下这幢小楼！我惊恐地看着他，那幢小楼，怎么也是上亿元的价值！

"明昌哥告诉我，有个长岛的企业，是他原来在长岛工作过的企业，好像是叫什么村上制作所，要周明昌提供瑞德集团最新的产品技术资料，出价不低。

"我一听就慌了！这个事情你不能做！千万不能答应的！我可以在深川打工的，日子也一样可以过！

"周明昌说他想过的，在这个年代，不自己做老板，是不能扬眉吐气地做人的。

"明昌哥说：为了你，我什么都愿意去做！

"我哭了！我真的不值得明昌哥为我牺牲这么多，却不要回报！

"我抱着明昌哥，在他的怀里抽泣着，听着他那突然变得很粗重的呼吸声和心跳声！明昌哥紧紧地拥抱着我，又立刻松手起身走了。"

"几个月后，我的账户里就陆续收到了将近两个亿人民币！我的心是极其惊慌不安的！我想着这早晚会出事的！

"我不肯去参加拍卖小楼，这也是周明昌去的，包括注册营业执照，小楼装修，他忙得不亦乐乎！每个星期天都扑在这小楼里了！还开心得像个小孩似的，可是我的心却是在滴血！

"小楼开始营业后,他到反而来的少了,是我打电话给他一次,才来一次的。他说我应该能独自经营好的,他来多了反而会影响我。

"周明昌有一女儿,所以他也没有离婚,说以后女儿出嫁时,婚礼上没有了爸爸,是会给她的人生造成阴影的。

"我好几次向明昌哥表白,说我很爱很爱他,我愿意嫁给他!这是真的!我是真心的!可是不知道为什么,明昌哥说这是我想着报恩,不是爱!"

说着,金诗娜又哭了!

金诗娜看了一下朱俊逸,继续说:

"今年过年后,明昌哥告诉我说公司已经知道了资料失窃,也查了明昌哥的电脑。不过,这个传输卡不是明昌哥安装的!明昌哥的资料是从家里发送出去的。

"明昌哥说,瑞德集团内一定还有窃贼!他也不知道是谁!是为了什么?"

所有在座的都是又吃了一惊!这个服务器里的传输卡不是周明昌安装的?除了周明昌,瑞德集团内部还有窃贼?

金诗娜继续说着:

"上个月的一天,明昌哥很慌张地打电话给我说,叫我千万要小心!有紧急事可以向马雄求助!或者报警!我不知道发生了什么!我也对马雄没有什么好感,虽然马雄也是很照顾我。

"今天是5月20日吧,前一星期,是12日,明昌哥下班后来我这里吃晚饭。他告诉我说:瑞德公司承接了个很重要的军需订单,这是关系到国家军备发展的高科技产品。不

第十四章 金诗娜的故事

知道是怎么回事,长岛黑龙帮竟然知道了!要他把技术资料卖给他们!

"明昌哥说,这不是简单的企业之间的竞争和泄露技术的问题了!是国家重大的军事战略部署和超前的技术创新项目!这个不是能卖能买的!

"黑龙帮对他说,价格可以随我说,或者是金诗娜你会有麻烦!

"明昌哥说,他或许可以一走了之,可是我会有危险!

"我拼命地说,明昌哥,你走吧!你走吧!是我害了你的……

"明昌哥说着,黯然泪下……

"那天明昌哥去皇冠会所,马雄告诉他,黑龙帮的几个长岛人这段时间一直住在喜来登酒店,也经常来他的会所。其中有个叫渡边的家伙,找了马雄几次,要马雄带人绑架我。

"马雄却是豪横地告诉渡边,绑架谁都可以不管,但唯独不会允许绑架金诗娜!而且他一定会保护好我,叫渡边不要太过分了!

"可能是强龙斗不过地头蛇吧?马雄还在暗里派人保护着我。我也发现有两个看着似黑道中人,每天在我酒吧喝酒,从营业到凌晨结束才走,有时候会在餐厅外晃悠。

"黑龙帮不会罢休的!我想,明昌哥如果不合作,一定会有危险的!"金诗娜看着徐佩卿说。

"可是……明昌哥会在哪里?会有生命危险吗?"

第十五章 审讯马雄

听了金诗娜的述说，摆在在座几个人心头的案情更是复杂了！

一，瑞德集团前期的技术泄密案，周明昌为作案嫌疑人。那么在集团服务器中的 7.5G 传送器是谁安装的？

二，黑龙帮如何知道瑞德集团的军需项目？瑞德集团公司还有内鬼？军需项目已经泄露了吗？

三，马雄与黑龙帮有什么关系？为什么要保护金诗娜？

四，黑龙帮来深川的目的就是为了军需项目？受谁指派的？

五，周明昌一定会有危险！他现在在哪里？或者，金诗娜也会有危险！

徐佩卿立即通知刑侦大队，一是追查周明昌的去向下落，二是安排人员保护金诗娜。

徐佩琪也很清楚自己的职责，军需项目的泄密是天大的事！查清黑龙帮来深川的真实目的，查清马雄和黑龙帮的关系，事关国家安全利益！

徐佩卿大队长说："马雄现在在刑侦大队在押，国安赵副局长和佩琪与我一起先审了马雄后再看吧！"

徐大队长转身对金诗娜说："你的安全我们会安排保护，

第十五章 审讯马雄

但你不能随意外出的！有任何消息请随时联系我。"

大家起座各自离开。

马雄被押回刑侦大队后，暂时在拘留室关押。

徐佩卿大队长和国安局徐佩琪副处长二人主审，赵之峰副局长在单向玻璃外听审。

马雄有点垂头丧气的模样。

徐大队长看了一眼五大三粗的马雄，说："你知道我们要问你什么吗？"

马雄并不惊慌地说："我想我大概知道。"

"我叫马雄，浙东余杭人，今年48岁，2006年京华大学金融专业毕业后，回余杭市建立了小额贷款公司，主营网络借贷业务（P2P）。从年盈利五个多亿元，到破产，仅仅只是四年时间！人生从高峰一下跌落到谷底！

"2011年，我只身去长岛国，是为了躲避债务。

"我想着要快速赚钱，用带去的两千万元人民币的本钱，开始在长岛买卖冰毒。长岛的毒品买卖基本上是黑龙帮控制的市场。外人要想进入这个买卖，基本上是在找死！

"可是我一是不懂不知道，二是在一年多的时间里，我的毒品买卖市场份额竟是极快速地发展，我手下竟也有了七八十个分销人员了。黑龙帮找到了我，把我打得差不多只剩一口气了，扔在了荒郊野岭。过了一会儿，黑龙帮又把我拉了回去。一个叫渡边的头目说，黑龙帮很看好我的销售能力，叫我进入黑龙帮会。

"我在黑龙帮会的罩着下，又做了几年的毒品买卖。赚

99

的钱应该足够抵还国内所欠的债务了,我就回浙东了。

"在余杭,我还清了全部债务。那些年 P2P 已是遍地开花的了,但也是臭名昭著的了。2016 年,我来到深川,开了个皇冠会所。"

徐佩卿插话说:"继续贩卖毒品?"

"没有!"马雄说,"我从长岛回来就没有沾过毒品买卖,我不会让中国人也吸食毒品!你们在会所找到的冰毒,是黑龙帮有意留在我会所的。"

马雄接着说:"两年前,2030 年的三月初,突然来了渡边一行的长岛人,说是来看望老朋友!我也不知道他们是怎么找到我的。

"他们坚持认为我仍是黑龙帮的会员,要我继续分销毒品,我断然拒绝了!

"他们知道我在广栋的朋友不少,真的要对我动手他们也赢不了,对我也只能礼让三分的。然后这帮家伙就隔三岔五地来我的会所喝酒聊天,我这里好像成了他们的据点了。我也随他们来去,毕竟在长岛国时,他们也帮过我。

"今年四月初,渡边带了几个我没见过的长岛人来会所喝酒。听他们说到瑞德、李斌、周明昌和朱俊逸,我有些吃惊!我认识瑞德集团这些人,朱俊逸和我是同届不同专业的校友。周明昌也经常来我会所。

"事后我借着喝酒问了渡边,渡边说了个大概:他们想要挟李斌去长岛工作被拒绝后,又要求周明昌出卖技术。我感觉一定是有重要事情发生!我那天截住了周明昌问了个详情。

第十五章 审讯马雄

"周明昌倒是非常信任我！他将怎样认识了金诗娜，后来帮助金诗娜在几年前买下了这个小楼，原原本本地告诉了我。

"我还特意地对他说，为自己的情人做些事，出点力，也是应该的！

"周明昌却告诉我，他俩从没有这层关系！我真是大跌眼镜！

"周明昌还告诉我，长岛人要他出卖军需技术，他已拒绝！但这样，或是他本人，或是金诗娜，都会有危险！他请求我能保护金诗娜！说这是他唯一不放心的。

"我忽然转变了对他的看法，周明昌的人品还是不错的！

"我是看着金诗娜的天琴湾酒吧餐厅开业的。这几年里，她把酒吧餐厅做得风生水起。而她的美貌、诚信，真诚待人的处事风格，给我极好的印象！如果没有周明昌插在中间，我一定是会拼命地追求她的！

"真的，就只是看着金诗娜，也是一种至高的享受！"说着，马雄自嘲地笑了笑。

徐佩琪问马雄："长岛人是怎么知道瑞德的军需项目的？"

马雄摇头说："我没问，我也没有这个意识。渡边来深川的时候一般都住在喜来登酒店，其他人就不清楚了。"

马雄说："他们好像还是把我当成是黑龙帮的人，把我的会所当成了他们的据点了！

"5月15日下午，他们开着一辆面包车，来了四人，其中一个长岛人原来没见过，好像是渡边的头目。这四个人中，

商谍

有两个是曾经喝醉酒后在我会所闹事的,是东馆梁晓明的人。

"他们坐在大厅吧,所以我听不出他们在说些什么。渡边过来对我说:他们要绑走金诗娜,逼迫周明昌交出技术资料!希望我协助!

"我恼怒了!一个电话叫来了二十多个朋友!

"我对着这个长岛人怒吼说:谁要是敢动金诗娜,谁就不可能活着离开深川!

"他们不知道我为什么要保护金诗娜,但也不想与我为敌,嘟囔着没有行动。后来的事情我就不知道了。"

马雄结束了述说,又加了一句:"我不会让他们欺负金诗娜的!"

第十六章 扑朔迷离

刑侦大队警员报告,在盐山港码头16仓区发现车牌号为深BE759108的小车,监控中发现有周明昌以及其他四人。到达仓区时间是5月17日凌晨0:42,却至今没有发现有人出来。他们派了七个人去搜寻,却是一无所获!

刑侦大队是在查看了隧道监控中,从17日0:16看到白色面包车进入了隧道后,隧道中段出现烟雾,到这段时间出隧道的车辆中,由"云天网"监控分别追踪这些大小不同的共十六辆车。结果发现有一辆小轿车从进入隧道到出隧道的时间,比其他同时间进入隧道到出隧道的时间,多了五分半钟!这辆车径直开到盐田码头16仓区。

经查,这辆七人坐的小车,是东馆一家工厂在两个月前的失窃报案车辆。我们在车上提取了指纹、鞋印和头发,其中有周明昌的指纹。

"又蒸发了?"徐佩卿惊疑地问,"今天是20日,他们不会在仓库里不吃不喝住上几天吧?仓库的各个出口都查了吗?"

"这个16仓区是个单层五六千平方米的老仓库,除了正面有三个卷帘式大门外,别无通道,也无厕所。仓库内堆放着大量的木箱包装的物品,好像是大量被退运入境的塑料日用制品，有些年头的了。

"我们把监控调向前十天，开始查看库区的情况，至现在为止，竟是除了17日凌晨开来的这辆车以外，没有任何装卸作业车辆进入过，不过每天有少量的员工有进出16仓库！"

见鬼了？报告的警员也是一头迷雾！

"那他们带着周明昌去哪了呢？去干啥了呢？"徐佩卿自言自语地说。

赵副局长、徐佩卿、徐佩琪三人坐在小会议室里，都是闷闷不乐的样子。

赵副局长忧心地说："从金诗娜、马雄的述说中，我感到压力更大更重了！

"瑞德集团前几年的民用产品技术泄密事件，周明昌是案犯，先搁在一边。而黑龙帮竟然是盯上了今年的LCH32军需项目，目标明确，作案手段老道！我们的工作已经迟缓了！国安局必须立即查清楚黑龙帮在深川的动向！军需项目是如何泄露的？泄露的程度如何？"

徐佩琪看着自己的平板电脑说："喜来登酒店的住宿记录中，多次有持长岛国护照的渡边川三的住宿记录。最近的一次登记入住时间为5月14日下午2:35。5月14日下午4:16，有持长岛国护照的松本井田入住，由渡边川三陪同在前台登记。二人房号分别为1207和1209；现在显示仍没有退房。经电讯处查证，1209房间有无线微波通信装置，频道为0.36203GHz，接收端为长岛国的'丸红3号'量子通信卫星。因为使用的是量子通信系统，信号内容目前无法解读。"

第十六章 扑朔迷离

徐佩琪接着说:"深川机场入境旅客记录中,渡边川三是乘坐 NH933 航班从中田机场到深川,到达时间是 14 日中午 12:05;而松本井田是乘坐 NH982 航班,到达时间是下午 2:32。

"经查,渡边川三,所持护照号码 JP65807991;1990 年出生于长岛神户,今年 42 岁。现任黑龙帮京都区二首领。

"松本井田,今年 47 岁,长岛国静冈市人,所持护照号码 JP72901272;现任黑龙帮京都部商务省襄理。

"黑龙帮的总部设在京都市,官网名为:黑龙商贸株式会社。最早是由二战结束后散落在长岛各地的退役军人组建,现任社长村上一郎,是木村家族的成员。

"松本井田是渡边川三的上司,在大梅沙喜来登酒店没有以前的住宿记录,在三四年前分别有过两次入境记录。

"监控中另外两个黑衣男子,经网格中心分析比对,是东济省济北市梁县人氏。梁博;28 岁,身份证号:3708132062004051672;戚进一;25 岁,身份证 3708132062007112316;

"梁博、戚进一是东馆鸿泰武馆的跆拳道手。鸿泰武馆有黑道嫌疑,十余年前曾被列入'打黑除恶',封馆了两三年,近几年死灰复燃。馆内有拳手六七十人。馆长梁晓明是梁博的堂叔,曾因多次打残他人以及贩毒被判刑入狱三次。马雄所述的黑道朋友其中之一即是梁晓明。"

赵副局长对徐佩卿说:"你们是否可以先去会会东馆梁晓明?我和徐佩琪先去喜来登酒店看看,然后去瑞德集团。"

徐大队长点头,各自出发。

商谍

第十七章 兵分两路

赵之峰副局长和徐佩琪两人去喜来登酒店的路上，先查了一下酒店的保安部经理的姓名、电话和身份信息。

喜来登酒店属外资企业，但酒店保安部负责人则是由酒店和市公安局经侦处双重管理。

赵副局长和徐佩琪到达酒店时，保安部郭经理已在大门外迎候。

喜来登酒店有38层，有四百多间客房，1207，1209是独立套房。

郭经理先打开1207房间，这是渡边的住房。众人扫视了一下卧室和客厅，以及卫生间，没发现有异样。长岛人还是蛮爱整洁干净的，物品行李摆放有序不乱。徐佩琪趁郭经理没注意，顺手在客厅吧台角上贴了一个监控摄像头，体积小得根本看不见。同时，用UV仪扫了一下茶杯，提取了指纹。

同样，1209房间也是整洁不乱，但是卧室内的客户专用保险箱加了密码锁上了。郭经理说客户加密了就打不开的。

徐佩琪看了一眼保险箱的品牌，按了六个数字和一个*号键，箱门就自行弹开了。郭经理看着，吃惊不小！明白是遇到了高手查案！自己很知趣地退到了门口。

保险箱内有一台笔记本电脑和一台星国产的小型军用量

第十七章 兵分两路

子通信转换器。

徐佩琪拿出这两台机子,也没有开机,熟练地打开各自的电池盒,抽出电池,塞进了一个小如纽扣的玩意,又装好电池和电池盒盖,把两台机子重新放回了保险箱内。

保险箱内还有一个放文件的小包,抽出来一看,是一本深川三友银行的现金空白支票本,已撕下过一张,剩余九张。徐佩琪将每一张的支票号码拍了照,又恢复原样,并锁上了保险箱门。顺手,徐佩琪也在客厅的吧台角上贴了个监控摄像头。

离开客房,郭经理带着赵副局长他们来到了酒店监控中心。

视频显示了渡边和松本入住时的正面刷脸像,以及从入住开始的出入酒店的时间段记录。徐佩琪将这些录像转发到了自己的平板电脑里。

平板电脑上同时显示了入境海关的指纹信息,与刚才用UV仪扫录的指纹自动识别比对,完全吻合。

其实在这个大数据的年代,要想护照、姓名、指纹什么的造假,对于安全部门来说,是轻而易举就能查获的。

两人离开喜来登酒店,去瑞德集团。

刑侦大队长徐佩卿带着侯子华去东馆鸿泰武馆。

鸿泰武馆坐落在东城中路旗峰公园附近,是一幢门楼为古式飞檐走壁的老建筑,与中国功夫的传承很是相配。

门楼上的木质横匾书有红底镏金的"鸿泰武馆"四个大字。大门两侧的圆柱上书有镏金对联:

107

商谍

右书：散打 太极 气功 练十八般长短兵器；

左书：少儿 青壮 老者 扬五千年中华功夫；

从整体来看，确实是极有唬人的感觉，能感觉武馆像是有文化底蕴的。

进入大门，一席花岗石板平地，有四五十名学员跟着前台的教头，一起练着散打。

徐佩卿他俩绕过练武场，径直穿过堂屋，走向边厢房。

冷不防厢房门两边窜出来四个黑衣男子挡住了去路！其中两人是在视频中见过的梁博和戚进一。

这四个家伙都是一副凶神恶煞的模样。

梁博开口问："两位找谁？"

徐佩卿冷冷地回说："你是梁博？我们找梁晓明，可以吗？"

"馆长是你想找就找的吗？有什么事找我就可以！"梁博冷声地说。

"是会找你的！"徐佩卿和侯子华两人边说着边往里走。

梁博恼怒了："不知道这是什么地方吗！"一边说着一边就一拳出手，朝着徐大队长击来！

侯子华人瘦精灵，一个猴子勾拳，砸在梁博下巴上！只听一声哇哇叫，梁博的下牙砸上牙，已是满口鲜血了！

三个家伙看了一惊，一起出拳朝着徐佩卿侯子华袭来！拳带风声，迅猛霹雳！

徐大队长稳如磐石，掌心接着袭来的拳头，一握！一扭！动作简单粗暴！只听得一声惨叫！戚进一的手臂竟脱臼了！

第十七章 兵分两路

徐佩卿在上身出手的同时,一只脚已踹飞了另一个家伙!

侯子华更是轻松,身形如猴,只看他蹲下去,站起来的一瞬间,那边另一个黑塔似的家伙已是抱着头在号叫了!脸部也已变形!

徐佩卿侯子华两人拍了一下衣服,不理这些正在呼天喊地的家伙,径直穿过厢房,熟门熟路地走到了后客房。

馆长梁晓明听到外面打斗的声音,正站在门口看着这个场景,心里明白,这二人来者不善!

是来踢馆的?梁馆长心想着,哪路的糙伙?竟有如此胆量?

徐大队长看了一下这个馆长,倒是有些意外!

只见这个梁馆长,人如其名,道骨仙风精气十足。着一袭道衣长衫,两眼炯炯有神,双拳精武有力。脚蹬布纳,如锁地般的稳健,并不像是社会上所传的恶棍骗子模样!

徐佩卿和侯子华将工作证出示了一下,侯子华补充说:"这是我们深川市公安局刑侦大队大队长!"

梁晓明脸上一惊,随即转笑,躬身行礼说:"不知领导光临,几个小厮不识贵人,多有冒犯!请坐!请坐!"

客房中间是一套金丝楠木长案和围着长案的楠木长座椅,锦缎坐垫上绣着金丝龙凤,透露出奢而不侈。

一个女童子,秀气精致,着一身青灰色练功袍,皮肤闪耀着黝黑的光泽,上前在每位案前放下一樽盖碗茶具,退下。

徐佩卿拉着一张脸,开口直奔主题地说:"梁晓明,是跟我们回局里谈呢?还是在这里说?"

梁馆长露着一丝的尴尬说:"两位领导,你们总是要先告诉我为了什么事吧?"

"渡边川三认识吗?"徐大队长问。

"肚煸川菜?是菜吗?"梁晓明装傻卖疯地反问。

"看来你是不愿意在这里说了?把他带走!"徐大队长有些怒了!一进武馆就遇上四个凶神似的家伙,心里本就是不爽!

侯子华拿出了一副碳纤维电子手铐朝案桌上一拍!

这种手铐梁晓明见过,也被铐过!很轻很薄,可是你跑到天涯海角都会发射定位,而且是剪不断打不开的那种,是一种远程控制的手铐!

"好好说嘛!我没听明白呀!"梁晓明脸如苦瓜似的说,完全不像是武道中人。

侯子华拿出手机调到投影设置,墙上投射出一幅视频,是梁晓明和另一个人一起在鸿泰武馆大门口送渡边川三和松本井田二人上车的视频。

"啊啊!是渡边呀?可是我真不知道他的全名叫什么呀!你们是要问渡边吗?"梁晓明一改刚才的熊样,挺了挺身回答。

"好像是在两年前的年初吧,三四月份?马雄,你们知道大梅沙皇冠会所的老板马雄吗?他带着两个长岛人来找我。"梁馆长开始述说。

"是马雄带来的?"徐佩卿问。

"是啊!我又不认识长岛人!"

两人一脸的傲气,目中无人的腔调。其中一个是能说中

第十七章 兵分两路

文的,我也不清楚这个是长岛人还是中国人。

马雄跟我说:"这是他的长岛朋友,要找我合作。"说完马雄先走了。

长岛友人嘛!我还是耐着不满的性子,客气地将他们迎了进来。

他们对我的武馆很感兴趣,拿着刀剑比画着。

我看得出他们俩也是武道中人,想要试试长岛人的武道有多深,就空手对着他俩的剑法迎了上去。

十几个回合下来,他俩根本不是我的对手!竟被我的空手道逼得连连退后,虚汗淋漓了!

我收手,心想是电影里夸张了吧?长岛剑道也不过如此嘛!

他俩是连着对我深鞠躬!一脸的羞愧!

我请他俩进客厅落座,也就是这里。

经过几个回合的小较量,他俩变得谦虚点了,说话也一直是"哈咦、哈咦"地边说边鞠躬的。

他们说是长岛国最大最历史悠久的黑龙帮会,要在深川设个总代理商,销售他们制成的冰毒!希望我会有兴趣合作!

一听冰毒我就摇头了!我做毒品生意有十多年了,也进过几次监狱。最后的结局是妻离子散!家破人亡!有条行规是:做毒品生意的人,自己不允许吸毒!我家里除了我不吸毒外,可是我老婆和两个儿子都是吸得无可救药了!最后是,一个儿子死了,一个现在还在监狱里!老婆却是转为癌症,没过两年也就去世了!从此后,我就退出了毒品圈子,也不允许我的武馆有人吸毒贩毒了!

111

商谍

我当然是拒绝了!

没想到的是,那天我在接待渡边他俩时,二当家梁百志也在。

梁百志是我的远房堂弟,我们的老家梁山县是个武术之乡,人人都是学武道的。梁百志的武功不在我之下,也就一直跟着我了。

不过几天后梁百志跟我说要回老家看娘,至今没有回来过,也不在老家。

就在前几天,梁百志竟然带着渡边和一个叫松本的长岛人出现在我的武馆。

"梁百志整个人都变了!一副腰缠亿万的模样!我看着就来气!我这才明白是梁百志在帮长岛人销毒品!而且是偷用了我原来的毒品销售网络上的分销人员。这样不用找分销,就能快速组建起自己的分销组织。"梁晓明气愤地说。

侯子华从开始就在录音,然后调出了梁百志的正面照,转发到了深川市公安网上。公安局缉毒处很快就来了回复:梁百志,49岁,身份证号码:370813206198307 1636,东济省济北市梁县人氏,现住址/工作地:深川市宝山区南乡大道582号。

侯子华看了徐佩卿一下,徐大队长点了下头。

侯子华立马通知深川市公安局缉毒处和刑侦大队:"立即缉捕梁百志!"

梁晓明继续说:"渡边说找我要借用几个帮手,说是时间不超过十天,不会出人命。而且渡边另外会直接给雇佣的人奖励,条件是给我一千万元!"

第十七章 兵分两路

"我其实不做毒品后,真的是很缺钱。而且我这里也经常有被雇去做保镖护驾什么的,这是我的业务之一。我就答应了。"

"松本给了你一张深川三友银行的现金支票?"侯子华问。

梁晓明点头称是,心中又是暗惊,来者已经知晓得很详细了!

"梁百志因为熟悉每一个人的武功强弱,先是挑选了梁博和戚进一两人走了。"

"梁博和戚进一不是刚才挨了揍的其中两个吗?你的学徒武功也很一般嘛?"侯子华得意地问,"叫他俩进来可以吗?"

"你们认识梁博、戚进一?"梁晓明问,一想不对,这对面坐着的二人是干吗吃的!一定是手上有牌才来的吧?

梁晓明说:"他俩回来后我也没问过,平时也不问的。我叫他俩进来,我就出去了吧?"

徐佩卿不置可否,梁晓明知趣地退了出去。

梁博和戚进一头上、手臂上都绑着网格纱布,一副垂头丧气的样子,站在客房门口。

徐大队长手指着椅子,他俩才怯怯地坐了下来。

徐佩卿问话:"知道要你们交代什么吗?"

梁博看了一眼戚进一,低头说:"知道。"

"那是16日的下午,梁百志带着两个长岛人来武馆,然后带了我俩一起出去。我们做这行的,雇主不说,我们也是

113

商 谍

不问的。

"一行人来到大梅沙附近的皇冠会所,后来听到会所老板和两个长岛人在争吵。

"晚上大约十点多,两个长岛人开一辆车。我俩开一辆面包车,直接来到小梅沙新富苑小区公寓楼。等到大约午夜十一点多,才看到周明昌回家。我们四人跟着上楼,记得是七楼吧?周明昌开门时,我们就一起闯了进去。

"周明昌是说长岛语的。三个人在叽里呱啦地争执着什么,我们听不懂。

"长岛人在弄周明昌的电脑,要找什么东西。周明昌不肯,拉扯着。然后长岛人叫我俩把周明昌架到面包车上去,周明昌抵抗着,被我一掌打晕了。

"我俩在车上等了大约二十分钟,两个长岛人才下来,戚进一开车,朝盐山方向驶去。

"在大梅沙隧道内,我们拉开了两颗烟幕弹,待隧道内全是烟雾笼罩时,换了辆车,一直开到盐山港的仓库区内。

"我们在靠近仓库的门外下车,跟着来接应我们的梁百志一直沿着仓库墙壁走了大约有十几分钟,周明昌一路挣扎着不肯走,又被我打晕了,我只能背着他走。"

徐佩卿问:"你们没有进仓库内?"

"没有,盐山港区的仓库屋檐很大,是可以在屋檐下装卸货物而不会淋雨的那种,我们是沿着屋檐下走的。"

徐佩卿心里骂了一句!是云天网监控的死角!是过多地依赖云天网造成的盲视!

"我们上了梁百志的车,一直开到宝山南乡大道,在一

第十七章 兵分两路

家服装厂门口停下,他们下了车,然后我们又开车回来。梁百志要求我们必须在半道上把车弃了!我们在进东馆时,下车换了辆无人驾驶出租车回来了。"

"周明昌呢?"侯子华问。

"也进服装厂了呀!"梁博回答。

徐佩卿有些哑然,看来我们刑侦大队是被两个长岛人耍了?!

第十八章 追捕梁百志

徐佩卿心情不是很好,这么多年的刑侦生涯,这次竟是让这两个人连续地耍了!

这时传来了缉毒处和刑侦大队的消息,说是梁百志跑了!

缉毒处副处长张洪波说:"梁百志厂里的人说,梁百志是在接到一个电话后,就匆忙出去了。"

徐佩卿对侯子华说:"我们先去看看,路上再查找梁百志的去向吧。"

边说边开车离开鸿泰武馆。

侯子华在电脑里输入梁百志的手机号码,立刻,电脑中显示出了梁百志的通话清单记录,最后一个电话拨入的显示是梁博,通话时长37秒;通话时间是5月20日下午2:46。

"是我们在东馆鸿泰武馆时,梁博通风报信的!"侯子华气愤地说。

到达宝山南乡大道服装厂时,刑侦大队和缉毒处的警员还在现场。

缉毒处副处长张洪波对徐佩卿大队长介绍说:"这个服装厂只是个伪装而已!"

这是一个以从长岛国进口白色纯棉T恤衫为幌子,T恤衫半打(六件)为一个塑封包装,其实是浸泡过了高浓缩高纯

第十八章 追捕梁百志

度冰毒的 T 恤衫。

运到梁百志手上后，拆了包装，在一个真空蒸馏器中浠渍，能够有效地提炼复原 98.8% 的高纯高浓度的冰毒。然后按比例稀释成市场销售标准的结晶体冰毒，发出去分销。

地下室的几个铁柜密码箱内，尚留有二十几公斤标准配比的冰毒晶体。

所谓的服装厂只是将脱浠后的白色 T 恤衫，用很土的丝网印刷工艺印上些花样文字，再卖给市场小贩，只是掩人耳目而已。

徐佩卿若有所思地苦笑。

"有其他可疑情况和人员吗？"

"梁百志办公室有两台电脑，我们已搬上车了。保险柜里留有八十多万元现金。在两个疑似保镖或是打手的家伙身上搜出了长岛产 JA26 速射手枪两支。"

徐佩卿听完缉毒处副处长张洪波的介绍后说："两台电脑刑侦大队要先处理，国安特级！"

张洪波听了"国安特级"！明白这个案子不单是毒品案这么简单了，只能点头同意。

徐佩卿看了一下侯子华，二人走进了梁百志的办公室重新看了一遍，竟然发现办公室右侧装饰柜是可以移动的！推开装饰柜，吃惊地发现地面上露出了一块可移动地板！

侯子华打开地板，露出了一扇铝合金移门。拉开移门，一条梯子通到了地下密室。

地下密室面积不小，猛一眼就看到有一人坐在椅子上，上身扑在书桌上！

侯子华惊呼一声！拉起此人一看，一眼就认出是周明昌！可是已经死了！

从现况看，周明昌脸形扭曲，鼻孔和嘴角流出的黑色淤血，判断是死于人为外力！类似于被武功高手从头盖骨震压而死。

地下密室中还有一台电脑，但并无网线连接，是用军用量子通信转换器和一台 7.5G 无线转发器，进行接收发送传输的。这与在喜来登酒店 1209 室松本井田的那套一样。

徐佩卿叫刑侦大队的人来将周明昌尸体和地下密室的这套电脑及通信设备全部装车运回公安局。

地下密室的柜子里还有大约几十公斤的冰毒，整齐地装在瓦楞纸箱里。徐大队长对这个没有兴趣，叫了缉毒处副处长张洪波下来接收，弄得张副处兴奋异常！这个收获是绝对的缉毒大案，是可以授功论赏的存在！

服装厂给贴上封条。两个打手和一个车间主管给带回警局，留下两个民警武装值守。

案情迅速上报给了省公安厅，同时通缉嫌犯梁百志。

第十九章 技术总监遇挟

国安深川分局赵之峰副局长和徐佩琪处长二人径直来到瑞德集团。

门口的保安很热情地，而又不失认真细致地要求访客出示了证件，并用脸部识别系统对来人和证件作了比对记载，再电话打给了总裁秘书林雅琴，汇报说是有二位访客要求见总裁。

其实林雅琴的电脑中已经显示了访客和证件扫描件。叫了杨一方一起，下楼迎接二位来访者，并同时通知了总裁。

赵副局长对瑞德集团的门卫保安工作感到很满意。

就是不懂生产经营的人，一走进瑞德公司的大门，也会明显地感受到，一股忙碌的，热火朝天的生产经营气氛扑面而来！

一行人来到了八楼，朱俊逸总裁正在办公室和胡敬平、李斌商议着侯子华来电告知的周明昌消息。见赵副局长和徐佩琪，立即起身相迎。

赵副局长是第一次来瑞德集团，和朱俊逸握了一下手说："我需要先单独见一下李斌，请安排一个房间。"

朱俊逸看了一眼在办公室的李斌，心里一阵阵的揪紧！

林雅琴带着赵副局长，徐佩琪和李斌到了小会议室，在桌上各放了瓶装水，杯子后退出。

赵副局长摆出一副咄咄逼人的审问态度对着李斌说："姓名？年龄？"

李斌一听就火了，反问："是审问呀？"

徐佩琪也感觉赵副局长架子有点儿摆大了。

赵副局长说："是，你必须老实交代，为什么长岛人会找你合作？"

李斌一拍桌子站起来，指着赵副局长愤声说："你还有资格来审我？你们国安在干什么？军需项目我们自己还只是刚开始试生产，长岛人就先知道了？实验室主任周明昌竟然已经死了！这是你们口口声声说的要保护军需项目组成员？我被长岛人要挟，你们不知道？周明昌多次和长岛人见面，你们不知道？我们电脑中心的7.5G转换器至今不知道是谁安置的，你们查了吗？跑来先摆着一副官腔，谁怕呢！"

赵副局长一下子被李斌给骂蒙了！这辈子只有局长训审下面的人，还没遇到过指着他的鼻子骂他不作为的！

徐佩琪也是吃惊不小！平时见过李斌总监几次，总是觉得这人文质彬彬不多说一句的。怎么发火时的语气句句在理！咄咄逼人呢！她也觉得赵副局长有些过分了！死了个瑞德的技术实验中心主任，再恼怒了技术大将李斌，岂不是要砸了军需项目！

徐佩琪拉了赵副局长走出会议室，轻声地说："我认为对待李斌总监的态度一定要好，要真诚，要知道李斌是中国电储能方面的顶级专家！少了他军需项目将会延滞甚至是停顿！而恼怒了李斌总监，则更是仇者快的事！"

第十九章 技术总监遇挟

赵副局长一下被徐佩琪点悟了！是啊！如果恼怒了李斌总监，他拍拍屁股走人不干了，或者是被黑龙帮的人带走了，那自己这个副局长也做到头了！

赵副局长吓出了一身冷汗！有些懊恼自己的鲁莽行事。

徐佩琪对赵副局长说："我来吧，闹僵了也不好收拾的。"赵副局长点头同意，两人又进了会议室坐下。

徐佩琪和气地对李斌说："李总，赵副局长也是对案情着急上火的，而你所责问的也的确是我们存在的工作没做好的问题！我们先想了解一下，长岛人是怎么找上你的？他们是怎么知道的？知道了多少？可以吗？"

李斌喝了口水，重重地叹息了一声说："这是我们去大漠现场观摩军事演练回来的一周后，大概是5月7日，晚上九点多我开车下班回家，刚离开公司就发现有一辆黑色的商务车跟着我。我车进入龙坪路就给他们逼停了，两个大汉敲着我的车窗叫我下车！那是在燕子岭附近，夜晚没有人影的地方。

"我没有开车门，开了一条窗缝，问他们要干什么？

"一个大汉手中拿着个铁器，一下就打烂了车窗玻璃！把我从座位上拖了出来！扭扯到商务车上！

"车内很暗，但我听见有人支吾着发不出声的叫唤声！是我太太！我这才惊惧了！

"你们为什么绑架我老婆？！我气得直呼叫！

"车内有个人，用听不出是什么口音的普通话说：李斌总监，我们需要LHC32项目的全部技术资料，你可以开个很好的价格卖给我们。或者，你个人，或者你和你的家属，一起跟我们去长岛,为我们工作,待遇将会是你在瑞德集团公司的几十倍,甚至更高!

"我大声地问:你是谁?你们是谁?

"这人回答我说,我是松本井田,我们受安洋公司委托,邀请你加入我们的团队。

"长岛人?安洋公司?我一下子明白了他们要干什么!

"什么项目?我不知道!

"我也奇怪,他们怎么知道有个LHC32项目?还知道项目代号?

"松本拿出手机,投影在车厢顶上的视频,显示了我们在大漠中演练的坦克实况视频!图像不是很清晰,像是谷歌地图那种,或是卫星拍摄的那种感觉。

"他又投影了一幅照片,是对着电脑屏幕反拍的那种。图片是我们瑞德公司的项目组成员的电脑文件的封面,图片显示了'机密'字样,和项目名称'LHC32'字样。封面上有我的签字和发文日期!

"我很吃惊这幅照片!这绝对是出自我们瑞德公司项目组的专用电脑!因为专用电脑一律没有下载接插口,没有与其他电脑和总服务器联网,所以,不是使用者本人,打开后也只能看到文件的封面,内容是特殊密码加上虹膜识别双重锁住的。但是,这个封面照片是谁拍摄的呢?

"松本开口说:李斌君,我们非常器重你,非常希望能与你合作,而且是真诚和愉快地合作!

"哼!你们绑了我老婆,要挟我!这是愉快的合作吗?我气愤极了!

第十九章 技术总监遇挟

"松本井田摆了摆手说：这不是绑，我们是考虑到你家属的安全！

"放屁！你们不先把我老婆放了，我什么都不会谈！无非一死！我斩钉截铁地说。

"我心里明白，长岛人不敢轻易对我下杀手！除非他们已经弄到了军需项目技术资料！

"松本挥挥手，一个大汉把我老婆口上的封贴扯了，又把绑在手上的封贴扯了。我老婆一下扑在我身上，浑身还在颤抖！

"松本说，如果我不合作，他们随时可以找我家人的麻烦，甚至我会失去家人！

"我冷静了下来，对松本说：我不会出卖中国的军需技术！更是不会去长岛为别国效力！不管你们怎么做，我绝对不会！

"松本井田叫嚷着：我们给你出的价格和待遇，是你想不到的，或者是现在的几十倍！你可以好好考虑几天，我们会再找你的！

"我平静地告诉他：找不找我都是一样，我不会出卖中国技术！我更不会帮着长岛偷窃中国技术！因为我是中国人！

"他们见谈不下来，好像又不敢再对我做什么，竟然把我和我老婆锁在商务车里，就走了。

"一直到凌晨，我才借着微弱的晨光，找到了一个车用灭火器，打碎了商务车的玻璃，才爬了出来。

"我开着自己的车，先把吓得发抖的老婆送到她弟那里，

123

叫她明天一早就先去南洋我儿子那里避一下。安排好老婆，我才回家。我老婆在第二天上午就去了南洋。

"这事已经有十来天了，我下班时还是感觉有车跟着我，但没有对我做什么。

"我刚知道周明昌被这帮混蛋害死了！我感觉是他们在我这里碰壁之后，才又转去找周明昌的。是周明昌替代了我的命！但至少，我感觉到，LHC32项目的实质内容，我们尚未泄密！周明昌是没有，也不肯泄露军需项目，才遭到杀害的！"说着，李斌哽咽了。

"我们感到不解的是，出了这么大的事情，你为什么连朱俊逸都没有报告？也没有报警报案？"徐佩琪问。

"是的，一是老婆已离开中国去了南洋，儿子也在南洋，我暂时没有后顾之忧了，这样，我就可以搏出性命也不怕什么了！二是我很奇怪，这个电脑屏幕反拍的照片是谁做的？是谁给松本的？我不能相信任何人！我反复查对着项目组的几台专用电脑，反复筛查着项目组成员，包括周明昌和他的电脑，谁是可疑人员？可是至今毫无头绪！包括7.5G传送卡，我想这些是否是同一个人做的？"李斌愤怒地说。

"项目专用电脑有几台？"徐佩琪问。

"八台，因操作需要，八台之间互相是连接的，但每台电脑的密码和虹膜识别是电脑使用人设置的，不是本人使用，是打不开的。其中两台电脑，一台是总裁秘书林雅琴使用的，用于文件整理归类。另一台是杨一方使用的，用于监测数据。这两台同样是密码和虹膜识别双重设置的。我发觉，拍这张照片的人，一定不是项目组的实施成员，至今应该认为，真

第十九章 技术总监遇挟

实内容是还没有泄露的！否则这帮家伙不会找我，也不会找周明昌的！"李斌肯定地表示。

"朱俊逸没有项目组电脑吗？"徐佩琪刁钻地问。

"这我就不清楚了，朱总裁的电脑一般都是杨一方设置的，而杨一方本身就是电脑高手。"

"你们下班回家后，有继续工作的习惯吗？有继续使用家里电脑的吗？"徐佩琪追问。

"有，我们都应该是有晚上在家里继续工作和继续使用电脑的习惯。特别是这段时间，接了华城项目后，更是忙的白天动手做实验，搞设计。晚上会将白天的数据进行整理分析。"

"用家里的电脑？其实是和公司项目专用电脑远程连接操作的？"徐佩琪咬着不放！

"是的，但家用电脑也同样是设置了密码和虹膜识别的。另外，我的电脑，或者说是每个人的电脑，不管是公司的还是家里的，是看不到其他电脑中的内容的。"

李斌边回答边思索着：家里的电脑……

所以，周明昌可以在家里下载技术文档卖给长岛安洋公司？所以，周明昌家里的电脑硬盘给这帮长岛家伙拆走了？

徐佩琪明白了，漏洞不一定是在公司，可能是家里的电脑！每个人都可以在自己的电脑上设置远程使用的！甚至在手机上也可以设置远程操作的！

徐佩琪这才惊醒过来！这个环节怎么会没想到？是自己太大意疏忽了！

"那么，林雅琴的电脑中，是汇集了LHC32项目的全部

125

文档的了？朱俊逸的电脑中同样也是？也是都可以远程操作？"徐佩琪问。

"应该是这样吧！朱总裁是工作狂，公司管理的工作大部分都是在家独自思考谋划的。"

李斌边说着，边感觉这个军需项目的危险程度！还好总裁身边有个杨一方！

徐佩琪突然意识到，如果黑龙帮盯上了朱俊逸或者是林雅琴？这将会……而李斌也仍没有脱离危险！

赵副局长一直静静地在听李斌的述说，深深地感受到了敌方对这个LHC32项目不会就此罢手的！敌方也一定不会就此放弃的！也感受到了项目组成员所承受的巨大危险性的存在！

徐佩琪和赵副局长轻声地商量了一下，对李斌说："我们和成员组一起开个会吧，把情况向成员组公开一下，一起商讨一下如何保护人员安全和军需项目的安全。"

徐佩琪同时打电话通知市刑侦大队一起来参加会议。

第二十章 扎紧篱笆

项目组成员现有六人,总裁朱俊逸,总经理胡敬平,技术总监李斌,实验中心主任助理李易峰,生产部总监张长根,以及总裁秘书林雅琴。总裁助理杨一方也参加了这次会议。

国家安全局深川分局副局长赵之峰,网络管理处处长徐佩琪上校。

深川市公安局刑侦大队徐佩卿大队长和警员侯子华。

会议由赵副局长主持,毕竟在座的是他的职务最高。

赵副局长没见过瑞德集团LHC32项目组的成员,林雅琴很适时地递给他一份成员名单简介。赵副局点了下头,看了一下项目组的成员,开口说:

"先宣布一下纪律!本会议内容全部属机密!不准录音录像!不准记录!"

国安局待久了,开会前也是习惯了不准什么,不准什么的开场白了。

赵副局清了声嗓子接着说:"今天我们三方开个紧急会议!当然,我们其实是不能划分为三方的,我们是为着国家的利益,军事装备的发展,国力的强大,而共同进行的一个极其重要的项目!

"我们国安和公安的任务很明确,就是保障项目的安全性和绝密性！保护项目人员的安全和人员家属的安全！同时，我们要侦破敌方窃密，抓住作案嫌疑人并绳之以法！

"最重要的是：我们要保证，军需项目绝不允许技术、工艺、配比和参数泄漏泄密！可是我们没有做到！我们没有想到敌方竟是如此猖獗！周明昌被杀害了！李斌总监和其家属也遭受到了严重的恐吓和要挟！

"敌方已经知道了我们的 LHC32 项目，并会不惜一切手段进行窃取！甚至会以我们在座的项目负责人以及家属的生命为要挟！目的就是要窃取全部的军需技术资料！

"我所说的敌方，从目前了解的情况来看，是长岛黑龙帮及其在国内的帮凶，背后是长岛安洋公司，是木村家族，也完全有可能有更大的国外军械公司参与！甚至是国家背景！

"目前掌握的情况，黑龙帮成员渡边川三，松本井田在深川亲自参与作案！因涉及国际外交政策，我们只能在确切掌握了这些人的作案证据，并确实证明是违反了中国法律的条件时，才能实施抓捕。

"目前掌握的帮凶梁百志，是长岛黑龙帮在深川的毒品分销代理人，也是谋杀周明昌的直接作案嫌犯！目前在逃尚未抓获！

"目前知道敌方掌握的情况是，敌方手中有我们瑞德集团 LHC32 项目组电脑上的文件封面页照片，照片是对着电脑反拍的！这可能说明，我们瑞德集团内部，有敌方的帮凶！

"我们目前尚不清楚敌方掌握了多少我们的技术资料，但至少是敌方已经知道了项目的用途！

第二十章 扎紧篱笆

"我在这里向各位摊开来说：LHC32项目是国家军事装备的里程碑式的重要项目！是用在军事装备上的重要部件！是国家军事装备跨越式发展的极其重要的任务！是国家战略部署中重大的技术进步项目！

"从我的工作特点来看，我相信在座的每一位项目组成员，我也怀疑每一位成员！我们要保护每一位项目负责人及其家属的安全，我们也必须要保障项目的顺利，安全和绝不能泄露的国家机密！现在不提倡这句话了：项目和机密重于生命！但是我还是要说，项目重于生命！国家的利益重于一切！"赵副局喝了口水。

项目组的成员才从惊恐中转了出来，没想到自己的工作会涉及国家的安全！国家的利益！甚至会涉及自身的安全！

赵副局长转而对徐佩琪、徐佩卿说："你们把要求谈一下，看看项目组成员能否做得到？"

徐佩琪看了一眼朱俊逸，说："最近我们接触了一些关联人物，也了解了一些新的情况，我们的确有些轻敌了！

"从周明昌家中的电脑被长岛人拆走了硬盘来看，我们项目组负责人的家中电脑都存在着泄密的漏洞！从周明昌的死，李斌总监被要挟，我们也担心每位项目组成员的人身安全！

"我们虽然可以对每台电脑，每个通信终端进行监控，但这是被动式的。何况敌方用的是军用级量子通信系统，目前很难破解通信内容。

"我们的要求是：一，家用电脑全部搬到公司内封存，会议结束后实施。二，项目组每位成员，每人佩戴一个电子

商谍

定位报警器。三，项目组每位成员的手机都须加载警用定位系统软件，并且各位的手机必须是开着的。"说着，徐佩琪拿出一个小盒子，打开取出一枚近似纽扣电池模样的小东西。

徐佩琪介绍说："这个报警器必须随身携带！可以粘贴在衣服内，或是任何方便取出的身上。手按着表面2秒钟就会发射你的位置和报警求助！你也不用担心会误触碰到，它有自检功能。报警器是60天以内连续有效，每到60天向杨一方换领新的。记住！有效期只有60天或之内！"

徐佩琪看了一眼朱俊逸，朱总点头认可。

"如果家属需要，也可以领用，需要每位的正面照片备存。领用需要登记记录报警器的编码号，从今天会议后开始使用。

"当报警信号在深川区域内时，我们接到报警求助信号，在最多十五分钟内，会有武警官兵赶到现场！请原谅只能是在十五分钟内！直升机起降时间和飞行距离需要这些时间。

"当然，我们在收到信号的同时，一分钟内会找到你的位置，或许会看得到你的人。这个'或许'是受环境条件的影响，或许看不到你。

"四，公司的LHC32项目用电脑，一律不准有任何接插端口！唯一的一个'工作组'联网端口换用我们国安提供的加密锁死端口！新设置一个安全性好的机房，比如说像是个大保险柜，每个单机机箱全部集中在一起。服务器的电源将设置自动关机和开机时间，比如你们是早上八点半上班，晚上六点钟下班？这些能做到吗？"徐佩琪看着朱俊逸和杨一方问。

杨一方看着项目组的成员。

130

第二十章 扎紧篱笆

李斌说:"关机时间要适当延长,比如晚上八点或是十点关机?我们不可能准时下班的,或者由最后下班的人关机?"

徐佩琪不同意,说:"可以八点钟自动关机,但不可以人工关机!因为人工可以关机,也就是可以开机的了。"

没有谁有争议,每个人都是心情绷紧着惴惴不安的。

"各位想想,还有什么漏洞存在吗?"徐佩琪问大家。

赵副局长接着说:"接下来是军需产品的生产管控,生产过程、工艺、配比、测试数据等。包括采购的原料,供应链。半成品和成品,仓库的管理!这个难度更大吧?"

朱俊逸听得有点头大了!这是要把整个工厂封闭在一个铁桶里呀?

会议前段的内容,生产总监张长根感觉与他没多大关系,现在突然说到生产、供应、仓储全过程都要管控,一下子就急了,嚷了起来:"我部门有四百多员工呢!怎么管控啊?这不可能的啦!"

赵副局长看着他说:"是啊!你们车间在生产动力电池过程中,电池芯的材料配比表,正、负极板的制备技术,生产工艺流程,都可以公开的吗?你根据生产BOM(物料清单)表采购主副材料,比如采购订单中,石墨烯多少吨或是多少公斤,锂聚合物多少吨,三元碳聚合物质多少吨,以及其他材料,这不就是配比了吗?这些如果流入敌方,那不就是把材质配比拱手相送了吗!这些管理都不比技术部门的轻松!"

李斌和张长根听着,一下子就给噎住了!这个老是拉着脸的国安副局长,也了解动力电池。

131

商谍

徐佩琪也是吃惊地看着自己的领导,很有两把刷子的嘛!

张长根焦虑地说:"电脑和技术文档可以锁起来,可是我们单是生产LHC32项目订单任务,就有二百多人,三万多平方米的车间,八千多平方米的仓库,不可能锁起来的呀!"

朱俊逸也是感到问题有些棘手,有些头疼地说:"也不是没有可能,现在我们是民品和军品混在了一起生产,管理流程是一样的。除非我们把军品完全独立分开,独立的车间和仓库。"

赵副局长拍桌赞好,点头说:"我要的就是你这句话!我相信,我们一起努力完成目前的初期项目任务,努力齐心做好项目的保密管理工作和安全防范工作!"

朱俊逸总裁无奈地说:"我们瑞德是中国的企业,我们一定会尽一切努力做好和完成国防战略配件的任务。我们也一定会尽力做好保密工作,我们也明白保密工作对项目的重要性!一旦泄露,国家战略部署将完全会从优势跌至被动局面!不过要将项目的生产和仓库管理独立出来,我们需要新建一个厂区,这将需要至少一年的时间和至少八个亿的初期投资!而军需订单是等不了一年的!"

赵副局长点头表示同意朱俊逸的说法,说:"这些问题我们再与华城公司一起作专项讨论。但目前我们立即行动,把上面所说的几项工作在两天时间内整改完成!个人报警器已经送到,请各位立即领取使用!我们国安和公安专案组会时刻关注着每一位的安全!"

不过杨一方心里明白,这其实也是在跟踪和监控每位项目组成员的动向了。

第二十一章 困惑

会议结束，会议室还留下赵副局和徐佩卿几人。

赵之峰副局长对徐佩卿说："我们的任务很重呀！下周就要召开专题会议，到时没法汇报哦！"

徐佩卿也深有同感地说："我们双方还是继续捋一下问题？"

三人又坐了下来。

徐佩卿着实有些困惑地说："看起来并不复杂的案情，梁百志杀害了周明昌后逃逸了。按现在的'云天网'智能识别跟踪扫描系统和政府的网格化监控系统，理应是插翅难逃的！可是，梁百志5月20日下午三点出逃，至今没有线索！东馆鸿泰武馆的梁博在押中，也没有说出有用的信息。

"据服装厂的两个嫌犯交代，梁百志开车出逃时，还跟着两个小弟，都带着枪械。

"我们追踪梁百志的商务车到马峦山附近，车上有三个人下车，换乘了一辆共享出租车，向马峦山方向行驶。共享出租车在云海索道上站口停了，可是车内是空的，没有人下车！也就是说，他们设定了共享出租车的终点后，出租车自动行驶到终点，而他们却是中途逃逸了！

"我们一直都在跟踪查索马峦山及其周边，至今没有发现梁百志！市局也没有同意我们封山搜查，是担心扰民，影响太大。

"据服装厂两个在押嫌犯交代，服装厂也从没有长岛人去过。

"带回来的电脑中，也仅有进口报关提货的手续单证。其中有一台电脑内记录着销售毒品的流水账单和分销商名单和联系方式等，已由缉毒处接手处理。"

徐佩琪看了一下赵副局长后说："渡边和松本二人非常敏感！我们去了喜来登酒店后的当晚，他俩是在晚上11：46回房间，进入后就打开保险箱取出了量子通信转发器。可是他并没有通信，看了转发器一会儿，又看了一下房间，把通信转发器等装置全部收进到行李箱里。然后他俩乘坐出租车去机场了。好像是发现我们动了转发器或是发现了房间有动过的痕迹，或是发现了监控摄像头。

"经查，凌晨7：35的深川飞往长岛中田机场JAL3056航班有他俩的出境和登机记录。溜了！

"我调看了他们的宾馆房间内的监控视频，却发现监控录像定格不工作了，可是监控时间仍在工作中。也就是说，监控视频中有画面，这个画面是死的，可是画面中的时间却是正常的。这样，我们的监控接收系统就是自动识别为监控正常。这个真的很奇怪！我从来没有遇到过！"

"又在耍我们！"赵之峰自语道。

徐佩卿接着说："梁百志是黑龙帮的帮凶，不会就此罢手的！敌方也一定不会就此放弃的！李斌的危险依然存在！朱俊逸和林雅琴也存在一定的危险性！因为只有他们是掌握

第二十一章 困惑

着全部的军需项目技术文档！而我们依然不知道瑞德集团是否还有内贼？内贼是谁？

"我们曾查看了瑞德集团的企业监控录像记录，从2032年2月开始，朝前整整一年的记录中，除了瑞德集团网管人员有维护工作外，没有发现不正常情况。也没有查出有什么人在服务器终端安装7.5G转发卡。

"我们仍然处于很被动的处境中！敌方的手段、技术，都是绝对的高手，是我们想简单了！黑龙帮并非只是黑社会帮派，而是具有高科技高反侦察能力的组织！"

赵之峰副局感慨地说："我们的敌方，一定会为了巨大的利益，从而冒任何风险，来取得他们想要获得的东西！这是国家的利益！必须要冒死守护的！"

第二十二章 军需部会议

华城贸易公司杜明杰通知朱俊逸,去天都开会,会议由军需装备部召开,会议内容全部为机密级,会议时间三天。

朱俊逸上报了参加会议的人员名单,总裁:朱俊逸、技术总监:李斌、总裁助理:杨一方。

杨一方心里嘀咕着问首长:"怎么林雅琴不去呢?"朱俊逸告诉说:"这种会议是不允许记录的,小林还是守家吧。"

5月19日,早上,卢新宇少校开车来接了瑞德公司三位,在宝山军用机场转乘了一架军用飞机去天都。

说是军用飞机,内部设施倒是极好的,远胜民航客机的公务舱位。服务和饮食也是很不错的,只是服务员是穿着军装的男性。

飞机降落在秦汉岛军用机场,并不是天都。卢工熟门熟路地搞来了一辆大红旗,笑着说:"抱歉了,这里没有大奔、宝马的哦!"把三人拉到了一个庭院深深的宾馆内,安排了三间豪华大客房。然后告知了在这个宾馆里的生活,用餐,健身游泳等细节。又告知了明天开会的时间和注意事项。并且告知:宾馆在会议期间不能使用手机、电脑等无线通信设备,事实上也是根本没有任何信号!只能使用座机电话,长

第二十二章 军需部会议

途只能由总机转接，很老式的通信方式！入住宾馆后也不能外出！

朱俊逸耐着性子听卢工介绍注意事项，心想着还好只是三天的会议！否则被关在这里不知道能否发疯？

卢新宇一走，朱俊逸就叫小杨先打个电话给林雅琴，告诉她总机电话和房间号。

小林在电话里笑着说："还有手机电脑都不能用的宾馆呀？你们三人是可以好好休息的喽！不过放心吧，公司有事我会打电话给你们的。"

第二天早上八点，会议在宾馆会议室召开。参加会议的有六十多人，大部分都是穿着军装的校将级干部。

组织召开此次会议的是军需装备部。同时，中央军委，作战参谋部，几个集团军的首长也参加了会议。

参加会议的还有国家608研究所和军需部直属八五工厂。608研究所是我国军用飞机、坦克、船舰，甚至导弹等军事装备的设计部门。八五工厂则是中国最大的军事装备制造集团工厂。

唯有瑞德公司是家民营企业。

会议直截了当，军需装备部部长姜增明开门见山地说："中央军委，作战参谋部和军需装备部，会同608研究所和八五工厂，我们共同用了两年的时间，拟定了《军事装备部——电能动力系统工程预案》。

"在拟制预案的这两年中，我们已经将军用车辆改制为了电能动力，并已批量生产和使用，效果好于燃油动力。缺点是，充满电时间过长，电池规格尺寸型号不标准，互换电池统一性不好。这不符合战争时期的要求！

"今天会议中，我们邀请了一家不是军需直属单位的企业，参加此次会议。"

部长抬头看了一下朱俊逸他们，继续说："这是一家民营电能动力电池的生产企业。我们选择这家企业作为合作供应商的理由是，企业股份中没有外资进入！缺点是上市公司"。

朱俊逸有点惊奇，上市公司是缺点？

姜部长继续介绍说："这家企业有着雄厚的技术团队和研发能力，也有着自动化智能化先进生产手段的规模化生产能力。

"年初，这家企业在承接我们的试订单中，提出了尺寸标准化和插入式互换性的技术标准和规格，这对我们来说，是一个很好的电能动力方案的标准化规范！

"同时，这家企业提出了：电池模块可以随机车多携带一块或是几块的提议。这个提议使得我们的机车在野外，在长距离的作战中，不再需要担心动力源不足的问题了！"

会议全场响起了掌声！与会者纷纷将目光投向了朱俊逸他们。

姜部长也有点兴奋，继续说："这家企业设定了五个规格的动力电池。在我们的机车设计中，根据动力要求，可以是一块电池，或者是几块电池串并联使用，而不是现在的只是大小不同的一块动力电池。这对我们部队来说，军需物资的规格型号可以大大地减少和简化了！

"我在这里不是表彰表扬，我本人非常赞同这家合作企业的设计方案和理念！可是问题是，我们要全部推翻研究了两年的'预案'中的几乎已经是决定了的设计方案！

第二十二章 军需部会议

"各国的军事装备升级都是你追我赶地在追逐中。这将是一个非常巨大的军事装备的升级换代！这将是目前世界上最先进高效的军用装备的一次技术进步的重大战略跨越！谁走在前面，谁就能赢得这场胜利！

"本次会议的重点就是：

"一、重新考虑和讨论修改'预案'。如果我们同意和接受这家企业的提议，但时间和进度不可以延迟！

"二、电能动力系统的坦克已经初步做了实验，并且演示了对比性能。这个项目要在一年内设计完成！第二年的年底前必须能批量生产！

"三、在舰艇和作战机上设计和试验电能动力替代燃油动力系统，要在这次会议上排出时间表！

"四、会议中必须对动力电池容量、规格、技术参数做出决定性的设计指南！

"五、此次会议中，必须对磁悬无轴承永磁变频电机做出决定性的设计指南！同样，要求是标准化，规格型号少而通用性强！"

姜部长喝了口茶，继续说："永磁电机目前的合作供应商还没有明确，现在用在试验中的是使用尤国生产的。但这是极其重要的部件，不能依赖别人！国产的产品，用在民用车辆上没有问题，而用在军用机车上，多项参数都通不过。而我们不能选择外资或是合资企业的产品。我担心这个是否拖后腿？会议共三天，我们分成五个组分别讨论议题，时间有限，每位桌上都有一份表格和一份'预案'，仍然由各组组长召集，第三天各组汇总方案。"

139

商谍

会场上开始轻声地议论着。

军委上将讲话:"我很高兴参加今次的会议,我也很兴奋地观摩了电能动力坦克的演习。从目前的各国军用电能动力装置的研制来看,我们是走在前面的,从确切的时间要求上说,军委要求,我们必须在三年的时间内,在装甲坦克、在战斗机系列、在艇舰系列,全面使用电能动力系统!

"我国的海域辽阔,如果战斗机的燃料足够,我们就不一定需要笨大的航空母舰了!我们的军舰就可以驰骋海疆而不惧路程了!我们的坦克、军车就不需要考虑加油了!再加上我们在海上的人造岛屿和机场,守护我们的领海领空,我们守护祖国领土的军事力量,将会有极强的提升!更重要的是,也是我特别看好的是,演习中的燃油动力坦克当被炮弹击中时会燃爆!里面的战士是没有时间逃离的!而电能动力在演习中,同样被炮弹击中,却是不会爆燃,不起火!这将会拯救许多战士的生命!同时,电能动力所有的技术参数都可以好于燃油动力!而重量体积却是轻小了许多许多!

"另一个重要的性能是,比如军舰,没有了冒着烟的烟囱了!这对船舰的隐形技术来说,又是一个重大的突破!

"这个不冒烟和相对静音的技术,对坦克的自我隐蔽,对所有有动力的车船的隐蔽性,是极其有利的!重要的!

"同志们啊!我们军委非常期待着能够尽快尽早看到这个项目的成功和实施!"

会议在一片掌声中告一段落,接下来是分组讨论。

每个参会人员都感到压力山大!时间紧迫!

午饭的时候,军需装备部部长姜增明来到瑞德集团的一桌,同桌的还有杜明杰少将和卢新宇少校。

第二十二章 军需部会议

姜部长笑呵呵地和朱俊逸、李斌和杨一方握手，边握边说："朱总您好！李大博士您好！小杨你好，在中东时的伤完全好了吗？"

不用介绍，姜部长全都清楚！

姜部长在朱俊逸座位旁坐下，看着杜明杰说："你是主人呀！怎么没有酒呢？"

杜明杰说："下午还要继续会议呢，酒就不喝了吧？"

在部长面前，杜明杰还是有些胆怯的。

"嗯，好吧！那我就只能以茶代酒，敬三位深川来的朋友啦！晚上我们再一起喝酒吧！"

姜部长倒是为人随和，只是身上的将军装衬托着威严。

部长挟着菜放在朱总的碟中，说："我晚上想和你们一起聊聊的，我对你们瑞德大至有些了解，会议后有时间我会去你们公司拜访学习。"

朱俊逸有些受宠的感觉！忙接话说："欢迎部长前来指导才是，哪有拜访学习的呀！"

"我有一点不明白，"朱总问，"为什么说上市公司是缺点呢？"

部长笑了："上市公司每年要将企业财务报表公布，那么军需部分的增长值也就公开了呀！何况，有一部分股份是散落在社会的，冷不丁哪一天来了个人说，他占了百分之多少股，可以参加董事会了，甚至是挤了你的位置了呢？"

朱俊逸也笑了！

第二十三章 部长的建议

晚上，姜部长、杜明杰和卢工一起来到朱俊逸的房间。朱总刚洗完澡，穿着休闲服，尴尬地开门相迎。一看部长也是穿着休闲服，顿时放松多了。

姜部长拿着条特制中南海香烟，送给朱俊逸，随口说："试试味道，市场上可是没有卖的哦！"

朱俊逸尴尬地说："哎呀！我可是什么礼物都没有呢！"

"什么叫礼物啦！只是条烟嘛！"

李斌和杨一方闻声进来，和部长打了个招呼，准备退出。

姜部长却叫住他俩："一起坐嘛！"

部长点了支烟说："瑞德不容易呀！从白手起家到进入行业五强，才二十来年吧？朱总你几岁？"

"48。"朱俊逸回答。

"哦！小了我五岁呵！"

部长继续说："民品企业转型生产军需产品，一是技术质量要求会更高，二是保密工作很重要，有些头疼吧？"

"是啊！技术质量我们能控制，可是保密工作有困难呀！我们已经死了一位技术骨干了！"朱俊逸叹气。

"我听说了，可能还会有更严重的情况发生的！这个国安公安已经重视了，也已经成立了专案组，我相信他们会有

第二十三章 部长的建议

解决的办法吧！外国势力一直在虎视眈眈地盯着我们的发展，二十年前是我们借鉴别人的技术，现在倒过来了，是国外要偷窃我们的技术喽！"

朱总心里笑了笑，"借鉴""偷窃"？中国文字的魅力所在！

姜部长看了一下朱俊逸说："我想要说的是，随着本次会议的议题落实，对于电能动力电池的军需需要量会有大幅的增长！三年内的需求我估算，至少会增加五倍以上！当然，我们不会只发展一家供应商，但是我们也不会过河拆桥的！我们希望是主角一家，备胎几家。

"我说的五倍以上，这只是指在瑞德的订单量。我知道你们现在的产量和能力，五倍以上的增加量你们是吃不了的！我的建议是，你们把民品和军品分开，民品仍是现在的上市公司。而军品另外再建一个工厂。考虑到你们管理和生活的方便，我查了一下，你们现在厂区边的山坡地，应该可以有三四十公顷。"

这把朱俊逸惊得一跳，忙说："这片土地是政府管控的土地，是不能动用的呢！"

姜部长笑了："国家军委要这么一小块土地，地方政府会说不行吗？"

"问题是你愿意这样做吗？土地，资金，我们全都可以为你配套好，我们也不会参与任何管理和分成，这是军需项目，任何部门都会一路配合的，而且是税收全免的！财务也是不上报不公开的！

"我们军需部可能会是对产品提出新的、更高更好的要求，以满足军需的要求。而独立的军品工厂在保密工作上会

143

稍容易些。这就是我今晚要找你们聊的，但也是正式的承诺！"

姜部长说完，喝了一大口普洱茶，又点了支烟。

朱俊逸看着李斌，李斌张大着嘴看着朱总，一下子呆呆的没法回答了！

这是要把瑞德撑到世界第一的节奏呀！

一家企业，在中国做到了第一，其实也差不多是世界第一了！中国的市场是第一巨大的，中国的人口数量是世界第一的！虽然这十年中国人口没什么增长。

朱总当然也是想做大做强的！何况有军需背景做后盾，又不用担心销售方向和投入资金什么的，不可能走过路过错过了吧！

朱俊逸回答姜部长说："有您的支持，我们一定会努力做好军需项目的。待我们回去后核计一下，再给您确切的意见好吗？"

"当然！这也不是小事，我等待你们的报告哦。"姜部长胸有成竹地说。

"另外，姜部长您在会上说，永磁电机军需产品的供应商还没落实？"朱俊逸顺水推舟地问。

"是啊！你想推荐东海电机？"姜部长反问。

一下子把朱俊逸给问蒙了！其实部长什么都清楚！

姜部长看着朱俊逸尴尬的模样笑着说："我当然了解中国稍具规模的永磁电机制造企业，何况东海电机是创业板的上市公司，而你朱总裁又是东海电机的大股东哦！"

这下更是把朱俊逸打闷声了，连忙解释说："其实是当年闵东海向我借的钱，他上市时就把借款转成股份了，并非

第二十三章 部长的建议

是我的企业呀！"

"我知道，"姜部长说："我们当然了解东海电机股份的情况，我们考虑过东海电机，主要问题是他们的规模偏小，团队力量也略有不足。如果朱总你推荐，我们可以再作评估的。

我们在评估中，更多的是考虑老板本人的素质和诚信！这点闵东海略有不足，商人气偏重。在质量和利益二选一时，闵东海是会偏向利益的。这在军需产品供应商中是不允许的。"

姜部长坦荡地对朱俊逸说："你可以把我说的话带给闵东海，他如果愿意，可以先动手研发试制磁悬无轴承变频永磁电机，规格和参数在会议结束前我给你《设计指南》，不过仍属机密资料啊！

"同时，东海电机可以拟一个'可行性报告'直接给我，这包括项目的机密管控。也建议东海电机的军需项目考虑独立于民品。资金和企业扩大的投入同样我们会支持。"

已是午夜了，姜部长起身，对杜明杰、卢工说："你们可以按照我刚才的意见运作，时间很紧迫，你们双方需要协同作战！"

杜明杰、卢新宇边点头应着，边一起离开了客房。

李斌站着，看了下朱总说："太晚了，你要休息了吧？"

朱总摇摇头说："还能睡得着吗？姜部长的任务更重了哦！"

"是啊！姜部长是个好打交道的爽快人！不过，也给了我们压了很重的重担！我们瑞德想要发展壮大，但突如其来的扩大，工作量真的很巨大！也就是我们要再建设一个比现在更具规模的，技术和生产更先进的，产品参数更先进的新

145

商 谍

工厂！不过，这也绝对是个机遇啊！"李斌有些兴奋地说。

"是啊！我仍然是担心保密措施呀！虽然说是建一个独立的工厂，但也不可能是铁桶一个哦！在高利益的引诱面前，怎么保证不会有内鬼的呀？"朱俊逸手上的烟灰忘了弹，掉了一地。

李斌默然："但总的来说还是好事吧！你也早点儿睡吧，回去后再讨论。"说着，和杨一方一起退了出去。

第二十四章 林雅琴重伤

朱俊逸冲了个澡，然后用座机习惯性地给安安打个电话。

已经凌晨一点多了，安安竟然还没睡，甜甜的声音在听筒里传来："老公，你今天睡晚了哦！"

"我在天都开会，要三天，刚才是领导在我这里聊天刚结束，以后太晚了你就先睡哦！我很好，晚安！亲爱的！"俊逸歉意地向老婆汇报工作。

电话那头传来安安的声音："老公晚安！想你！"

挂了安安的电话，俊逸又请总机转接林雅琴的手机。

可是对方的手机是关机！

俊逸有些纳闷！小林是从不关机的！是睡太晚了？

又请总机接小林住宅的座机，竟是一直没人接听！

朱俊逸预感有些不好！这么多年了，任何时间段，小林从来没有不接电话的！

朱俊逸打客房电话给杨一方，杨一方一惊！只穿着个大裤衩就紧张地过来了："首长，怎么了？"

俊逸看了一眼小杨，赤着上身，竟有一条十几厘米长的疤痕！而背上更是惊人！竟有大面积的疤痕！他着实一惊！

"我打林雅琴的电话，手机和座机都没有接！我预感不好！"朱总担心地说。

[商 谍]

　　杨一方一听就明白了,说:"首长,您先睡吧,我来处理。"

　　小杨回到房间,立即电话打给了徐佩卿,说了大概情况。

　　徐佩卿睡眼惺忪地从床上跳起,边穿衣边电话给搭档侯子华说了情况,把家人都给吵醒了。他老婆也是习惯了他的没日没夜的工作方式,嘟囔着几声继续睡觉。

　　开车赶到海山路上的海都花园小区5号楼,侯子华和国安局徐佩琪也赶到了。

　　物业管理保安拉着一张欠多还少的脸色,哈欠着开了大门,嘟哝着:"怎么又是找602室的啦?不是出去了吗!"

　　侯子华闻言一把揪住保安,晃了一下公安局的证件问:"602室是个女孩,什么时候出去的?几个人一起出去的?"

　　这才把保安吓醒了,哆嗦着说:"来了三个很凶的家伙,说是602室的公司同事,硬要上电梯。我应该是先要取得房主同意,才能让访客上楼的。可是他们硬闯着上楼了。大约过了半个小时吧,就见他们架着一个女的下来上车了,我认识这个女的,是602室业主,很漂亮的,姓林。我问他们怎么了?其中一个回答说是去医院!"

　　"这是几点钟的时候?"侯子华知道出事了!

　　"十点左右吧?"保安想了想说。

　　三人上楼,徐佩琪看着数字式门锁按了一串数字,打开了602室。

　　漂亮精致的闺房已经是一片狼藉!有明显的打斗或是挣扎过的痕迹!

　　玻璃茶几上有血渍!地上也有些血渍!书桌上乱七八糟

第二十四章 林雅琴重伤

的！电脑没了！留着一堆电源线和键盘、显示器！地上留有一只拖鞋。

情况和周明昌家差不多！

林雅琴的电脑不是已经搬回公司了吗？怎么家里还有一台？这台电脑能被公司的电脑远程操控吗？电脑里有项目的资料吗？徐佩琪心里担忧着！

徐大队长和徐佩琪二人仔细查看着房间的每一个细节。

侯子华独自拿出了随身电脑打开，用设备先扫描了一下地上的鞋印、玻璃茶几以及门把手上的指纹，发至公安局。

几分钟就收到了刑侦大队的回复："两个新指纹没有比对信息，有一个是梁百志！"

"梁百志又出现了！"侯子华叫了起来！

他们去哪儿了？徐佩琪担心着林雅琴，心里更是担心林雅琴的电脑！

侯子华已经在随身电脑上浏览着"云天网"了。但仍是不解地问徐佩琪："你不是在每个人身上都装了报警器吗？"

徐佩琪虎着脸，拎着一件外套，外套的内衬上有个纽扣状的小金属件！

侯子华摇了摇头，没再作声。

电脑屏幕上的"云天网"显示：

5月30日，19:46，林雅琴走进5号楼；

21:52，三个家伙走进5号楼；

22:28，三个家伙挟持着衣冠不整的林雅琴一起，上了车驶出小区。

149

显示屏中的林雅琴好像是处于昏迷状态！

显示屏上自动跟踪显示着车辆驶出小区，一直行驶了48分钟，在坪山大道进入了马峦山。之后，显示屏响起了"嘀、嘀"的警示声！车辆不见了！

又是马峦山？！

侯子华气恼不已！

上次去宝山南乡大道服装厂抓捕梁百志，也是在马峦山蒸发不见了！今天又是在马峦山？

可是刑侦大队会同武警在马峦山搜寻了十余天了，十余架无人机每天在山上侦察着，仍是一无所获！

马峦山上一定有问题！难道是梁百志的窝？

徐佩卿一行只能收兵结束，边离开边打电话告诉了杨一方发生的情况。

第二十五章 马峦山

马峦山位于深川市虎岗区,西与盐山区三洲田水库相接,东至葵涌镇,南邻深川东部黄金海岸,总面积28平方公里,是一处少有邻近市区而未被人为破坏的美丽山林。这里有深川最大的自然瀑布,有很多自然山洞,谷内岩石因流水冲刷而形成各种形态,景色秀丽。

在马峦山散落着保存完好的岭南风格的客家民居,罗氏宗祠、赖氏宗祠,还有碉楼及古井、水塘、百年古樟。这里有抗日游击队东江纵队指挥部,有孙中山当年讲学的学堂,人文景观十分丰富。

徐佩卿三人离开海都花园小区,开车直奔马峦山方向。边开车边向市公安局汇报了情况,并要求武警增援,再次搜山。

时间是5月31日凌晨2:30,徐佩卿三人到达坪山大道马峦山脚下。

山上除了几杆路灯,基本上什么也看不清。徐佩卿、徐佩琪二人站在山下,等待着武警部队的到来。

侯子华查看着电脑屏幕上显示的马峦山的主视图。

平时工作忙,从没来过马峦山风景区,也不知道马峦山上竟然还有这么多的民居民宿,还有祠堂、教堂。

山上的民居大都在白天支个店铺,卖些饮料小食。

而民宿小院和农家乐则是旅游观光客住宿餐食的好去处。

侯子华在电脑上输入梁百志的相片,进行自动搜索。

搜索显示:23:16,一辆车牌号为深BE650604的商务车进入了马峦山入口停车场,该车牌登记人是梁百志的服装厂。

屏幕显示,车上下来四人,其中林雅琴处于挣扎抵抗状态,由两个家伙挟持着,梁百志走在后面。

林雅琴至少是活着的!侯子华大大地吐了口气!

可是,停车场出口处没有显示有他们四人出来!

直接钻进山林中了?

只听到电脑"滴、滴"的报警声!自动跟踪软件盲目地搜索着,没有了方向。侯子华刷划着屏幕,仍是无影无踪!

马峦山的绿化茂盛,树林覆盖了整个山坡,"云天网"也是无能为力了。

2:48,武警部队的车辆到达,一个连的官兵,开始沿着马峦山的山脚形成包围圈,向山上进发搜索。

刑侦大队的警员也打着强光手电筒,朝着山道上搜索。

徐佩卿他们三人在停车场内发现一条小道,摸黑向山上搜索着。

这条小道沿着山坡一直延伸到三洲田水库,道路上渐渐露出有四轮草地车新的车辙痕!

徐佩卿气喘着想骂人!

车辙痕一直到茶溪谷的水泥路面上不见了!

环顾四周,晨曦下的茶溪谷,都是游乐设施和小型餐饮店。

第二十五章 马峦山

这下有点傻了！他们四人不会是来马峦山游玩的吧？

侯子华捧着随身电脑，像是风水先生捧着个风水罗盘，继续搜寻着梁百志，仍是毫无踪影！

三个人索性坐了下来，爬山也是够累的，感觉被梁百志耍了！

望着三洲田水库坝边，侯子华发觉有些民居建筑，与这边的游乐场有些格格不入的感觉。

三个人起身，朝着民居方向走去。

这是客家高脚楼式的民居，看上去是有些年头的。从水库边上的小船和船上的渔网看，高脚楼应该是渔民的住所。

凌晨五点，天色亮了起来。

三个人猫手猫脚地靠近高脚楼下，静静地听了一会儿，发觉屋里有声音。

徐佩卿、侯子华二人窜到正门，徐佩琪握着手枪埋伏在屋后。

侯子华伏在门口，听到了屋内的嘈杂声，是林雅琴嘶哑的声音！混杂着一般强烈的烟酒味和男子的吼骂声！

侯子华看了一下徐大队长，二人迅速抽出手枪，一脚踹向木门！

木门本已年久，被一脚踢倒，向里倒下！

屋里的家伙动作也是极快，抬手就向门口开枪！另一个家伙竟是飞出了一刀！

可是屋里林雅琴的位置还没有确定，徐佩卿、侯子华二人反而不敢冒失地向屋内开枪。

商谍

屋里继续朝着门外射击！好像有四五个匪徒，是想要冲出来！

听到林雅琴在里面朝外叫喊："开枪呀！打呀！"

听出了林雅琴在屋里所处的位置了。

屋里传出一声沉闷的枪声！林雅琴的叫声没了！

"混蛋！"徐佩卿对着屋里一阵扫射，二人已是跃了进去！

两个家伙已被击中，倒在地上打滚号叫。另一家伙举着砍刀朝侯子华劈来！被侯子华一个劈掌砍在脖子上，倒地不起了！

梁百志窜起，朝屋后的木板墙壁上猛撞！年久的木板哗啦一声巨响，向外倾倒！梁百志及另一个家伙猛然跃起！朝外逃窜！

屋后徐佩琪看得正切，一梭子弹射向梁百志！

只是梁百志的武功了得！一个飞跃旋身，已横卧在地上。徐佩琪射出的子弹，竟是射中了另一个家伙。

这个家伙哇呀一声，口吐鲜血，扭曲着身子倒地不起。

梁百志在地上连续翻滚了几下，边翻滚边将枪口对着徐佩琪猛射！

徐佩琪只感到一阵剧痛！瞬间呼吸困难，胸部大片的涌血，倒在血泊中。

徐佩卿猛地发现徐佩琪中弹！迅速窜至徐佩琪身边，大叫着："琪琪！琪琪！"边抱起徐佩琪，边向着梁百志逃窜的方向扫射！

侯子华解开绑着的林雅琴！林雅琴已经昏迷，衣服也已

第二十五章 马峦山

被血渍浸透!

侯子华抱着林雅琴出来,对着天空连发了三颗信号弹,猛然看到徐大队长抱着妹妹徐佩琪,大吃一惊!

徐佩卿抱着妹妹的手在剧烈地发抖,拼命地呼唤着:"琪琪!琪琪……"朝着山下狂奔!

侯子华也抱着林雅琴向山下猛跑!

刑侦大队的警员和武警看到信号弹,快速地向高脚楼民居包围。可是一场血腥的搏击已经结束!留下的是三死一伤的四个家伙!

徐佩卿冲到武警车前,将徐佩琪抱躺在座位上!侯子华抱着林雅琴也上了车!还没坐下,武警驾驶员就离弦似的将车开窜了出去!

二人拼命各自按压着徐佩琪和林雅琴的出血部位!车似发疯般地冲向武警医院!

司机一边开车,一边电话呼叫武警医院准备抢救!

武警医院大门口,已有十余名医生护士。车还没停稳,徐佩卿抱着佩琪跳下车,将妹妹放置在担架车上,号啕大叫着:"医生!医生!"

侯子华把林雅琴放在担架上,推着朝抢救室奔跑!

抢救室的大门将徐佩卿、侯子华挡在了门外。

徐佩卿一屁股坐在了地上,猛然号哭起来。

侯子华拉起大队长按在座椅上。

这么多年在一起搭档,侯子华第一次看到大队长这样。刚强铁汉也有柔弱的一面,更何况是自己的亲妹妹!

侯子华突然意识到自己的失误！急忙打电话给武警指挥官，要求尽快增加警力，细密搜索和包围马峦山！搜捕梁百志！

侯子华明白失策了！发了信号弹，让武警官兵反而误认为是让他们赶到民居，而停止了搜索！

国安局赵之峰匆匆赶到医院，边走边问："怎么啦？徐佩琪怎么啦？林雅琴怎么啦？"

抢救室的大门推开，穿着浅蓝色手术服的主任医师摘下口罩，看了一下门外的赵副局长和徐大队长，哽咽着说："徐佩琪是子弹击中心脏要害部位！抢救无效，不幸去世！林雅琴是子弹穿透了肠胃！仍在手术中！但因出血过多，抢救仍在进行中！"

徐佩卿哇的一声惨叫，昏倒在地上！

侯子华抱起徐队，眼泪也涌了出来！

"梁百志你这个畜生！逮住你，我把你碎尸万段！"侯子华咬牙切齿地痛骂！

第二十六章 赶回深川

朱俊逸一个晚上没睡着,担心着林雅琴。

杨一方也是一夜没有睡着,等待徐佩卿的电话。手机不能使用真的是极不习惯,这个鬼地方打个电话还要总机转接!

看看时间也已是凌晨六点半了,实在憋不住了,杨一方转总机挂接了徐佩卿的手机,可是电话竟是没有接听!再挂接了几次,仍是无人接听!

这下杨一方有些惊慌了!刑侦大队长的电话怎么会不接听的?

再转挂接侯子华的手机,听筒里传来了侯子华疲惫不堪的声音:"林雅琴受了重伤,仍在手术室抢救着!徐佩琪牺牲了!凶手是梁百志!"

"啊!"杨一方惊呼!"凶手抓住了吗?"

"没有!还在搜索中,估计有些困难!"侯子华有些懊恼地说。

杨一方挂了电话,赶紧去敲首长的房门。

朱俊逸开门就问:"出事了?"

小杨怯声地告诉了侯子华电话的内容。

朱俊逸一下瘫倒在沙发上!

"我们要赶回去吗?"杨一方很担心林雅琴的安危。

157

朱俊逸点了下头,垂头丧气地拨打姜部长的房间电话,想要请假。

电话那头一接通,姜部长先说话了:"朱总,林雅琴出事了是吗?"

"是,徐佩琪也牺牲了!"朱俊逸心有余悸地回答,"我俩要请假回去!"

姜部长说:"我知道的,也不知道国安这帮人是在干啥!你的心情我理解,但是你们最好是在会议结束后再回去。"

"那留着李斌总监继续会议,他也会把会议要求完整地带回来的!"朱俊逸坚持着。

姜部长顿了一下说:"好吧,我安排你们回去。记住这一点:国家的利益高于个人情感!高于一切!有什么事也可以直接给我打电话。"

放下电话,朱俊逸又给杜明杰房间拨打电话,想要打个招呼,可是有人敲房门。

杜明杰站在门口说:"我在楼下等你们,五分钟后小卢送你们去机场。"

杨一方赶紧帮首长收拾行李。自己就几件衣物,塞进背包里。他扫视了一下房间,准备回家。

朱俊逸叫来李斌,将发生的事情大概和李斌说了,惊得李斌张着嘴巴说不出话来!

朱俊逸叮咛李斌:"你也要注意安全!回来的路上也要注意!"

李斌有些自嘲地说:"我们好像是在冒死吃河豚啊!朱总您千万别大意哦!"

第二十六章 赶回深川

卢新宇开着辆"红旗"送朱俊逸他俩到机场,仍然是来时的那驾军用客机。他又把两台手机交给了小杨,说:"下飞机后会有专车接送你们回家或是回公司,一切都请小心!敌方没有拿到军需技术资料,会更疯狂的!"

谢过卢少校,朱俊逸和小杨登机回家。

一辆军用越野车将朱俊逸和小杨直接送到武警医院。

病房门口站着几个穿着黑色西装、黑衬衫,系着红领带的男子,西装领子上别了个国徽,一看就知道是国家安全局的。他们拦住了杨一方两人,要求出示证件。

杨一方只能掏出身份证和工作证,朱俊逸心里也是有气,住病房了倒是想到保护了?早干吗去了?

国安人员用手机扫描了一下证件说:"朱总裁、杨先生请进!我已接到通知,二位会来医院探望的。"

朱俊逸没有理他,推门进入病房。

林雅琴穿着病号服,腹部全是纱布包扎着。脸上,手上也都是伤痕,脸色苍白,仍然是昏迷着!

抚着林雅琴的小手,朱俊逸潸然泪下。只是一份工作而已,竟是差点把命也搭进去了!

朱俊逸在小林的额上深情地吻了一下,泪水已滴落在小林的脸颊。

朱俊逸心里隐隐作痛,祈愿小林能尽快地好起来。

自从接了这个军需订单,就没有安生过!周明昌死了,李斌被挟,林雅琴重伤!徐佩琪牺牲!接下来还会……朱俊逸不敢往下再想!走出了病房。

商谍

杨一方也走进病房,看着这几年几乎日日在一起工作、谈笑的小林,竟是伤得如此严重!默默祈祷着小林早日康复!

走出病房,发现国安的赵之峰副局长也在门外,办公室主任叶明也已经赶到。朱俊逸上前,向赵副局示意了一下问:"徐佩琪的追悼会怎么安排?"

"今天下午二点,在深川殡仪馆南苑厅。"赵副局面无表情地说。

朱俊逸看了一下叶明说:"小林有什么情况,直接打电话给我!"

叶明连忙点着头。

看看时间还有一些,朱俊逸对杨一方说,"我们去看望一下徐佩卿。"

几天不见徐大队长,整个人已经憔悴得不行!头发蓬乱,胡子拉碴的!看见朱总小杨进来,从椅子上站了站,又坐下了。

看着徐佩卿,一个堂堂汉子,竟然变成这个模样,也说不出什么安慰的语言,只是上前轻拍了一下徐佩卿的肩膀……

徐佩卿眼眶湿润,叹了口气说:"是我太轻敌了!是我害了妹妹!"说罢,已泪流满面。

"也是我们的项目害了小徐!"朱俊逸动容地说。

徐佩卿摇了摇头说:"这不是你的事!"

侯子华穿着警服,进来跟徐大队说:"时间差不多了。"然后看了一下朱俊逸他俩。

朱俊逸点头:"我们也是去送小徐的。"

徐佩卿擦了把脸,穿上正装,戴好警帽,很认真地对着镜子照了照,强忍着悲痛,向外出发。

第二十六章 赶回深川

七八辆警车，一起拉着警笛声，向逝者致敬！呼啸着向殡仪馆驶去。

庄严肃穆的南苑厅，徐佩琪的灵柩上盖着党旗，白色的菊花围绕着灵柩。

国安总局，广栋局的领导参加了追悼会。

国安深川市分局的领导和同事们也参加了追悼会。

徐佩卿木然地站在前排，伤心欲绝，根本没听进国安总局领导的悼词在说些什么。心里只有咬牙切齿，誓要将梁百志缉拿归案！告慰妹妹在天之灵！

从追悼会现场出来，朱俊逸突然感到从没有过的累！

国安总局领导的悼词中，多次强调了国家的利益高于一切！需要我们同心协力！为了祖国的繁荣强大而共同努力！

悼词中指出：祖国的发展，技术的领先，一定会导致多国势力的觊觎，敌人是不会就此罢手的！国外势力也一定不会就此放弃的！我们仍然会遭受到更严重的恐吓、要挟，甚至于牺牲！我们必须要有思想准备！我们一定不能让敌人的阴谋得逞！

朱俊逸深深地感受到了自己已经被这个军需项目套牢了！这个代价也是太大了……

小杨开着车，再去医院看望林雅琴是否醒来。朱俊逸头靠着椅枕，浑身感觉无力，昏昏沉沉的。

林雅琴腹部已换过了纱布，将近二十四个小时了，仍然处于昏迷中！

主治医生说，如果四十八个小时内不醒来，就会有生命

商谍

危险!

朱俊逸看着昏迷中的林雅琴,完全束手无策。

这些年来,林雅琴和杨一方,完全是朱总的左膀右臂!不论少了谁,朱俊逸都感觉自己会成为"残疾人"!

把企业做大做强了是为了什么呢?为了家庭?为了自己?还是为了社会?为了国家?朱俊逸忽然处于极度迷茫中。

第二十七章 家中遭窃

小杨默默地开车去公司。

夕阳耀眼刺目。车前玻璃自动变成了茶色,车厢内也略显幽暗。

抬头看了一下后视镜中的首长,仍是闭目斜靠着椅枕上,杨一方说:"已经六点了,您还是回家休息吧?"

朱俊逸仍是斜靠着,"嗯"了一声。

小杨转弯朝回家的方向驶行,边按了车载电话要刘阿姨准备晚饭。

电话响了一会儿,没有人接听。

小杨又按了重拨,电话铃声响着,仍是没人接听!

咦?刘阿姨在干啥呢?

再重拨,仍是没人接听!

杨一方打开车载显示器。

爱琴湾山庄别墅的室内外的监控视频显示在车载屏幕上。

小杨将车速放慢,边开车边看着屏幕上自动显示的室内外每一帧画面。

朱俊逸对小杨说:"别太紧张了,刘阿姨可能是出去买东西了。"

杨一方说:"可是特斯拉仍在车库呀!"

商谍

朱俊逸也盯着屏幕看，发觉的确是出事了！

显示屏上的客厅一塌糊涂，一楼书房更是如同遭到抢劫！文件夹以及书籍散落了一地！

两台电脑的主机不见了！

刘阿姨横倒在书房门口的地上，手上还扯着几根电脑连接线，头上、脸上血迹斑斑！好像已经干涸了！

朱俊逸大惊失色！

杨一方没有急着把监控视频倒回去，先拨打了侯子华的电话，把情况告诉了他，告诉他大约十五分钟后到家。

杨一方猛地加速！"揽胜"疯了一样地窜起！犹如行驶在F1（世界一级方程式锦标赛）赛道上！

国安深川分局赵之峰副局正好来电话，告知林雅琴醒了，已脱离了危险。同时，赵副局在电话里说："林雅琴是好样的！一是她的这台家用电脑中，没有有关项目的任何资料！二是梁百志逼着她，要她提供LCH32项目技术文档，林雅琴忍着这帮混蛋的欺辱和引诱，誓不合作！"

朱俊逸深深地叹了口气！

"可是我家中已经出事了！保姆可能已死亡！我们正在赶回家！"朱俊逸忧心忡忡地告诉赵副局。

"啊！又是梁百志吗？"

赵副局在电话那头咆哮："是狗急跳墙！疯了！"

杨一方驾着"揽胜"冲进爱琴湾山庄，一脚刹车，停在了门外。

随后又跟着冲进来一辆军牌车和一辆警车，赵之峰副局

第二十七章 家中遭窃

长、侯子华、徐佩卿三人跳下车。

一下车,眼前的情景就令人倒吸了一口冷气!客厅有明显的打斗痕迹!刘阿姨满头是血,倒在了书房与客厅之间的门槛上!

很明显,这又是梁百志的魔掌功劈的!

杨一方跑到地下室,还好!这帮混蛋没有去过地下室!

打开监控中心,回放。

时间显示了今天,6月2日下午 2:18,梁百志带着两个黑衣大汉,竟是从梧桐山的山背后爬进爱琴湾山庄的!

敲打12幢的大门,刘阿姨边大声问着,边打开了大门。

一个家伙一个铲掌,就将刘阿姨推倒在客厅地上!

梁百志疯狗似的叫嚷着:"老太婆!朱俊逸的电脑在哪里?"

刘阿姨反应过来!迅速爬到书房门口拦着,大叫着我不知道!

"真是此地无银三百两!"梁百志哈哈笑着,一把拖开刘阿姨,三个人闯进了书房!

一个家伙拔了电脑的插头和连接线。梁百志在漫无目的地翻看着书房中的文件夹和资料。

显示屏上清楚地显示了另一个家伙在翻抽屉,偷偷地将一块百达翡丽手表藏入口袋!转身就迎来梁百志的一个巴掌!打得这个家伙傻蒙了!赶紧又把手表放回原处。

前后不到十分钟,三个家伙要离开书房,冷不防刘阿姨从地上爬了起来,一把抓住了这个家伙,死命咬着他的手,要抢回电脑!

165

商谍

梁百志一掌拍在刘阿姨头顶，刘阿姨慢慢地松开了双手，滑落在地上，头部和眼睑鲜血涌出！

站在杨一方后面的朱俊逸、赵之峰、侯子华，盯着屏幕，深深惋惜地叹了口气！

徐佩卿脱口骂道："畜生！"

看着抱着两台电脑主机的家伙，爬出围栏消失在监控范围外。侯子华双拳握得直响！

朱俊逸两行眼泪滑落了下来。

第二十八章 朱俊逸病了

看到刘阿姨的死去，朱俊逸心力交瘁！一个无辜的生命，就这样没了！朱俊逸欲哭无泪，倒在了地上，竟晕了过去！

杨一方连忙抱起首长，只感觉朱俊逸浑身发烫，额头像是火烧火燎着！

首长病了！

赵之峰连忙开车，送朱总去武警医院。武警医院一是可以方便安排保护病人的安全，二是离得也不远。

杨一方携扶着首长坐在后排。今天一整天，小杨就发觉首长精神不振，脸色绯红，昏昏沉沉的。

是啊，接二连三的打击，铁汉也会倒下的！

体温39.2℃！大夫随即开了一堆化验报告：血尿常规、C反应蛋白、痰细菌培养、肺功能、胸部CT（电子计算机断层扫描）、核磁共振等检查，最后开了一张住院单。

朱俊逸有气无力地问大夫，能否不住院？他没时间待在医院里呀！

不行！大夫斩钉截铁地说："肺部感染是会导致多种并发症的！生命重要还是事业重要？"

"生命重要还是事业重要？"朱俊逸重复默诵着这句告

商谍

诚,默然无语……

赵之峰要求把朱俊逸的病房与林雅琴的安排在一个楼层,这样方便国安局的保卫工作。

去探望了一下林雅琴后,赵之峰向朱俊逸打了个招呼,先走了。

朱俊逸恍恍惚惚地迈到林雅琴病房。

林雅琴腹部仍是包扎着纱布,不能下床。猛然看到朱总裁一脸憔悴地站在门口,大吃一惊!

自从进入瑞德集团工作以来,林雅琴眼中的上司,一直是精神饱满,潇洒倜傥的!

朱总在林雅琴床边椅上坐下,额头的汗珠和粗重的喘息声,着实将小林吓到了!

"朱总您是病了?"小林急切地问。

"嗯,发烧了,我没事,住你隔壁病房。"

"刘阿姨死了!也是被梁百志害死的!"朱俊逸悲哀地说。

"啊!"林雅琴跳了起来!可是又重重地倒在了床上!痛得一头大汗!

"怎么会这样?"小林急切地问,气喘吁吁的。

"搬走了我家里的电脑!刘阿姨真的傻啊!她不知道这电脑其实真的并不太重要!是拼命地不肯放手呀!小林啊!我们为了这个军需项目,才刚刚开始呀!就死了周明昌!死了徐佩琪!你也差点没逃出他们的魔掌!又加上刘阿姨也死了!值得吗?"朱总难过得泪水满眶。

小林明白,朱总是伤痛过度、心力交瘁才病了!

第二十八章 朱俊逸病了

两只还留着伤痕的纤纤小手，轻轻地抹去总裁脸颊上的泪水。

林雅琴突然发现自己脸红心跳！从来没有拉过总裁的手，竟是抚触了总裁的脸……

"不就是长岛人渡边、松本，再加个帮凶梁百志吗？国安局、公安局这么厉害，为什么就逮不住他们呢？我真的是不解呀！"朱俊逸发烫的手抚着小林的小手，不服地说。

林雅琴并不抽回手，任由朱总强有力的、发烫的大手抚摸着，说："总裁，还不只是这几个混蛋！梁百志为什么要我的电脑？为什么你们去参加徐佩琪的追悼会的时间，梁百志就窜到你家偷电脑？我感觉还有一个无形的黑手，在指挥着梁百志！这个人，一定是在我们的身边！这个人也就是安装7.5G传输卡的人！"

朱总点头说："是啊！我也是想破了脑袋也没有想到是谁呀！"

小林望着朱总憔悴的脸庞，心痛地说："您还是先养好身体，出院后再说吧？"

"刘阿姨不在了，那您的生活呢？告诉嫂子了吗？"小林轻声地提醒。

"安安一定会知道的，她每天都在电话里问刘阿姨烧什么？吃得好吗？每天一百个不放心的。她来电话没人接听了，肯定会立即会问我的。"朱总的话语中透着甜蜜。

小杨站在病房门口告诉朱总："病房都准备好了，您需要先验血验尿和做CT的。"说着进来扶首长起来去病房。

小杨边走边对林雅琴说:"你安心休息,首长的化验报告我会告诉你结果的。"说完拉闭了病房门。

　　走道上仍然戳着两个面无表情的国安人员。

　　走进病房,换了病号服准备躺下,朱俊逸的手机就传来安安焦急的声音:"你在哪呢?你好吗?我打了一个下午家里的电话了!怎么刘阿姨一直不接呢?为什么刘阿姨的手机也没接呢?"

　　俊逸木然地听着安安问完,叹了口气说:"安安,你不要惊慌,听我说!出了好多事!周明昌被害了!林雅琴重伤刚抢救过来,国安局一位年轻的女军官也被害牺牲了!刘阿姨在今天下午二点多钟被害了!"

　　一阵沉默……

　　听到电话那头安安的哭泣声……

　　"这是从什么时候开始的事呀?你为什么不告诉我呀?你安全吗?坏蛋是为了什么呀……"

　　安安一连串地边抽泣着边问,可是俊逸也只是木然地听着无法回答。

　　"你现在在哪里呢?你怎么样?你声音哑哑的,你好吗?"

　　"我……我现在刚到医院,有些发烧了,医生要我住院……"

　　可是只听到电话那头的空音,电话没挂,也没人在听了!

　　朱俊逸急了,知道安安一放下电话,肯定会来深川的!连忙再打老爷子的手机电话。

　　电话铃刚响起,老爷子就说话了:"你们这是闹的哪一

第二十八章 朱俊逸病了

出啊？安安哭着，也不说？"

"爸！你先不要急！我待会儿告诉你！你先叫安安听电话！她一个人来深川会更危险的！"

"什么？会更危险？天塌了？地崩了？"老爷子不满地问！

"爸！你先叫安安听呀！"俊逸急得跳脚！

老爷子才边把电话塞给安安边问："到底是怎么啦？"

电话刚凑到耳边，就听着俊逸在那头喘着粗气吼："你不能一个人来！叫上闵东海一起来！几点的高铁时间先告诉我或是杨一方！小杨会来接你们的！必须！必须！"

安安这才冷静下来，知道是出大事了！是出了非常危险的事了！

"闵东海和小洁昨天去暹国度假了，我先来吧！我上车时会通知小杨到达时间的。"说完挂了电话，往行李箱里扔了几件衣服杂物，跟老爷子说："我去深川了，俊逸发烧住院，您放心好了，也跟菲菲说一下……"

边说，安安已拉开车库门开车走了！

弄得老爷子云里雾里的，搞不清是什么情况！

医院的病房里，护士推着个轮椅，后面跟着个国安的人，催着朱俊逸去做检验！

朱俊逸向护士打着手势示意，边拨打闵东海的电话，听着电话那头接通后的女子声音，就是没听到东海这个混蛋的声音！

朱俊逸"喂！喂！"地叫了几遍，才传来东海的说话声：

171

"啊呀哥呀！你也来暹国了吗？"一副油滑腔！

"你已经到暹国啦？我想叫你陪安安一起来深川呢，最近出了好多麻烦事！我不放心安安一个人来深川！"

"啊呀！我昨晚上刚到呢！怎么？什么叫会有危险？不放心？你那边怎么了？"

"现在安安一人已经去车站了，算了吧，不过我是有事找你！"

东海听出了俊逸说话的喘气声，问："你怎么了？现在在哪里？"

俊逸有气无力地说："刚来医院，要住几天院吧。"

第二十九章 安安回深川

安安匆忙把车停在T6车库,赶到站台,正好赶上20:40的C97次高速列车,到达深川大梅沙站的时间是23:25;赶得有点儿急,安安头上沁着汗水,累得有点儿喘。

坐下后立即打了个电话给杨一方,告诉他车次和到达时间。

其实这条路线,车次,安安很熟悉的,经常来回奔波于尚海—深川,两个小时多点的时间,打个盹就到了。只是最近有一年半没来深川了,苦了老公在深川拼搏着事业,却是一个人清苦地生活着。安安想着就觉得对不起老公!

可是老爷子住尚海,女儿也在尚海读研。深川是老公的企业,如果二选一,安安是绝对不能做出决定的!就像是先救妈还是先救老婆一样,两边都重要,两边都不能放弃!可是,安安没有分身的本领啊!

俊逸到底是遇上什么事了呢?怎么会病了呢?在安安的记忆中,俊逸只有过两次感冒咳嗽,而且都是在春节过年的时候,闲下来反而生病了。不过也只是吃了几片止咳化痰药片,多喝点热水就好了。

刘阿姨只是个保姆,谁要害她呢?难道是要害俊逸,而误害了她?想到这里,安安惊出了一身冷汗!

林雅琴是俊逸的秘书。这么些年来,杨一方和林雅琴,已经是俊逸的左膀右臂了。安安知道,俊逸很喜爱他这两位下属。一文一武,踏实地工作,忠诚地护主,很是难得的好员工,好朋友。

可是坏人又是为了什么要伤害林雅琴呢?

安安很是懊恼,平时她很少问俊逸的事,只是在生活上关心着他,而且还只是"遥控"着的。一有事情发生,她竟然什么都不知道!

安安和俊逸结婚有二十三年了。

他们的爸爸是好朋友,都是尚海市金浦区工商联的常委,又都是金浦区工商联界别的政协委员,经常在一起参加会议和活动,而平时都忙着自己的企业。

那是在一次饭局上,爸爸的几个朋友聚餐,其中也有俊逸的爸爸。安安是陪爸爸一起去的。

俊逸是迟到了。酒过三巡,朱俊逸才匆匆地赶到。那是他在天都读研毕业后第一次出现在安安的视线中,而且就坐在安安旁边的座位。

安安望着这个帅气中透着男子特有的气息和优雅的男生,英俊的一举一动,和淡定礼貌的举止,心中突然似小鹿乱撞,脸颊绯红!

看着这对金童玉女,在座的叔叔阿姨们来劲了!你一言我一语地,好似都想着吃十八只蹄髈,兴高采烈地撮合着。

俊逸转身,看了一眼身边的安安,这一看心中就是一跳!一股淡淡的清香扑面而来!白皙中映托着绯红的脸颊,小巧

第二十九章 安安回深川

秀气的鼻子和墨黑长睫毛下一双含羞万情的眼睛，猛然心动！特别是安安不论是在微笑或是不笑时，始终是甜甜的那种表情，有着很想要咬一口的冲动！

俊逸的爸爸看着安安，心中也是喜欢，举杯对着安安爸爸说："这个媳妇我要定了哦！安安同意吗？"哈哈笑着，和安安爸爸欢天喜地地干了一大杯！

好像婚姻大事就这样特简单地说定了！俊逸和安安也开始了简单而热烈的恋爱。

婚后的生活简单而甜蜜！安安从不烦着俊逸什么的，俊逸也真的是很忙。

想着，安安甜美地笑了。

只是因为在餐桌上多看了他（她）一眼……

23:25，列车停靠在深川市大梅沙站。

安安掏出手机想着问杨一方到了没，一看"未接电话"有好几个！有俊逸的，小杨的，还有闵东海的！

糟了！赶快先拨通俊逸的电话，那头传来嗔声："安！你这个经常不接听电话的坏毛病啥时能改呵！急死人的……"

再拨打小杨，告诉他列车到站了。

杨一方兴奋地说："嫂子您慢慢地，我在出站口等您。"

安安的行李不多，一个圣罗兰包包，一个自动的行李箱。安安没让行李箱跟在屁股后面走，仍是拉着手杆出站。

看到杨一方在招手，安安加快了脚步。

猛地，有三个黑衣人从出站口逆向跑来！安安顺势一闪，可还是给撞到了！

其中一个家伙一把揪住安安！力大无比！竟是将安安摔上肩背，夺路狂奔！动作之快，根本没时间反应。

杨一方是想帮着嫂子拉行李箱的，一转头竟是嫂子被人抢走了！岂容如此猖獗？

一个跃身而起！杨一方已腾空飞身，翻过栏杆，拦在了前面！

一辆商务车对着杨一方死命地撞了过来！小杨一个箭步，身体跃起，竟是撞在了前挡玻璃上，一阵"哗啦"声，前挡风玻璃被撞得粉碎！

杨一方一个蹬脚，竟是直接把脚踹进了碎玻璃里，将这个开车的司机踢得爆了脸面！

翻身下车，杨一方抢过嫂子，护在身后。双掌劈出！对着这三个家伙，大声吼着："一，二，三！"就听到三个家伙依次号叫着倒地！

杨一方看都没看这几个家伙，背着嫂子奔到"揽胜"，拉开车门让嫂子坐定，锁了车门，返身去找嫂子的包包。

一个家伙在地上打着滚。小杨捡起包包，猛踢了这家伙一脚，喝声问："谁叫你们来绑架的？是梁百志？"

这个家伙抱着头抖声地应着："是……是梁百志！"

"他在哪里？"

"在……"

杨一方又是猛踹了一脚，疼的这家伙又是号叫着："在……在……马峦山上……"

"什么？马峦山的高脚楼内？"

"不……不是，是在教堂的后屋……"

第二十九章 安安回深川

杨一方不去理会，跑回自己的车上，将包包递给嫂子，问："行李箱的遥控器在包包里吗？"

安安惊恐未定，这才想起行李箱也不见了！按了下遥控器，只见四轮行李箱晃晃悠悠地驶来。

杨一方放好行李箱说："嫂子您不要担心，我还有电话要处理，然后我们去医院。"边说边拨了刑侦大队徐佩卿的电话。

这时，车外已围了好些警察，猛敲着窗玻璃厉声地叫杨一方下车。杨一方指了指自己的手机，然后摇下车窗，把电话递给敲着车门的警察。

电话那头传来了徐佩卿的声音："我是刑侦大队的大队长徐佩卿！你们先把这几个家伙拿下！我随后就到！"

警察只能遵令，乖乖地把手机还给杨一方，向其他警察招招手，去了那边。

杨一方接过手机继续说："朱总裁的太太从尚海来深川，在车站给梁百志的手下抢了！现在没事！据梁百志的手下交代，梁百志可能在马峦山教堂后屋！"

"我们现在正是出发去马峦山方向的路上！是一个没死的家伙刚刚交代的。"徐佩卿说。

杨一方舒了口气，问嫂子："我们现在去医院，您有受伤或是有疼痛的吗？"

"我好的。小杨，怎么会这样？他们为什么要绑架我呢？是绑架了我后再逼俊逸什么吗？他们是什么人呢？"

安安余惊未定，两手紧抓着前椅背，哆嗦着问。

商谍

　　小杨边开车边安慰着嫂子："您别担心，刑侦大队已经去抓捕了。到了医院后首长会告诉你发生了什么事的。嫂子，我想我们在出站时所发生的事，暂时就别告诉首长了，免得他更担心了，好吗？"

　　"好，我也是这样想的。"安安慢慢地静下心来。

第三十章 病房

到了医院，已经是午夜十二点了。俊逸打着点滴，没有一丝睡意，等待着安安。

朱俊逸心里总是有一丝不安，也不知道是为什么，他总是感到安安会有危险。

病房的门"吱嘎"一声被推开，安安冲了进来，一把抱住俊逸就哭了出来！

俊逸疼得叫道："安安！你压到针了！"

安安连忙跳起，破涕为笑。

轻轻捧着老公的脸，看着一脸憔悴的老公，安安的心都碎了！

"老公，到底是怎么了？怎么突然会有这么多的危险了呢？还死伤了这么多人？"安安焦急地问。

"安，你不要担心的！你没事就好！但是千万要注意安全！外出去任何地方，记住！都必须要有小杨陪你一起的！"俊逸叮嘱着。

"事情的源头是我们瑞德公司承接了军需装备部的动力电池订单。这个电池的技术目前在国际上是领先的，是用在军队的坦克，甚至军舰、飞机上的。

敌人，主要是国外的敌人，知道了我们的技术后，猖狂地要将技术资料搞到手!

"这样,我们公司中,承担着这个项目的主要技术人员,管理人员,就都是他们需要拉拢收买的对象。这些人员手中的技术文件都是他们需要窥窃的非常重要的资料。

"敌人已经到了疯狂的地步!这段时间,我们的技术、管理人员都会处在更危险的境地!"

安安越听越担心:"俊逸,那我们不做这个电池,不接这个订单!不就没有危险了吗?我们退出吧?"说着抽泣起来了。

俊逸的一只手挂着点滴不能动,另一只手抹着安安的眼泪说:"我也这样想过,不过就算我们不做了,现有的技术也可能流出去;二是我们也不能不做,每一个中国人,都是希望民富国强的,是吧?"

"那生产电池的工厂多了去了!为啥坏人就盯着我家呢?锂电池不是全世界都有生产的吗?是我们做得特别好吗?"安安不解地问。

"是的,全世界有很多制造锂电池的企业,技术先进的企业也不少。但目前的技术水平,专家们认为不论怎么合成配比,储能电池技术的最大容量比做到10千瓦小时/千克就到瓶颈了。而我们已经研发成功12千瓦小时/千克的了!敌人当然是非常眼红的了!更何况当知道我国会将更高容量的锂电池用在军事装备上,而且电池是不会爆炸燃烧的,这就非同小可了!

"破坏我们的生产是没意义的,破坏了这个厂,我可以建第二个厂。最有效的就是敌人把我们的技术偷去复制,这

第三十章 病房

样是效率最高而时间最短最快的。所以他们是疯了似的要偷取我们的技术,甚至想要叫李斌这样的专家去长岛替他们研制高容量锂电池。"俊逸耐心地向安安解释着。

安安嘟着小嘴问:"刘阿姨死了!林雅琴受重伤,这二人与技术没有关系呀!"

"是没有直接关系,可是林雅琴是全部技术资料的汇总者,她的电脑里有最齐全的所有文档资料,她当然是处境最危险的人之一!刘阿姨是为了不让坏人搬走我的电脑,拼命地护着电脑而被坏人打死的!"

"那周明昌也是因为坏人要他的技术资料才被害死的吗?"

"是的,周明昌前几年做过坏事,他把我们的民用产品技术偷卖给敌人,然后他把钱用于资助金诗娜了。这一次是坏人又找上了周明昌,要他提供出卖军需项目技术。周明昌知道这是国家利益,是国家的军事装备技术,这是不能出卖的,坚决拒绝了!坏人就杀害了他!"

"那周明昌算是好人吧?"

俊逸语塞……

"那金诗娜是周明昌的情人吗?"安安轻声地问。

"金诗娜是周明昌的成多邻居,一直以来受到周明昌的资助,包括金诗娜在深川的酒吧餐厅。可是,两人没有越界的关系。"

俊逸自己也感到不解。

"什么叫没有越界的关系?"安安调皮地问,自己也笑了!

商谍

俊逸打了她一下手:"小调皮!"
两人都笑了。
"可是,我们仍然是有危险存在的是吗?"安安担心地问老公。
"应该不会了!一是坏人总是会被抓住的,二是我们的管理也更科学,更严密了,防范措施也更强了。"俊逸安慰着安安,可是自己也不相信自己的说辞。
护士在门口敲了一下门说:"你们不看看时间呀?"
安安这才发觉已是凌晨两点钟了!赶快劝俊逸睡着。自己也就扑在床边,拉着老公的手。安安觉得这样很好,很甜蜜。

病房的早晨来得特别早。六点不到,病员就陆续起床了。
安安也是在迷迷糊糊中醒来,看到老公已经靠着床头在看手提电脑了。
安安伸手摸了一下老公的额头,感觉应该是退烧了,安安露出了甜美的笑容,捧着老公的脸庞,深深地吻了一下!
看着安安的模样,俊逸笑着说:"一夜没睡好,我的老婆变老变丑喽!"
安安嘟着小嘴,酸酸地说:"早就变老变丑啦!我老公想要换年轻的了!"
俊逸知道自己是没事找事,自找的!伸了伸舌头,对着安安说:"你先洗漱一下吧,隔壁就是林雅琴,你一会儿去看看。"
安安一听,"呀"了一声,怎么就没想着先去探望一下雅琴呀!赶紧洗漱了一下,去隔壁病房看望雅琴了。

第三十章 病房

林雅琴还不能下床,在护工的帮助下,刚洗漱好,一抬头看到安安,高兴极了:"呀!是安安姐呀!快进来呀!"

安安赶紧上去,拉着雅琴的手,

"雅琴,你受苦了!还疼吗?"安安扶着雅琴,左看右端着。"啊呀!小脸蛋也刮花了!手上也是伤痕呢!"说着说着泪珠竟又滑落了下来!

"我还好,只是子弹穿透了肚子,前面一个孔,后面一个孔,丑死啦!"雅琴边说边笑了。

"雅琴,你担心谁看你的肚子呢?"安安说着,自己也笑了!

两人笑着,闹着,全然忘了这是在病房。

收住笑,雅琴问:"安安姐,刘阿姨死了,朱总的生活更是没人照顾了,你来了就别走了。"

安安点头:"我也是这样想的,可是俊逸说我更应该是在尚海,他是个孝子。还担心我在这里会有危险,那你们不都有危险吗?你们不怕我也不怕的呀!"

"可是不管怎样,还是要先找个保姆的,总是要有做家务烧饭的。"雅琴提议。

"是的,我今天就请物业再找个阿姨,我至少也会住一段时间的。"安安说。

"雅琴,也是要多谢你的,我不在的这段时间,也都是你们在照顾着俊逸的!"安安由衷地感谢。

"哈哈,这哪儿是照顾啦!下了班我们是一起蹭吃蹭喝的呀!都是老板买单的!"雅琴笑着说。

"雅琴,你说俊逸的公司越来越大了,做大了为的是啥呀？已经不是为了赚钱了，还那么危险！"安安仍忧心忡忡的。

"男人是为了事业吧？而现在的军需项目撞进来了，更是只能进不能退了，危险可能依然存在！我们会加倍小心的！"林雅琴安慰着安安。

"俊逸有你们这些朋友，真好！"

"安安姐，你还是要注意安全的！小杨告诉我了，你在出站时就遇上了麻烦！多危险啊！他们这是要绑架你，然后逼朱总就范，用公司的技术换你的安全！你去哪里都要叫上小杨的！"林雅琴提醒着安安。

安安露出了一丝的胆怯，点头说："我会的。"

第三十一章 激战马峦山

徐佩卿和侯子华，带着刑侦大队的警员十来人，另外还有武警部队的官兵三十余人，在6月3日凌晨到达马峦山。

因为是教堂，有诸多的民族宗教政策限制，所以前次搜山时根本没有踏进过教堂。

马峦山的教堂是历史保护建筑，建造于1938年，完全是巴洛克的建筑风格。

后楼是三层楼结构，整个楼都是花岗岩建造，犹如一座城堡。近一百年的历史了，保存完好如初！

镶嵌着铁花的厚重的黑色木门，纹丝不动。

武警官兵包围了教堂。刑侦大队警员和武警一部分从正门进入，徐佩卿大队长和武警队长带着侯子华以及警员来到后楼大门前。

午夜的山上仍然是虫鸣蛙鼓的，一潺泉水流得正欢，掩盖了警员官兵们的声音。

看着后楼的二楼、三楼都亮着灯光，却不知道梁百志是否在？在哪一层哪一间？徐佩卿有些挠头！

后楼犹如是铜墙铁壁般的一座城堡，是保护建筑，就连这扇镶嵌着铁花的木质门都是极其的厚重，又不能炸个窟窿冲进去的！

"侯子华！"

"到！"

"调一架无人机看看每扇窗子内有什么！"

"是！我车上就有！"侯子华去车里拎了个箱子出来，慢悠悠地把箱子里的飞机组件拼接着，然后打开遥控器上的显示屏，调整了一下，对徐大队长说了声："OK！"

徐大队长看着猴子认真细致、慢条斯理的模样，真想给他屁股一脚的！嗔着说："你飞还是我飞？"

侯子华做了个鬼脸，操控着遥控无人机。无人机发出轻微的嗡嗡声，对着二楼、三楼的每一个房间进行侦察。徐佩卿和侯子华两人头挤在一起，盯着手上遥控器上的显示屏。

从窗户朝里看，三楼的确是梁百志及其手下，有一间屋子里存有好几台电脑和电脑主机，乱七八糟的，有两个家伙在捣鼓着，梁百志焦虑不安地猛抽着烟。

而整个二楼好像都是教堂神父及职工的宿舍。

无人机降落下来。

"我们怎样能不误伤到二楼的教堂员工，而能进到三楼？而且梁百志他们是有枪支武器的！如果一旦被发现，他们居高临下的，绝对占有优势！"侯子华挠着头皮地问大队长。

"武警不是来了架直升机吗？"徐佩卿问。

"是的，在山下！"

"我们是准备从屋顶上冲进去吗？可以扫射吗？"武警队长问徐大队长。

"在尽量不损坏保护建筑的前提下！而且要保证二楼的人员不受到伤害！"徐佩卿强调着说。

第三十一章 激战马峦山

"我再看看。"边说着,侯子华控制无人机飞上了屋顶。

从顶上俯视着看,三楼屋顶完全是一个碉堡式平台,楼梯是盘旋着通往下层的,平台上堆放有一些杂物,几个人从直升机上跳下去应该没问题!"侯子华说着,又补了一句:"如果被他们先发现,那就是很难跳落的!这会造成伤亡!"

"废话!"徐佩卿骂道!"这个方案不行!看看从主教堂屋顶能爬到后楼吗?这样会有个缓冲区!"

侯子华又操纵着无人飞机,从主教堂屋顶看到后楼屋顶,如果沿着屋顶石级,是可以攻、守和退出的!

看了一下徐大队长,点头称是!

徐佩卿和武警队长商议了一下,并且强调:"要活的梁百志!"

但徐大队长还是明白,敌方是完全处于极有利的位置,这是一场硬仗!

四位武警战士受令迅速下山了。

后楼的武警战士和刑侦警员全部长短枪配置,五名狙击枪手占据了高地,各自对一扇窗户,严阵以待!

前门的战士警员已经伏到了教堂通往后楼的门外,火力布置完毕。

徐大队长和武警队长再次确认了每位战士警员的所在位置后,对着对讲机命令:

"起飞!"

"狙击手,射击!"

只见三楼五个窗户瞬间就被打得像马蜂窝一样!窗玻璃

商谍

飞溅声夹杂着里面的惨叫声，不绝于耳！

武装直升机悬浮在教堂主楼屋顶，射灯的灯光照射着教堂周围，亮如白昼。

四位战士悄声地迅速滑下，跳落在屋顶上，又冲到后楼层顶平台上！

楼下，战士和警员先是炸了通往楼上的大门。边扫射边冲到了二楼通往三楼的楼梯转角口。同时通知二楼每个房间内的教堂员工紧锁房门，不准出来！

狙击手的射击一下子将梁百志其及手下打蒙了！乱成一团后才反应过来，抄起自动机枪，对着窗户外狂射！

窗户上又伸出了火力更强的自动机枪，似梳子似的从近至远，居高临下，呈扇形疯狂扫射着地面！

火力之凶猛，是徐大队长始料不及的！而且，从射击的手法来看，绝非是普通的蟊贼！

整个教堂后楼周围和马峦山的山顶瞬间变成了火海！

侯子华操控着无人机，看到后楼平台上的战士们都已到位，向大队长做了个 OK 手势。

徐大队长对着对讲机命令：

"后门位向上冲！顶层位朝下冲！集中一个房间一个房间地解决！走道火力封锁！开始！"

顶层平台的四位战士和伏在二楼的武警战士，迅速蹿到三楼！

一个炸弹贴上门板，轰的一声！门板向里倒下！战士们趁着门板倒下的同时，已经窜进了房间。一个枪托砸在头上！只听一声号叫，倒下了一个！接连的左砸右捣，房间内三四

第三十一章 激战马峦山

个家伙都倒下了!

解决了一个房间的人。但其他几个房间的人立即发现已被武警控制,死命地想冲出来。

走道上武警迅速对着其余的房门猛烈地扫射!双方形成了一个火力胶着状!

徐大队长怎么也没估算到梁百志这帮混蛋竟有这么强的武器装备。要不是为了活捉梁百志,否则……

武警队长也颇觉头痛!"不就留梁百志一个活口吗?其他抵抗的先解决了再说!"

一声令下!

侯子华带着三名武警战士跳上武装直升机,再次起飞,除了三楼第三个窗户外,自动机枪对着第二、第四、第五个窗户猛烈扫射!瞬间就将这三个房间变成了火海!

而出口已经被武警的火力封锁,从房间逃出来也是死!

梁百志被困在三楼第三个房间里,手握着手枪,知道往外硬冲的后果是什么,但也绝不会束手就擒的。

这几年靠着黑龙帮提供的冰毒总销售,已经赚得盆满钵满了!还没有好好享受过呢!怎能坐以待毙?

梁百志如困兽般躲在角落里,思考着如何逃命!

梁百志的武功了得!特别是这手魔掌功,一掌罩下就能夺人性命!可是功夫再厉害也挡不住一枪一弹吧?什么刀枪不入百毒不侵的铁布衫功,那只是电影情节罢了!

他突然想起,黑龙帮提供的武器中,应该还有一件重型武器!

梁百志赶紧从床底下拉出一个箱子。打开箱子，一枚崭新的星国制造的手持式火箭筒！哈哈！

扛起火箭筒，梁百志对着出口按下了发射钮！

轰的一声巨响！三楼通往天台的出口被炸得粉碎！两位武警战士也被炸得血肉横飞！

梁百志趁着烟雾，迅速窜至天台，准备从屋顶逃窜！

直升机猛地发现从天台上窜出一个大火球，接着碎石乱飞，大吃一惊！却发现有个家伙已经跃上屋顶！侯子华一看就知道是梁百志，要夺路逃命！

徐佩卿着实倒吸一口冷气！这个混蛋竟然有重型武器？楼上的兄弟是否受伤？他心急火燎地迅速从前厅冲了进去！

武装直升机居高临下，探照灯光束全部直射在梁百志身上，强烈的灯光使梁百志根本张不开眼睛，一下子就没了方向！

机关枪突突突地扫射着，犹如是围着梁百志画了个圆圈！

侯子华端着狙击枪，瞄准梁百志的腿部扣下扳机！

只见梁百志一个哆嗦！整个人头重脚轻地摔在屋顶上！一把手枪飞得老远！

侯子华没等直升机悬稳就已跳了下去！几个武警战士也前后跳了下去！

徐佩卿已经冲到屋顶，对着倒在瓦上的梁百志中弹流血的腿部狠狠地踢去！梁百志疼得大叫！

一脚！二脚！三脚……

徐佩卿边狠狠地猛踢！边大声地喊着："你杀了我妹妹！你杀了周明昌！你杀了刘阿姨！你伤了林雅琴！你这个千刀

第三十一章 激战马峦山

万剐的……"

徐佩卿落泪了……堵塞在胸膛的怒火，此刻全部都在发泄燃烧！

侯子华铐了梁百志，拦住了大队长！可这时的梁百志，一条腿已经是血肉模糊，只有点筋皮连着！脸色苍白，不停地在颤抖着！

怕他失血过多死去，侯子华赶紧叫直升机放个吊篮下来，将梁百志丢了进去，送医院救治。

整个教堂以及外围都用警示带围了起来，由深川市武警总队和坪山区公安局守卫着。

救护车鸣叫着停在教堂大门外。

徐佩卿和侯子华，以及武警队长，带着警员清理战场。

整个三楼仍处在硝烟弥漫中，通往天台的通道楼梯已被火箭筒炸得只剩下断墙残壁。

两位战士被炸得血肉模糊地挂在断墙上，惨不忍睹！

徐大队长和武警队长一起，轻手轻脚地将战士抱了下来。

虽然知道他俩已经牺牲，可仍是拼命呼喊着战士的名字！悲痛欲绝！

清理五个房间，共九人，七死二伤。

两个受伤的家伙是在梁百志房间里倒腾电脑，因为没有对这个房间猛烈扫射，算是活了下来。

徐佩卿拎起这两个家伙，竟然是长岛人！用中文问了几句，他俩竟是叽里呱啦地说着长岛语。

头疼！徐大队长只得拿出手机，打开翻译软件，对着手机的话筒开始询问：

"姓名？什么时候来的？谁派你来的？来干什么？"

手机将中文同步转译成长岛语播出。

两个家伙对看了一下，年龄稍长些的哆嗦着回答：

"我叫小泉一郎，他是鸠山纪夫；我们是长岛黑龙商贸株式会社京都部商务省员工。"

"黑龙帮？"徐大队长问。

"是的。"小泉接着回答，"我们是受松本井田襄理指派，来深川协助解读电脑主机内容。"

"解读到什么了？"

"基本上没有什么有用的信息。"

"你们要什么信息？"

"松本先生要求我们找到有关动力电池方面的技术资料，可是我们把每个电脑主机都解密了，没有什么有用的东西，包括昨天梁百志搬来的两台。"

两个家伙的交代看来基本上还算属实。

"那接下来你们要干什么呢？"

"如果公司指示我们回去，我们就回长岛了……"

看来这两个黑客也就知道这些了。徐佩卿叫救护车送他俩去医院，救治后拘捕。

第三十二章 审讯梁百志

梁百志被直升机送到武警医院救治。当徐佩卿、侯子华到医院时，梁百志已手术完送到病房了。

作为重案刑事犯罪嫌疑人，病房是没有窗户的，病房门外已有两名武警看守着了。

梁百志穿着病号服，右腿膝盖以下已经被截肢了，留下了空空的裤脚！

看着梁百志，徐佩卿义愤填膺！真想再狠狠揍他一顿！

侯子华拉了张桌子，打开了录像机，徐佩卿吐出了大大的一口恶气，才慢慢坐下问：

"姓名，年龄，籍贯？"

……

"知道自己犯了什么罪行吗？"

……

侯子华敲了一下桌子问：

"徐大队长在问你，听见了没？"

……

徐佩卿火了："哎哟！不想开口是吗？武功很强是吗？腿好了是吗？"

侯子华走到病床边，掀开被子，端详着缠绕着纱布的残腿，

193

冷不丁手中的笔猛地戳在了伤口上!

梁百志"哇"的一声大叫,整个身体都弹了起来!

侯子华不动声色,又是猛戳!再猛戳!

梁百志大声号叫着,汗如豆珠!整个身子戳一下跳一下!连声颤抖着!"我说!我说!"

"……我叫梁百志,东济省济北市梁县人,今年49岁。

"两年前的四月初,马雄带着两个长岛人来拜访梁晓明馆长。梁晓明是我堂兄,武功很好。他早年以贩毒起家,在东馆创建了'鸿泰武馆'。后因老婆儿子都吸毒,才后悔莫及,洗手退出了贩毒行当。

"长岛人要找梁晓明合作分销毒品,梁晓明不肯合作。我倒是认为自己发财的机会来了!偷偷地与长岛人挂上了。

"梁晓明原来的贩毒生意做得很大,分销人脉很广,除了广栋,还有其他省市。我下载了他原来的分销联系网络,虽然有许多人已经联系不上了,但至少我可以一上手就有分销渠道,再加上后来又逐渐发展一些。很快,我的销量就铺开了。我第一年就净赚了五千万元!没有什么生意比这个赚钱!

"今年五月,长岛人渡边川三来找我,要求我配合他们获得深川瑞德集团的最新锂电池生产技术。我不愿意插手这些莫名其妙的事情,可是渡边说,这些事不合作,那毒品他们也停供了!当然,如果合作成了,我将会得到更大的一笔回报!我想不合作就什么都没了,只能合作。

"渡边告诉我,他们在瑞德有内线,其中之一就是周明昌。但渡边是要求我绑架了金诗娜,这样才可以逼周明昌为了保

第三十二章 审讯梁百志

护金诗娜而交出最新技术资料。可是马老板……马雄跳了出来说不能动金诗娜！他说如果我动了金诗娜，他会立即砸烂我在宝山的工厂和仓库！

"我知道这个马雄有着很厉害的黑道人脉，他是广栋响当当的人物！我不敢惹这个家伙，这样，我犯了个大错，我认为反正最后仍是要周明昌合作交出技术资料的，我们就直接去绑了周明昌，搬来了他的电脑。没有金诗娜做扣押，周明昌完全是有恃无恐的！他根本不配合！我一恼就把他给废了！"

"什么叫'废了'？"徐佩卿故意问。

"……是杀了。"梁百志颤抖着说。

"长岛方面大为恼火！渡边和松本又赶到了深川，说我把事情搞砸了！杀了周明昌是坏了整盘大事的！包括李斌也不能杀！这二人本应是长岛方面感化的人物。所以，对李斌这样感化不了的人物，我们暂时也没办法对付。

"渡边告诉我，有个叫林雅琴的，瑞德公司的总裁秘书，她的电脑里或许会有我们需要的东西。可是电脑里也没有什么有用的资料。

"我又接到渡边的电话，说几日下午几点，徐佩琪追悼会，朱俊逸家中除了保姆，应该没有其他人，指示把电脑搬来。结果我们被朱俊逸家中的保姆缠着不放手，结果是……"

"是什么？"

"我把这个保姆打了……"

"打了？是杀了！"

"……我真的不知道她死了还是没死……"梁百志哆嗦

着说。

"长岛方面还派了两个电脑专家来,密码是解开了,可是电脑里并没有多少有价值的东西。"

"渡边和松本现在在深川吗?"徐佩卿问。

"在长岛。"梁百志回答。

"谁告诉了渡边,朱俊逸会去参加追悼会?"

"我真的不知道……不过我觉得瑞德集团一定是有人在与长岛方面联络着!除了周明昌!但这个人掌握不了全部的技术,也偷不到全部的资料!否则长岛方面就不需要这么劳师动众的了!而且长岛方面是非常急需这些技术!花再大代价也要得到的那种!"

"你们的武器是从哪里来的?"徐大队长敲了敲桌子问。

"是黑龙帮提供的,从长岛偷运过来的……"

梁百志交代的,其实徐佩卿也都知道!

徐佩卿想要知道的,梁百志也是不知道!徐佩卿心里有些窝火!

问题是,抓捕了梁百志后,是不是可是偃旗息鼓了呢?显然不是!梁百志最后的几句话,其实也是警钟!瑞德集团内部还有帮凶!刀光剑影的恶战随时都会发生!那么,这个帮凶到底是谁?

徐佩卿深感压力倍增!

第三十三章 闵东海来深川

闵东海刚到暹罗,还没进入快活模式,就接到了朱俊逸没头没脑的电话,要他陪安安一起去深川,说是不放心她一个人去深川!

安安不是深川—尚海经常在往来的吗?为什么俊逸会说不放心呢?

俊逸说最近有很多麻烦?

俊逸也说找他有事?

闵东海身上涂满了精油,趴在按摩床上,任由暹妹柔中带刚地推按,享受着舒筋爽骨的感受。

不对!一定是朱俊逸有大麻烦了!或者是出事了!闵东海一边趴着一边在想,否则,俊逸是不会要我陪安安一起去深川的!

赶紧叫暹妹拿来手机,先拨打俊逸,是因为刚才俊逸来电话时,东海根本没当回事!

朱俊逸竟是没接电话!再拨打安安,也是没接电话!

闵东海这才有点急了!

再拨打在尚海的老爷子手机,老爷子焦虑不安地告诉他说:"安安是哭着鼻子急匆匆地走的,说是俊逸病了!问她什么病,可安安只说是发烧了!只是发烧感冒需要哭着急着走的吗？真是不把老头子当回事！"

一定是俊逸出事了！否则俊逸是不会讨救兵打电话给他的！

闵东海突然意识到自己犯了糊涂！俊逸的事必须是自己的事！

猛一个跳跃翻身起床！把正在按摩的暹妹吓得"哇"的大叫！

闵东海连忙解释："我有急事马上要走！对不起了！"

暹妹这才理解了，边点头边用热毛巾帮着擦净闵东海身上的精油，又帮着洗了头发洗了脸。然后为闵东海穿衣穿袜，搞得闵东海如皇上一般的存在。

闵东海有些感动，塞了好几张红币（一百元的暹币）给暹妹，弄得暹妹双手合十，连声的"扩抻"！"扩抻"！（谢谢）

闵东海又叫暹妹把易凤洁叫了出来。

小洁披着浴衣，一脸的不开心！"作啥啦？我做到一半呀！"

东海把俊逸打他电话和自己的担忧告诉了小洁，说要马上飞去深川救驾！叫易凤洁自己安排在暹罗继续玩，或是自己回尚海。把小洁搞得目瞪口呆的！不知所措！

闵东海也不管小洁很不爽的模样，反正小洁对国际旅游是熟门熟路的。自己打车去酒店整理了一下东西，又匆忙打了的士去机场，搭上了飞往深川的航班。

下午四点多，飞机到达深川机场。闵东海一边下飞机一边给杨一方打电话。

第三十三章 闵东海来深川

杨一方很高兴，说立即开车去接机。并进病房跟首长和安安说了，又对安安强调，我不在不要单独出去。

一见到杨一方，闵东海就迫不及待地问："是出什么事了？我刚到暹罗就赶过来了！"

杨一方知道闵总是首长的铁兄弟，一边开车，一边告诉闵东海自从瑞德接了军需项目后所发生的事，和为了这个项目而死了的人，为此首长才病了。

而且安安昨晚上到了深川车站还遭到绑架，还说如果你闵总陪安安一起来，或许就不会被绑架了……

言下之意，闵东海已是犯了大错了？真是躺着也中枪！闵东海苦叹着。

赶到医院病房，闵东海看到的却是一幅甜腻的画面，安安正在喂俊逸吃水果！

"哎哟喂！不就是发热吗？两只手也发烧啦？"闵东海嬉笑着站在门口。

"哎呀！东海来啦！"安安脸红着站起来。

俊逸看了一眼东海，笑着问："你不是去暹国了吗？怎么忽然就到深川了？"

"还暹国呢！一大群暹妹围着我呢！就感觉你一定是有事了，想想不怎么对劲！就立马飞来了！"

"好吧，算你还是兄弟！"

"这会没做好兄弟，害得嫂子差点被人抢走了！"闵东海不知俊逸并不知情，说漏嘴了！

俊逸猛地看了一下安安，摇了摇头。

安安也只能调皮地伸了下舌头，瞪了东海一眼！

东海没反应过来，对俊逸说："你在深川很吓人啊！小杨给我说了大致的情况，做企业怎么会危及生命？太吓人了！"

俊逸沉默了一会儿，对东海说："想不想一起下水呀？"

"啊？什么？这就是你要找我的事吧？你下水爬不上岸了，还要拖我垫背呀？不干不干！"闵东海连连摇头！

安安看着他俩要谈事，说："我去雅琴那里了。"

"哎呀！雅琴美女也住在病房里呀？这个秘书真的是到位呀！老板住医院也有人陪……"

闵东海口无遮拦的毛病又犯了！还好安安已走出了病房，应该没听见吧？

俊逸瞪了他一眼！"真该把你的嘴巴给封了！"

"说正事！"俊逸叫东海坐下。自己也坐起来，端了杯普洱喝了一口，对东海说："要喝自己泡！"

东海摇了摇头，只能自己动手泡茶，边问："你这单人病房能抽烟吗？"

说起抽烟，倒是把俊逸的烟瘾给吊了起来，入院到现在也有两天了，竟是一口也没抽过呢。

两个人打开阳台门站在阳台上，端着个茶杯，抽着烟，一副很满足、很享受的样子。

俊逸把去秦汉岛参加会议，军需项目中瑞德集团的任务、姜部长来房间谈话时说到的军需磁悬永磁电机的需求和姜部长对东海电机股份的了解，一五一十地传达给闵东海。

第三十三章 闵东海来深川

俊逸又特别强调了军需项目建设中，军方的投资和支持对项目的重要性，便捷性，也谈到了对项目机密要求。

闵东海这个时候才像个企业家，一改了平时嘻哈的不正经，一句不插话地认真听着。

俊逸告诉东海："你自己决定要不要下水？你也可以把想法、计划，或是困难，直接与姜部长汇报沟通。"

闵东海抽着烟，沉闷了好一会儿，才吐出一句："哥呀！这个事情搞大啦！"

"最大的问题还是保密工作呀！我外面刚搭上了个美女，易风洁第二天就知道了！跟我吵了半天啦！我连这么个保密工作都做不好，哪能有办法做好军需项目的国家级保密工作啦？"闵东海又是不正经地说。

俊逸听着，真是好气又好笑！

闵东海又认真地说："我当然也想做大做强的，我自己是技术出身，对产品也是希望质量和技术先进性领先的，可是市场竞争逼得我们力不从心啊！

比如你说的HaHa电能无人驾驶租赁车，永磁电机的招标价格竞争有多激烈啊！最后是逼得我们把变频调速部分给省了，才拿下了标书。其实是于心不忍的嘛！哪像姜部长说的是利益为上的呀！是市场竞争逼的呀！"闵东海好像是一脸的冤屈。

"你是抓住机遇了，深川有这么一大片的厂房都是自有产权！俊逸啊！你不用努力，单是这片厂房面积，就有一二十个亿啦！别说一个家，你养五个十个家都是用不完的钱了啦！"

俊逸摇摇头叹息：“企业做大了，特别是上市公司，其实企业也是社会的了！”

东海说：“我也好想有自己的一块地，一栋厂房的。你知道我在尚海这个厂房，每年给开发区的租金就是一千多万元啊！十几年来，租金是年年上涨呵！不过这还是小事。其实我对变频电机技术研究了好几年了，我们是尤国 VR 电机公司的客户，我们每年给他们代工的电机占了 VR 电机自己生产的有五分之一了！我了解他们的技术水平。

"磁悬无轴承永磁变频电机我们也有生产，只是价格太高而年产量并不多。

"而坦克燃油动力改为电能动力，电机的功率也就 1500 千瓦小时而已，不过这个电机转速控制是我的特长，我们申请的中国和国际 PCT 组织专利中，转速 $n=60f/p$ 的理论公式，已经引起了很多电机同行的抗议，说是这个公式是控制和限制了今后的技术进步了！"

"哈哈！专利技术不就是起到技术控制的作用吗？"闵东海得意地笑了！

"简单地说，比如二极电机在输入电源频率为 50 赫兹时，转速是 3000 转/分钟；当电源频率为 400 赫兹时，转速就可以达到 24000 转/分钟了！

"在技术上要提高电源输入频率，这个太简单了！而调控电源的频率，就是调控电机的转速，而且是可以达到平稳准确的速度。而我们东海的调控技术，是目前行业技术中最精密的，最可控的！而且是最平稳的！这个技术我们东海电机是最棒的，或者是说，我是最棒的！"闵东海大言不惭地

第三十三章 闵东海来深川

伸了下舌头。

"是军需部的这些人不专业,认为电机高转速技术中国不行而已。我也在研究将磁悬无轴承永磁变频电机的最新技术用于军用飞机上的可能性,使飞行速度可能达到7马赫!7马赫相当于7倍的音速!1马赫的飞行速度大约是340米/每秒!那7马赫这个速度有多吓人呀!在这个速度时,飞机上的驾驶员等人都是要穿真空减速服的!否则小心脏是受不了的!再快或许也可以,不过飞机的结构承受不了,会散架的!"

俊逸看着闵东海,心里暗笑着,这个家伙只有在谈技术,谈企业管理时,才像个正常人!

"我可以做到的技术和质量,完全能达到和超过这份军需要求中的技术指标!只是成本不低哦!"

"那就是说,你是想下水的喽?"俊逸得意地问。

"没办法!祖国要强大,军备先要强大!谁叫我是中国人呢!"闵东海理直气壮地表示。

"哈哈!叫你来深川,也就是想听你这句话!祖国需要一个企业出力,作为一个企业家,是无理由拒绝的!何况这是军需项目!不过,政策,条件也是非常好的!"俊逸兴奋地鼓励着!

203

第三十四章 雨过天晴

朱俊逸在医院只住了两晚,就急着出院了。林雅琴伤情也有好转,能够下床走动了。

大家一起去看望了雅琴,叫她安静休养,早日康复。

杨一方开车,和安安、首长、闵东海一起先回家。

刘阿姨事件后,家里已经弄得一塌糊涂了。地上还留着血迹,书房也是乱七八糟的,看了让人伤感!

俊逸的精神仍是有些不振,安安叫他先上三楼休息。

小杨和安安,再加上东海,三人动手大扫除,把客厅的全部桌椅家具擦洗清洁,又把书房整理如初,也是累得满头大汗的了。

安安请物业管理再聘用一位保姆,听说是这户人家的保姆曾是被人打死的,竟无人应聘。

反正也就两三个人住着,家务事也不多,安安也觉得自己完全没问题。

他们把冰箱里原有的东西全部处理了。小杨和安安一起去超市购买了吃喝拉撒、油盐酱醋的,又买了荤素菜品、水果什么的,塞满车后厢,像是老店新开似的。

别看安安柔弱细巧的模样,做家务的速度真是又快又好,一桌晚餐随便打理一下,便是色香味俱全。

第三十四章 雨过天晴

小杨连声称赞！心想，家里有个女人就是不一样！

晚饭后，安安默默地在院子里点了一炷香烛，又烧了些纸钱锡箔，拜祭刘阿姨在天之灵安息！

大家心情都很沉闷。

徐佩卿打来了电话，告知前天晚上的马峦山一战，已抓捕了梁百志，可是也牺牲了两名战士的消息和大致经过。

朱俊逸顿时精神恢复了许多，问徐大队长："梁百志逮到了，是否意味着可以安稳了？"

徐佩卿在电话中不置可否地表示："暂时会安静一些吧？"

这话让人听得有些不知所措！

第二天一早，下着淅沥的小雨，俊逸和小杨先去了公司。

闵东海急着要写《军需标准永磁电机的技术和生产可行性研究报告》，留在家中了。

少了林雅琴，朱俊逸一下子感觉无所适从了！不知道先做什么，也不知道需要的文件放在哪里！在办公室里叼着支烟，转了好几圈，才慢慢适应下来。

他看了一会儿公司管理软件中的生产、交货和订单情况。又换了另一台电脑，查看了LCH32项目的生产进展和生产线产品抽检合格率，都显示正常。

朱俊逸想着和姜部长那晚一起谈话的内容，深感时不等人！

朱总叫小杨通知胡敬平、李斌上来，又叫住了小杨说："再加上叶明、李易峰、张长根吧。"

叶明离总裁办公室最近，第一个到达，边进来边躬着身

商谍

问候朱总:"您身体好吗?应该多休息几天的呀!公司运营都好着呢!"

朱总说:"小林还没恢复,一些工作你们要正常进行哦!"

"这是,这是……"叶明点着头说:"哎哟,是我没做好工作呀!小林不在,是否暂时给您安排一位秘书呢?"

"不用的,我自己应付一段时间吧"。朱总回绝了,对工作不熟悉的助手还不如不要呢!

杨一方端着首长的茶杯,一起步入小会议室。

胡敬平、李斌等几位连忙向朱总问候。这么多年了,他们从没见朱总生病,还住院了。

朱俊逸点头示意谢谢,大家一起坐了下来。

朱总先是把梁百志已被逮捕,并且已废了一条腿的消息告诉了大家。

李斌一听就兴奋了!这个挨千刀的!枪毙他也不解恨!他问朱总:"梁百志抓住了,我们应该可以放下心了,危险也是应该解除了吧?每天下班回家路上,总是有些提心吊胆的!我老婆也可以回来了吧?"

胡敬平调笑了一句:"是啊!咱李总监想老婆喽!"

大家都被引笑了!

朱总却是摆摆手说:"危险不能解除!抓捕了梁百志这个帮凶,还有张三李四帮凶一定存在!一句话怎么说?敌人亡我之心不死!我们仍然是要高度警惕!"

"今天的会议同样保密!先由李斌总监给各位传达一下军需装备部姜部长的谈话内容。"朱总说。

李斌清了声嗓子,兴奋地说:"根据军需装备部的指导思想,我们将需要重新建一个更大型的工厂,这个工厂将需要具

第三十四章 雨过天晴

有年产300G千瓦小时的规模能力！生产装备更先进，自动化智能化程度更高，管理独立的工厂，以适应新的买家需求！"

"哇！"胡敬平先是叫了起来，"喂喂！先打住！你说的有没有搞错？300G千瓦小时锂聚动力电池？增加值？这是去年全年五倍的产量哦！"

"是的，这个新工厂年产能设计是300G千瓦小时！而且当我们今年的33G千瓦小时的LCH32订单交付且在认定技术质量已完全达到设计要求以后，我们还要力争技术的再次提高！我和几个大学的电储能教授探讨了多次，也做了模型演习，认为提高的可能性是存在的，甚至有可能达到15千瓦小时／千克的更高容量密度，这相当于现在我们手上的手机，24小时处于使用状态下，一片尺寸依旧的电池片，可以不充电而连续不停地使用15天！这是使用时间，而不是待机时间哦！"

"如果成功，那么，我的设想是：12千瓦小时／千克容量密度的电池可以转为民用，那时候的电能轿车、货车，就不用操心充电一次跑多少公里了！那么，我们瑞德的民品、军品动力电池，都将会是国际上最领先的动力电池了！我们瑞德的企业规模和产销，将会是同行业中的世界第一！"

"我自己认为，一个搞技术的人，能够看到自己的企业在国际同行业中，是领先的！是最先进的！生产规模产能和交付量都是第一的！没有比这些更幸福！更有成就感的了！"李斌说得有些动情！

"不过这是我自己的想法，也还没向朱总汇报过呢。"李斌看着朱总，流露出一些歉意，也含着一丝得意。

朱总点头，示意他继续。

李斌继续说："军需部要求我们尽最快制定出可行性研

究报告！并且将新建厂房的土地，建筑面积，包括研发中心和技术实验室的建设和设备设施仪器等的投资，以及生活设施，尽可能准确详尽地分析和列出，并且要有时间表！"

会议室也就七个人在开会，但大家明显都有些激动！也知道接下来的工作量会很大！压力会很重！

朱俊逸看了看大家，也是有些动情地说："刚才李斌总监画了一个瑞德集团明天的蓝图！这可不是光画个饼的事情呵！这是要立即组织实施的！而且是有时间表的！

"注意！我们新工厂的智能化、自动化、装备设施、工厂建设，都是要最先进的！但必须做到一点：任何技术、设施，软件硬件，绝不能受制于别人！更不能受制于国外企业！"

朱总裁严肃地宣布："新工厂建设项目组组长由我本人担任；副组长由胡敬平，李斌，张长根担任；胡敬平部门负责厂房建设规划，李斌部门负责智能化和自动化，张长根部门负责生产设施设备和仓储物流。李易峰协助李斌负责技术实验中心的设计布局。叶明负责可行性报告的汇总编制。"

胡敬平问："老大，土地有吗？在哪儿呢？"

"你只管规划出足够面积的土地和厂区厂房、生活设施配套。我会给你理想的土地面积和位置的。"朱俊逸说得有些轻松。

"有总投资限制吗？"胡敬平又问。

"同样，你们只管制定最先进，最优化的方案，投资金额我会解决。"朱总仍是说得轻松。

在座的，除了李斌、杨一方知道来龙去脉，其他人的确是有点儿云里雾里的！不知道朱总怎么会如此胸有成竹，慷

第三十四章 雨过天晴

慨大方了？

"不过我要再强调一下！

"一是环保处理，新工厂要同时考虑到国家环保政策的升级，也要考虑到碳排放，要走在前面而不能被动地等待改造！

"二是军需项目的机密性，从材料入库到生产，检测，产品进库和成品出库，物流运输全过程，全环节，都是可控的！都是机密的！包括所有员工的出入！

"三是整个工程的计划、设计、建设，以及所有文件资料，文件代号改为'LHC32-J'，分配代号由李斌编制。这些机密事宜由杨一方管理和监督检查。"

朱俊逸喝了口茶，有些激动地继续说："我们瑞德集团将会迎来一次大发展！这是一次跳跃式的发展！也是动力电池最先进技术的一次跨越！我们不但要做大，更重要的是做强！大，是规模！强，是技术！我们必须两手一起抓，两手同步发展！更多的时候是强，比大重要得多！

刚才李斌总监透露的更高容量密度的方向和可能性，将是我们技术部门的主要任务！当然，也是绝对机密的任务！

你们在座的各位部门主管的任务很重！时间很紧！

我相信！我也期待着，我们必定会迎来一个全新的瑞德！"

叶明嗖地站了起来，挺着腰板认真地说："请总裁放心！我们大家一定会努力尽快尽好地做到做好的！"

朱总点了点头。

瑞德集团大楼外的天空，雨停了，一道彩虹架在远处的天际，阳光灿烂……

第三十五章 相识相知

小杨开车,和首长一起先去医院看望林雅琴。

公司离武警医院并不远,只是下班高峰,路上有点堵。

杨一方扭头问:"首长,为什么每次开会,胡总总是会提些怪怪的问题呢?"

"呵!管理层中,有人提出些问题,是好事哦!都是点头的,没有摇头的并不是好事!我是决策人,更是需要有人提醒才好呀!"

小杨点头,又说:"我还有些担心叶明,总觉得他有点怪怪的。"

"叶明呀?这个人的性格我并不喜欢,太多的恭维反而让人觉得不真实!但他的文件编写能力倒是一流的,人尽其才嘛!哪有一个完人呀!"

小杨语塞,其实自己总是觉得……

推开病房门,朱俊逸猛吃一惊!只见林雅琴躺在床上,脸色苍白中透着潮红,两个护士紧张地围着病床边在忙碌着,床头又加上了一台心肺血压监测仪!

护士轻声地说:"是昨晚上开始体温高达 38.5℃,下午的 CT 显示,有肺部感染,血氧饱和度也是徘徊在 90 上下!

第三十五章 相识相知

我们现在用了消炎挂滴，希望会好转。"

俊逸见护士忙完出去，连忙坐在床头，看着小林昨天已能下床走动了，怎么突然今天就感染发热了呢？抚摸着林雅琴的额头，感觉仍是体温没下降，柔声地问："小林你怎么啦？"

林雅琴有些有气无力的感觉，看了一眼朱总，说话也是轻弱的："朱总，我还好，可是你的脸色、精神都不好呀！怎么就今天非要去上班呢？应该再休息两天的呀！"

杨一方见他俩说话，便先退了出来。

安安来电话问小杨："你们回来了没？东海说写了一整天了，想要出去吃饭呢。"

"好啊，嫂子，我们现在在医院看望小林，待会儿出来时给你电话，首长也说周明昌没了后，不知道金诗娜过得怎样，想去看看呢。"小杨应道。

看着消瘦了不少的小林，心里很多不舍。朱俊逸心里总觉得是自己害了小林，她不应该受这么重的伤害的！

俊逸拉着雅琴柔纤的、满是挂针时留下的青紫痕的小手，轻揉着，却是说不出更多的安慰语言。

不知道是为什么，在工作时，朱总眼里的林雅琴，完全是一个能干、利索、知心懂人的职场女将。

可是在休闲时光，俊逸却是很喜欢雅琴的随心、放松和欢乐，却又很有分寸的风格。

看着林雅琴，俊逸经常会不自觉地想起安安，会莫名地将雅琴和安安做对比，结果总是不分伯仲。

安安是现代社会中已经很少有的，典型的贤妻良母。一直是甜甜的、善良可爱的、体贴温柔的，是一个典型的上得了厅堂，下得了厨房的好妻子！

林雅琴却绝对是一个在职场中张弛有度，聪明睿智，识时达务的女强人！而在生活中应该是轻松乐观，动静相宜，秀外慧中，有主见，也随性的女子。

林雅琴看着朱总在冥思着什么，调皮地抽出手在朱总的眼前晃了晃说："嘿，在想什么呢？"

俊逸惊醒，突然发现自己有些想多了！暗自好笑，打趣说："我突然在想，如果你是我老婆……"赶紧打住不敢再说下去了！

林雅琴笑了："哟！咱们朱总想要讨两个老婆了呢！"说着，伸出一只手，想要刮一下自己的脸说羞的，结果是"哇"的一声！她忘了手上还在输液呢！

朱俊逸也是有些不好意思了，急忙转入正题说："你赶快好起来！你不在我身边，我不知道该干什么，不知道怎么干了！"

林雅琴笑了起来，"没我的日子你也是一样很棒的呢！"

"不可以的！你必须赶紧好起来！"俊逸像是在下达命令似的！"公司的事情非常忙呢！"

"嗯！嗯！"雅琴很乖地，小鸟依人般地点着头说，"你赶紧回家吧！也该早点休息了！"

"不过，我也真的不太放心叶明做可行性研究报告的编制呢！"林雅琴轻声地说。

朱总想说，还是没有说什么……

第三十六章 最后的晚餐

朱俊逸离开病房,杨一方边开车边打电话给闵东海说:"我们刚从医院出来,闵总你开车带嫂子一起去天琴湾酒吧餐厅吧。"

听着闵东海在电话里仿佛是手舞足蹈的样子,"哈哈,去美女餐厅吃饭呀?太好了啦!"

小杨听着发笑,好像是闵总从没见过女人似的。

朱俊逸靠着车座椅笑着说:"他就这个德性!别理他!"

天琴湾酒吧餐厅门前停了辆特斯拉,杨一方边停车边说:"哈!闵总和嫂子是先到了呵!"

小杨刚跳下车,还没为首长拉开车门,就听到一声欢快悦耳的叫声:"方哥!好想你哦!"后腰就被一双柔软的手臂抱住了!一阵淡淡的香气冲进鼻腔。

"嗯!妮妮,你好吗?"杨一方转身退了一步。小杨真不习惯这样的拥抱。

看着这一幕,站在门口等候的安安和闵东海也笑了!

朱俊逸是知道这是怎么回事的,不过只是听小杨说过,而没有见过而已。不过,是小杨提出说要来天琴湾酒吧餐厅看看金诗娜的,莫非是醉翁之意不在酒吧?嘿嘿!

朱俊逸看着这位女孩,到也是清秀自然,嗲而不腻,是个甜心可爱的姑娘。小杨也老大不小了……

金诗娜一身利落大方的宽松上装，梳了个马尾辫，不施粉黛，只是在发髻上插了一朵雪白的栀子花，是在悼念周明昌，但却更显素净清雅，艳丽夺目！

朱俊逸有些吃惊！这才明白，周明昌深爱着这样一个女子，为这样的女子献出了一生，甚至生命！是可以解释的了！

男人何所求？

步入一楼吧厅，却是门庭冷落，朱俊逸转头看大门上，竟是挂了一块"停止营业"的牌子！

金诗娜带着大家一起上了三楼。

金诗娜的办公室里，有些烟雾缭绕的，点着香烛，供奉着周明昌的遗像。

众人在小包间入座，金诗娜问朱总："就我们这几位，吃点家常菜好吗？"待朱总点头，她正要退出，朱俊逸叫住了金诗娜说："我们今天其实是来看看你的，吃什么不重要，你能坐下一起吃吗？"

金诗娜点头坐下，叫妮妮上酒送菜。

朱俊逸看了一眼杨一方，对妮妮说："你忙好了也一起来坐吧。"

妮妮一听就开心了，应着"好呀！好呀！"跳跃着去忙了。

金诗娜看了一眼朱俊逸，心里明白，这是一位大方随和的老板，是一个能把下属当朋友的好人。

闵东海今天一反常态没有人来疯，是周明昌的遗像影响了他的发挥。而俊逸的座位安排却让他的兴奋点又燃烧了起

第三十六章 最后的晚餐

来！

"嘿！好呀！好呀！俊逸和安安，小杨和妮妮，那我就是和诗娜美女配对了喽！"

金诗娜并无扭捏之态，而是落落大方地向闵东海微笑了一下，坐在了闵东海的边座。

闵东海殷勤的样子令人发笑！很宽敞的地方，他偏偏将椅子移到金诗娜的边上，又是倒茶，又是夹菜的，像对热恋着的情侣，而金诗娜总是报以微笑，表示感谢。

妮妮为每人斟上了香槟后，开心地坐在了杨一方身边。像是主人似的为小杨添着菜，把杨一方弄得心神不宁地羞红了脸。

朱俊逸看着金诗娜，边吃边问："为什么门上挂了'停止营业'呢？"

金诗娜放下了筷子，用餐巾纸优雅，却不做作地贴了贴唇，停顿了一下说："餐厅要关了！员工我也已遣散了。妮妮不愿意走，说要陪着我。还有一个大厨暂时留着。

"检察院来过几次了，也发了《检察通知书》，要求追缴周明昌非法所得用于购置固定资产的钱款。

"我经营了两年多，攒下了两千多万元，我是准备慢慢地还给明昌哥的。

"明昌哥去世后，我把存下的两千万元，转存在了明昌哥女儿的名下，把存折寄给了还在杭院读书的周晶，寄款人写的是周明昌。

"皇冠会所的马雄不知是从哪里听说我要卖楼，说他愿意收购，叫我继续做下去。我是怕又欠了一份人情，没有接

商 谍

受他的好意。不义之财,总是要还的!"金诗娜重重地叹息了一声。

"我也代明昌哥向你们道歉!虽然已经无可挽回了,但他毕竟出卖了你们的技术,才换来这个小楼的!我也为此一直感到羞愧!"

安安从进来开始就没说过一句话,她是第一次见到金诗娜。自从俊逸给她讲了周明昌和金诗娜的故事后,也是一直好奇。听着金诗娜的述说,安安觉得,金诗娜绝对是个有情有义,善良的好女人!不但人美,心灵更美的好女孩!安安觉得很是怜惜!也是喜欢!

安安轻声地问俊逸:"是你们瑞德集团起诉的吗?"

"没有呀!周明昌是我们公司最主要的技术骨干之一,他这些年对公司做出的贡献,远远超出了被他出卖了的这些技术!更何况,他是为了保护军需项目的机密,才被杀害的!功远远胜于过了!我为什么要起诉他呢?"俊逸有点儿生气地说。

"你们不提出起诉,那检察院凭什么立案受理呢?凭什么发出《检察通知书》呢?你们可以要求检察机关撤诉的嘛!"安安说得也是有些激动!

俊逸木呆地看着安安,他从来没有见过安安会理直气壮地与自己讨论工作,而且竟是很懂法律的模样。

金诗娜看着安安,一副甜美可人的样子,竟也会替自己鸣不平,并且据理力争!心中好生感激!

俊逸摇了摇头说:"我要问一下,应该怎么做才能免于起诉?"

第三十六章 最后的晚餐

闵东海却是不失时机地掺和了进来:"俊逸,这两个亿就是没收了,也是上缴国库而已,对我们来说,一点儿好处都没有!我们一定要向检察院提出撤诉才好!"

"我们没有起诉,有撤诉一说吗?"朱俊逸瞪了一眼东海,转头对金诗娜说:"我会去了解一下的,检察院应该是代表国家的利益才向被告提出起诉的。但是,我是说但是,小楼真的被收了,你如何打算呢?"

闵东海像是在抢答一样急着回答说:"去我公司呀!岗位任选呀!"

金诗娜笑了,大家都一起笑了!朱俊逸笑着说:"这是你说的?岗位任选?可以吗?"

"嘿嘿!可以呀!当然可以呀!"明显的言不由心的回答。

安安却轻声地说:"不用去尚海的,瑞德集团多近呀!"说着,看了一下俊逸,见俊逸点头赞成,心中暗喜。能够帮助一个落难的女子,何况是如此心善貌美的女子,别说男人喜欢,女人也喜欢呢!

妮妮闻言却是急了起来:"娜姐去瑞德集团工作,那我能去吗?我能吃苦呀,什么都可以做的!"

朱俊逸假作严肃地说:"你的工作是要杨一方批准的呢!"

大家都笑了起来。

不过妮妮当真了!摇着杨一方嗲声地问:"方哥!你说嘛!要不要我嘛?要不要我嘛?"

大家又都笑了起来。

杨一方被妮妮问得脸红心跳,说:"什么要不要啦!这是首长决定的,不是我说了就算数的。"

朱俊逸实在憋不住笑了出来:"搞清楚哦!妮妮说的没错呀!要不要妮妮,是你杨一方说了算的!"

"首长也会拿我开涮呀?"杨一方嗔笑道。

大家又都乐了。

一顿很家常的晚餐,气氛变得轻松愉快些了。

晚餐结束,金诗娜谢了各位,怎么也不肯收钱,坚持是她请客的,朱俊逸也没办法,只能是谢过了。

在周明昌遗像前,各人上了一炷香,默默地哀悼后离开。

送众位下楼,妮妮挽着杨一方的手臂,有些难舍难分。

金诗娜送到门口,幽幽地说:"这应该是餐厅最后的一次晚餐了!但是有你们的陪伴,我很开心!"

第三十七章 姜部长来访

早上去上班,朱俊逸心里牵挂着小林的病情,先去了医院。

林雅琴的体温已有下降,可是精神状态仍是差了些,声音也是有气无力的,催促着朱总赶紧去公司。

朱俊逸也是无能为力,摸着小林的额头说:"今天军需装备部姜部长要来公司的,下班后我和闵东海再一起来看你。"

"闵总在深川呀?"一提起闵东海她就想笑,一个满嘴美女的家伙!

"嗯,我想把他的电机推荐给军需装备部,应该有成功的机会。"

"那你快去吧!"雅琴边说边嘟起小嘴。

一跨进办公室,叶明就屁颠地跟着进来了,身后又跟了个花枝招展的女子,一股香水味!

叶明介绍说:"总裁您好!目前林雅琴还没上班,这位是新招聘的……"

叶明还没说完,朱总头也没抬,就打断了他的话:"谁说我要用人呢?不需要!"一边说一边自己打开电脑开始工作了。

叶明自讨了个没趣,带着女子退了出来。一出办公室,叶明就发飙了:"叫你穿得素净些!还喷了闻着头晕的东西!你当是去勾搭男人呀?滚回家去吧!"

姑娘哭丧着脸,怯声怯气地说:"你说话不算数!多帅的老板呀……"

杨一方安排好了会议室,闵东海竟是第一个走进来,边走边捂着嘴巴对小杨说:"嘿,叶明为你家首长介绍女朋友还是拉皮条?办公室里有个好丑的女人呵!哈哈……"

杨一方瞪了闵总一眼:"胡说八道,不可能的!"

"真的,不过被你家首长赶走了!叶明这个花痴也真是的!这票货色怎么能拉给你家首长呢?"

"你应该喜欢吧?我叫叶明给你留着。"小杨嘲笑着说。

"去!去!你没看到!"闵东海摇摇头,"所以我才没进你家首长办公室呀。"

"啊呀!你来公司,嫂子呢?一个人在家吗?"

"别紧张嘛!安安叫了诗娜和妮妮一起去家里了呢!我是等她俩到了才出来的。"闵东海叫金诗娜为诗娜了。

"妮妮也去了吗?"小杨轻声地问。

"我就知道,你其实是关心妮妮吧?"闵东海有点儿得意。

"正经事不做,在这里耍什么嘴皮子呢?"朱俊逸站在会议室门口,看着闵东海:"客人到了!"

二人立即整了下衣服,跟着朱俊逸一起下楼了。

三辆军牌的军用车已停在大楼前,让人感觉有些耀武扬威的气势。

车上跳下两个全副武装的士兵,拉开车门,才见身穿便

第三十七章 姜部长来访

服的姜部长下车。

第二辆车是杜少杰和卢工,第三辆车是608研究所和八五工厂的两位总工程师。

朱俊逸和来宾一一握手,闵东海识时务地站在俊逸身后一声不吭,只是脸上带着抽筋式的微笑。

姜部长说:"老弟呀!一周没见,你这里损兵折将的,上面都吃惊了呢!"

"是啊!还好抓住了那个帮凶,可能会好一些了吧!"朱俊逸边走,边请来宾一起上了电梯。

"各位首长先休息一会吧?"朱俊逸问。

"好呀,我是专程来喝老弟的普洱茶的哟,上次在秦汉岛喝了你的茶后,我回家也试着泡了,可就没有你的醇厚回甘呀!"

"哈哈!你喝喝我这个,口味合适的话,我送你两盒。"

"哦!我这是在索礼了哦!索就索吧!回家再写检讨呗!"姜部长半真半假地说着。

"你这里禁烟吗?"

"不禁!我自己也抽烟!"

闵东海赶紧掏出香烟,不过也就姜部长和俊逸,加上自己三人是抽烟的。

"闵东海吧?久仰大名了!"姜部长伸出手。闵东海有些措手不及,赶紧伸出双手,握紧了部长的手,边点着头说:"惭愧了!部长您好!"

"呵呵!朱总可是力挺你的呢!待会我们一起聊聊。"

"好!好!"闵东海有点儿紧张地哈着腰,没了平时的嘻哈范了。

一行人在会议室坐下,瑞德集团方面又增加了李斌总监、李易峰技术助理和胡敬平总经理、张长根生产总监。

杜明杰少将向瑞德方面介绍了军需装备部部长姜增明,608研究所总工程师何一凡,八五工厂总工程师周晓亮。

姜部长喝了口茶,看了一下朱总。朱俊逸心知肚明姜部长想要啥,抽出了根香烟递过去。

姜部长点着了烟,笑着说:"呵呵!小杜介绍得有点复杂了!粮草官而已!粮草先行的粮草官都知道的吧?那么我们今天的主题就是谈谈怎么样才能做到、做好'粮草先行'!

"从古至今,打仗前先需要准备好什么呢?吃喝拉撒,枪支弹药!这就是我们粮草官要先准备好东西!这个都没有,战士空着手去打仗吗?那么,今天的粮草官,除了枪支弹药,还要提供给我们的战士更先进,更强大的装备和武器,才能战无不胜!

"当今世界,每家都在说要和平,每家却都是在磨刀!谁家武器强大,装备先进,谁家就可以指手画脚地说话!我们并不要去指手画脚!但我们也不允许他国来指手画脚!

"民富国强,这其中的国家强大,很大一部分是体现在国家的军事装备的先进和强大!

"我国地域广袤,海疆辽阔,远距离地守护祖国的边疆,需要远程的船舰飞机,需要远程的坦克军车!

"航空母舰其实只是艘又笨又大又重的傻大个而已,只是一个临时的小型停机坪,也只能起降二三十架战机,这是因为现在的战机不能远程飞行!

第三十七章 姜部长来访

"犯我中华者,虽远必诛!虽然这只是电影中的口号,但我们要做到虽远必诛,就必须要有远程的军舰战机!

"为什么不能远程?很简单,就是燃料不够,但也不能背着好几个油箱的。更何况,我们的燃油有一半是依靠进口的呢!所以,2030年起,我军已制定了《军事装备部——电能动力系统工程预案》,上星期朱总参加了此次会议的讨论。

"会议内容和要求朱总已向各位传达了吧?我在这里需要先向瑞德集团致以感谢!你们不但研制出了高容量的,国际领先的锂聚合动力电池,更重要的是,你们提出的标准模块式的设计,这使得我们在产品设计时,能够方便地实施了标准化和互换性!另一个是备用电池的提议,这使续航里程变得可以储备!

"在上次的会议中,这两项设计和提议,都获得了全票的赞成和通过!已经成了《电能动力系统工程预案——动力电池篇》的设计标准!

"《电能动力系统工程预案》的论证已经结束。可是,五年的实施计划已经过去了两年!上头要求我们在余下的三年时间里,必须要全线推出车、船、战机的电能动力全面升级!时间很紧!任务很重!时不我待啊!"

姜部长不用发言稿,一口气介绍了项目的重要性和时间的紧迫性。呷了口茶,又点了支烟,看了杜明杰一眼。

杜明杰清了声嗓子说:"今天的会议内容比较多,姜部长刚才对项目的重要性和时间紧迫性提出了要求。

"608研究所联合八五工厂,已经对主战坦克和军用装甲车,完成了设计和制造前期工作,将会全面铺开生产,并且

223

商谍

已经在战机应用电动力的可行性作了试验。

"这份是华城贸易公司明年第一季度要求交货的订单，总量为42G千瓦小时，技术参数和要求目前没有改变，按第一份技术要求验收。

"我们在做预算，明年需要的总量，包括第一季度的订单，大约是200G千瓦小时！这还只是明年需要的一部分！我们在今年年底将需要更先进的动力电池装备在作战飞机上，所以会有更高技术要求的订单！待会由608研究所总工程师何一凡和八五工厂总工程师周晓亮做解释。"

胡敬平头摇得像个拨浪鼓："不行的呀！我们瑞德去年的全年产量才66G千瓦小时呀！满打满算的年产能也就100G千瓦小时了！而2032年上半年民品加华城的订单，已经达到100G千瓦小时了！我们昨天在讨论增加年产能300G千瓦小时的新工厂，那是八字还没有一撇呢！建个新工厂怎么也要一年的呀！"

朱总摇手止住了胡敬平的说话："让杜总继续说下去后再讨论吧！"

杜明杰继续说："我们先把需求提出来，然后结合问题，一起来讨论和解决。我们先听听何总工对动力电池的新的技术要求。"

何总工是军械装备的顶级专家，又兼了博士生导师。65岁的年龄了，虽然非常忙碌，却是精神饱满，声音洪亮："我很感谢瑞德集团的支持和努力！我们测试了瑞德提供的锂聚合动力固态电池，表现非常出色！瑞德的模块系列设计和规格分级方案，也极大地方便了我们的产品设计。

第三十七章 姜部长来访

"我和周晓亮总工一起来拜访瑞德,是一家人不说两家话,大家一起合作,为尽快尽好地使《电能动力系统工程预案》早日实施而共同努力!

"我们正在进行第二轮设计和测试,这是对军用飞机系统性地提升电能动力而做出的重大突破性技术提高!

"以现在我们空军的歼—22型战斗机为例,该机的最大航程(主油箱加上三个副油箱的燃料),是6000千米;最大飞行速度:3.2马赫(3600千米/每小时);这是我国目前最先进的战斗机种了!

"如果从天都出发,到西域丁萨或者是北疆天什,或者到我国的海岸线边缘,直线单程都已超出3600千米,那么一架飞机要想直线打个来回,就做不到了!别说遇上空战了,事实上战机大都是在一个区域上空盘旋的。

"我们要设计电能动力的,航程能达到和大于25000千米的,最大航速在第一阶段达到3.8马赫,第二阶段能达到5马赫(6150千米/每小时)的战斗机。

"我们期望瑞德集团的锂聚合成电池的容量密度技术有突破性的提高!我们也关注磁悬永磁电机的国产技术能适用于军需装备的使用。只有有了足够耐用的动力电池,才能驱动电动机,才能替代燃油发动机呀!

"今天东海电机的闵总一起参加了会议,这非常好,待会我们专题讨论一下。

"我们了解到瑞德集团在进一步技术提高和创新方面已经做了不少的研究工作。我们也关注到东海电机的磁悬永磁在同步电机专利技术的创新性和先进性方面的突破。我们想

225

听听两家企业的想法和实施方向。"

　　朱俊逸明白，军需供应商的一举一动，都是处在军需装备部或是国安局的监控中。国家机器的强大，是企业无法想象的。

　　李斌应着何总工程师的话题说："对于锂聚合电池的容量密度再提高的技术要求，我们瑞德已经做了一年多的研究和小规模的试验。今年年初因受泄密事件影响，而停了下来。在LHC32项目的带动下，我们又重新发现了用钒钛酸锂材料制作正极，能够获得几乎是零应变的稳定性和极好的容量密度，比如15千瓦小时/千克，可能是我们下一阶段的目标。这计划在年底前就可能会有结论。"

　　李斌继续说："刚才胡总经理说了生产能不能实现和满足订单的要求，这是实情。新建厂房是我们昨天才刚刚开始讨论的内容，需要策划和设计，这也的确是需要时间的。我们昨天开始对新建厂房做可行性研究报告规划，也同步对新产品的技术提高作验证和分析对比。但至少今天讨论新订单的交货日期，有些过于仓促了。"

　　朱俊逸插话说："但最最头痛的问题还是在于如何对军需技术做好保密工作，对最新技术做到不会泄密。更重要的是如何保证人员的生命安全！我们已经死伤了好几个人了！而国安，武警也有三位同志牺牲了！这个代价真的是太大了！而且我相信，我们瑞德仍有内鬼未除！心有余悸啊！"

　　八五工厂的总工程师周晓亮院士，称得上是军需装备制造的领军人物了！在军队服役的歼-22型战机，99型主战坦克，甚至刚下水的排水量为一万六千吨的氢燃料隐形巡洋舰，

第三十七章 姜部长来访

总设计师都是周晓亮！人称海陆空全才，是位绝对级的国宝！

周总工笑呵呵地说："朱总担心的军需项目泄密，这在每一个军工企业管理中，是都会遇上的。

"我们八五工厂，其实是个有十七个分散的直系工厂组成的集团企业。十几年前最担心的就是技术泄露问题了！后来我们采取了一些措施，效果还是有的。这在你们设计新厂区时，我会提供系统性的软硬件给你们，现在先不讨论。

"敌人一定是不会死心的，他们仍然会不惜一切地想要得到我们的技术，但当我们的安全管理已经达到不能转发或者下载任何技术资料时，敌人也就达不到想要的目的了。除非他们把我们的主要人员绑去！

"我对李斌总监在容量密度的再提高方面的研究，非常感兴趣！道理很简单，同样的电池尺寸和重量，供电却可以在现在足够先进的技术条件上，再提高20％！这可以让我们的飞机舰船的行程又能提高20％！却没有增加机身的重量！这太好了！"周总工说得有些兴奋！

"我们八五工厂有一个独立的建筑设计院，他们这些人对建筑施工有些特殊的新工艺。我们新建的歼—22飞机生产基地，他们从设计到施工完成，包括设备装备，只用了不到半年的时间。你们如果同意，我认为可以一起参与设计施工，这样应该对大订单的生产会有帮助！"

胡敬平连声说："好呀！好呀！我们的人手本来就太紧，有了八五工厂的帮助支持！一定会解决不少困难和问题的。"

"不过，我们还不知道新工厂的土地在哪里呢？还只是纸上谈兵而言！"胡敬平边说边看着朱俊逸。

商谍

  姜部长呵呵着，从包里拿出一沓文件说："土地在这里！总面积38公顷，大约是570亩吧，全部作为中央军委用地，从瑞德集团的围墙外开始，到梧桐山下这一片。你们设计要求是几亩我就给几亩，不是全部给你们的，省着点用哦！"
  "那资金呢？"胡敬平借梯爬楼，胆子也大了！
  "你们的报告我还没看到呢！收到后我们会做出评估，通过的话，就可以批资金的。不过，资金是贷的哦！不是白给的啦！"姜部长爽朗地说道。

第三十八章 东海电机

"那有给我的吗?"闵东海壮着胆子问。

"哈哈哈!有伸手的了哟!"姜部长笑了,"我们要看了你的可行性研究报告后,经专题讨论和论证后,才能决定呵!"

闵东海连忙从包里取出打印装订的《双磁悬浮永磁同步变频调速电机—特需设计和生产预案》,双手递给了姜部长,还是一式三份的。

朱俊逸倒是有点惊讶,闵东海这小子可以呀!就他自己一个人,昨天一天就拿出报告了!

姜部长看了一下预案报告,把报告递给了卢新宇、何一凡和周晓亮。

何总工对闵总提出的"双磁悬浮"的提法颇感兴趣。

闵东海有声有色地对预案先做了介绍:"首先,我们了解尤国的VR电机,也知道VR电机与我国军方有些往来。"

姜部长却是笑了,对朱俊逸说:"看到了吧?这里还有一个中方间谍呢!"

闵东海也笑了:"不是啊!是我们与VR电机有着很多年的合作往来,VR电机的矽钢材质比我们的好,我们的驱动控制系统比VR的好。那么,VR要向客户提供电机,他们也要提供至少一台电机给我，用于驱动控制系统的调试。那么他的电机再先进，再机密，对我们就不能机密了！

"不过我们不是照搬照抄，他们的电机再先进，仍存在一些技术性问题。比如，磁悬浮是解决了轴承会磨损的问题，但在启动的瞬间和停机的瞬间，都会有扭矩力冲击！就像发动机的汽车那样，发动瞬间会有撞缸声！

"我们最新的技术是采用了两套磁悬浮方案，当机组通电时，一组磁悬浮线圈先通电，这已是将中轴悬浮在了绝对中心，时间只需要0.8秒，再让第二组磁悬浮线圈工作，永磁电机旋转工作。这样，我们的电机解决了启动和停止关闭时的冲击，这样的机组在启动和运转、停机过程中，能获得非常平稳的运行，机组的使用过程会有极大的舒适感。

"重要的是，双磁悬浮轴承可以用于或者是承受50000转/分钟的转速而不会磨损或是仍能保持稳定的工作状态和静音！更重要的发明创造是，当一组磁悬浮出现故障时，另一组磁悬浮立即会自动切换，加入工作。"

何总工周总工和卢工三人相互望了一眼，点头示意。

闵东海又继续说："我们可以拿出不低于《设计指南》技术参数的电机，而且我们还可以加入极限自冷却系统。这是当电机负载超出额定最大值时，电机会超出限值发热，甚至烧毁！我们在大功率电机上的设计是加入了主动液态氮氟烃冷却系统，可以在电机运行异常或是极限时，主动加入冷却，控制电机过热！而不是简单的使电机停止运转！这特别适合在飞机动力上的使用，不会因为电机过热而导致飞机动力系统故障！这三项技术目前只有我们东海电机掌握，并且已获

第三十八章 东海电机

得国际专利。"

闵东海扫了一眼会议室的各位，继续说："在动力技术方面，我国的燃油发动机技术一直是落后于几个先进国家，特别是发动机的材料，这是一个基础材料科学，研究时间长，见效慢，我国在这方面一直受制于这几个先进国家。而在电动机技术方面，不论是同步电动机还是异步电动机、变频调速等，我们都不差于国际先进水平！

"那么，既然我们的燃油发动机落后于人家，而当电动机有了高能容量的储电动力电池时，我一直在想，我们完全可以走电动机动力之路的！这包括任何用燃料发动机的车船飞机！这将会是一个跳跃式进步！只要驱动电池的容量足够强大，用电动机替代笨重的燃油发动机！这个时代到来了！"闵东海越说越激动！

姜部长没有表露出什么，心里很赞同闵东海的说法，只是知道闵东海可能不清楚，国家军需项目中，在五年前就已经把电动机替代燃油发动机，列入国家军需重点项目，并且已经初有成效。

姜增明仍是淡淡地微笑着说："你们目前的产能情况如何？去年只是生产了八万六千台永磁电机呵？可是单我们的需求第一年就需要大功率磁悬变频永磁电机十六万到二十万台哦！平均功率为1500千瓦小时！而且是军用级的！"

闵东海心里明白，这个姜部长，绝对是个狡猾的老头！也笑着说："所以啊，我知道部长已是胸有成竹了嘛！瑞德新厂房应该与东海电机新厂房同步进行的啊！570亩地，部长是已经安排好了东海电机了吧？"

姜部长笑了！在座的全都笑了！绕了一大圈，好像还是部长跳进闵东海挖的坑里了！

姜部长手指敲着桌面，对着闵东海说："时间！我需要《设计指南》中的每个规格的样机和能批量供货时间！"

闵东海毫不畏惧地说："我在100天内完成设计和模具工装，同时在100天后的30天内提供《设计指南》中的规格各10台样机。新厂房如果在半年内落成，我们大约在落成后两个月内可以批量生产供货！"

姜部长仍是毫不客气地说："闵总，这是军需物资！不是HaHa车上的'变频'电机！严格的质量控制是产品的生命！军用装备物品绝不允许有任何偷工减料的哦！"

闵东海有点儿尴尬，想争辩些什么，却没说出口。

第三十九章 又有内贼

早上,俊逸和小杨先去公司上班,闵东海仍在忙着修改报告,好在朱俊逸的书房里工具文具一应齐全。

东海忙得差不多了,想起杨一方的叮咛,说是最好不要让嫂子一个人留在家里,便抬头问在一起帮着打印装订文件的安安:"嫂子,要不要我们一起去公司呢?你去检查一下俊逸办公室有没有藏着掖着个美女佳人的?"

安安本来到是想去公司看看,雅琴不在,俊逸办公室一定是又乱又脏的。可是被东海这么一说,反而不好去了,嘟囔着小嘴说:"我才不去呢!让他有十个八个美女佳人吧!"没说完她自己也笑了!十个八个?多了吧?

"如果天琴湾不营业的话,我想叫诗娜过来陪我,我们说说话?"安安问东海。

"可以呀!我打电话给诗娜,晚上我请她一起吃饭。"闵东海来劲了,边说边电话金诗娜,金诗娜爽快地答应了。

闵东海收拾整理好文件,换了套正装。安安看着"扑哧"笑道:"这才是我们的闵总,闵老板嘛!"

妮妮和金诗娜的车刚停下,闵东海就打了个招呼,开着安安的车去瑞德集团了,时间已经有些迟了!

安安很开心地拉着诗娜的手一起进屋。妮妮却是围着别

233

墅转了一圈，夸张的表情令人发笑："哇！好漂亮的房屋啊！比我们的酒吧餐厅还要大！"

安安作为女主人，陪着第一次来家做客的金诗娜、妮妮一起，上上下下地看了每个房间后，站在三楼的阳台上，极目远眺，大梅沙海滨的碧海蓝天，白浪戏沙，尽收眼底。背后的梧桐山郁郁葱葱，三洲田的湖泊环抱着小区，使人心旷神怡！

金诗娜看着远处，看到天琴湾小楼哥特式的屋顶，不禁伤感！

"天琴湾餐厅还能继续营业吗？"安安问诗娜。

"已经收到法院的裁决书了，小楼被判为非法所得。而且这小楼说是要拆了，改为绿化的，马雄说要买下也没被允许。明昌哥回来找不到家了……"

诗娜说着，泪水溢眶。

"那你怎样打算？"安安问。

"我后天就去长岛，看看女儿，四年没见了，不知道还认识妈妈吗？"

"安姐，我想托你件事，"诗娜看了一眼正在泡咖啡的妮妮说，"我去长岛，没想好会待多长时间回来。我不舍得让妮妮再去酒吧打工。她住在我家，我想，如果瑞德集团有个工作什么的，或者你家里需要个帮手什么的，都可以。妮妮很勤快的，也聪明活泼。"金诗娜拉着安安的手说。

"好呀！好呀！我也挺喜欢妮妮的呢！留在我身边或是去公司，由妮妮自己选好了。"安安满口答应！

妮妮端着咖啡，放在诗娜和安安面前后，扭着手指羞着说："安姐，我能吃苦的，我也可以白天在公司工作，下班

第三十九章 又有内贼

后我做家务的，烧菜煮饭我都能的……"

安安笑着说："诗娜你放心好了！妮妮我肯定会留下的，会照顾好的，她的方哥也会照顾好妮妮的呢！"

妮妮羞得红了脸说："安姐坏哦！方哥没说过喜欢我呢！"

三个人笑在一起了！

安安收住笑说："我想去医院看看林雅琴，一起去吗？"

妮妮很懂事地说："我就不去了，在家整些家务吧？"

诗娜点头说："好的呀！妮妮开始上岗啦！"

林雅琴坐在病床边，捧着个电脑，正在看着哥哥发来的小侄儿顽皮的照片，突然传来安安的俏皮问话："在看什么呢？这么开心呀？"

林雅琴一惊，看到安姐和金诗娜已站在床边，高兴地跳了起来！拉着安姐和诗娜的手，开心地说："我当是安姐把我忘了呢！昨天都没有来看我呢！"

小林看上去精气神都恢复得不错。

雅琴又转向金诗娜："娜姐是越来越漂亮了哈！天琴湾餐厅怎么样了？"

"停业了，"金诗娜忧声说，"你呢？好些了没？"

"我已经向医院提出出院要求了，半个多月啦，再住着也快要全身发霉了啦！"林雅琴愉快地说。

安安看着雅琴："是瘦了不少了，出院后要好好地补一下营养啦！"

"公司最近很多事呢！军需部长现在还在瑞德公司开会。

商谍

接下来公司的规模会比现在的扩大很多倍,闵东海的公司也要加入军需物资制造了。"林雅琴带着骄傲的神情说。

安安却是没有一丝的兴奋说:"军需物资虽说是为了国家的强大!可是有太多的危险和麻烦了!才半年时间,就引发了太多的伤害!我其实是时刻提心吊胆的!随着技术的更先进,规模的扩大,危险和麻烦也会更多的!"

听着安安的话,林雅琴的喜悦之色一下给冲淡了!想到了徐佩琪,想到了刘阿姨、周明昌,还有自己!还有死伤的武警官兵!安姐说的伤害还会再发生吗?敌人还会再虎视着我们的先进技术和生产工艺吗?还会对谁痛下毒手呢?边想着边也是忧心了!

安安幽然地摇头说,"不说这些了,我们三姐妹很少能聚在一起的,雅琴你能溜出去吗?我们一起去吃个饭怎么样?"

林雅琴开心地跳了起来说:"好呀!是该出去开开荤啦!医院的饭菜我也真的吃腻了!"

金诗娜也是高兴地说:"好呀!我们一起去马雄家的皇冠会所好吗?我是想去跟他道个别。马雄一直在帮我,前阵子还坚持向市政府要求买下这栋小楼,要我继续经营。我该去谢谢他的。"

林雅琴利索地换了病号服,不施脂粉,干净利落的模样,十足的一个职场女强人,安安看着都有些羡慕。

向护士台打了个招呼,三个闺密嘻嘻哈哈地开车去了皇冠会所。

三个光鲜亮丽的美女走进皇冠会所,一下子把会所老板马雄惊得目瞪口呆!夸张地惊呼了起来:"哎哟哟!这是仙

第三十九章 又有内贼

女下凡了吗？还是选美大赛啊？"

安安没见过马雄，知道他和俊逸是同校同学。

金诗娜向马雄介绍："这位是朱总裁的夫人安安，这位是朱总裁的秘书林雅琴。"

"哎哟哟！朱俊逸真是好福气呵！身边的女人都是美若天仙的呀！"马雄羡慕地说。

"别贫了！"金诗娜对马雄说，"我们午饭还没吃呢！帮我们点几个茶点，不要多了哦。"

马雄一副俯首帖耳的样子，带着三位在一个雅致的小包房落座后便离去。

不一会儿，服务员端上了十来份粤式精致茶点，一壶上好的冻顶乌龙和茶具。

马雄又托着个盘子进来，三个水晶酒杯和一瓶酩悦香槟，很熟练地打开，在每位美女前倒了一小杯。

诗娜拿过香槟，又向服务生要了个酒杯，很正式地站了起来，为马雄斟上一杯，弄得马雄连忙哈着腰。

"是想着来看看你，正巧今天安安姐，雅琴一起聚了。"诗娜优雅地握着酒杯对着马雄说。

"我明天去长岛了，非常感谢您一直以来对我的照顾、关心、保护！一切尽在心里！我敬您！"诗娜轻轻地将酒杯与马雄碰了一下，金黄色的香槟缓缓滑入嘴中。

马雄痴痴地看着诗娜，兴奋溢于言表，一口把香槟喝了！

"你明天就去长岛啦？啥时候回来呢？"

"我自己也没计划的，好担心女儿会不会已经不认识我了？"

"好想陪你一起去呀！"马雄弱弱地说。

"不用的,我还是会回来的。真的是好感谢你哦!"

"我会一直在深川等着你!"马雄抚摸着空酒杯,轻得只有诗娜才能听到。

诗娜又在自己的杯中倒了些酒,拈着酒杯,转身对着安安和林雅琴说:"有你们真好!谢谢安姐和雅琴的厚爱!也代我谢谢朱总的关心!"说着,目盈泪珠,自己先是干了。

安安握着酒杯和诗娜,小林碰了一下,转向马雄说:"谢谢你一直照顾着诗娜,也谢谢你一直关心着俊逸。"

马雄有点受宠若惊的,连忙谢过安姐,又给各位斟上了酒,招呼大家坐下。

"你们来的也巧了,我上午打电话给朱俊逸,可他没接电话呢?"马雄问安安。

"呵,是公司上午在开会呢。"安安说。

"哦,我是昨天下午和几个朋友在赤板亭吃长岛料理,边上有个包房,是两个长岛人,和一个华人,一位女子,在一起用餐。"马雄说。

"包房的分隔只是一层隔挡,能听到隔壁的说话。是因为其中一个长岛人说着说着嗓门响了起来。

"我好像隐约听到有说到瑞德、李斌、朱俊逸什么的,这引起了我的注意。我走到他们那个包房门口,拉开移门,装着有点酒醉走错了的,看了一下,又嘟哝着说是走错了,拉上了移门。

"可是我吃了一惊!

"两个长岛人我不认识。另一个女子长得很漂亮,看不出是长岛人还是华人,但肯定不是良家女子。"

第三十九章 又有内贼

安安和林雅琴笑了,问马雄:"你怎么能看出不是良家女子?"

金诗娜也偷笑了一下。

"我……"马雄噎了一下,想想还是别解释的好。继续说,"但我看到了一个熟悉的面孔!是你们瑞德集团的!"

安安和林雅琴吃了一惊!同时问:"谁?就是那个华人吗?"

"是!"马雄回答。

"可是我怎么也想不起来这个人叫什么!但是肯定是来过我会所的!应该是两年前和朱俊逸,小林你们一起来的!"马雄看着林雅琴说。

"大概什么长相?什么年龄?"林雅琴急切地问。

"嗯……大约三十来岁,文绉绉的……有点……"

"叶明?!"林雅琴惊呼了起来!

"哦!对!对!是叶明!"马雄拍着脑袋说,"边上的这个女子好像是他女朋友,能说中文和生硬的长岛语!"

"叶明?办公室主任叶明?"安安吃惊地问雅琴。

"是啊!一定是他!可是我从没发现他有女朋友在交往的呀?"林雅琴又追问着马雄,"你听到他们在说些什么呢?"

"详细的听不清楚,但我一定是意识到,他们是要求叶明做什么。而且一定是对瑞德集团不利的!"马雄说,"所以我上午打电话给朱俊逸,是想告诉他要防着点!"

"不单是防着点,而是还会有大麻烦发生的!"林雅琴一脸的紧张,站了起来说,一边拨了朱总的电话。

电话那头传来朱总的声音:"小林呀,我正好要找你呢!"

林雅琴焦急地说:"朱总,我们在皇冠会所。马雄说,昨晚看到叶明和两个长岛人在一起,有可能对我们瑞德有不利的事情发生!"

"哦!马雄也发现了?刚才国安局赵局来了公司,说黑龙帮的两个头目又出现在了深川!国安已盯上这几个家伙了,叫我们提高警惕和防范措施。赵局说是有个华人,你确定是叶明吗?是马雄看到的?知道了也是好事!"朱总停顿了一下说,"代我谢谢马雄,我们仍在开会中。"朱总说完,先挂了电话。

林雅琴仍没放下手机,呆愣了会儿说:"朱总怎么不着急呢?"

"嘿嘿!福将风度哦!"马雄摇了摇头说。

"安姐,看来黑龙帮不会罢手的!我们已经死伤了不少人了!朱总不能大意哦!"林雅琴焦急地说。

安安也感觉到事态的严重性!做企业做到时时都提心吊胆的,着实令人心惊!

"为什么不抓他们呢?前些日的松本、渡边,不是明目张胆地指挥着梁百志强夺明抢,绑架杀人吗?就眼睁睁地看着他们轻松地回国了?又换了一拨人来寻事作恶?"马雄愤怒地吼着!

马雄转而又柔声地对诗娜说:"你去长岛也要小心!这事也有可能与木村家族有关的哦!长岛我还有不少朋友,你如果有什么事,千万要先告诉我!"

金诗娜点头说:"嗯,我会注意的。"

第四十章 会议继续

瑞德集团会议室，此刻刚吃了公司食堂送上来的简餐。

姜部长点着支烟，呷着小壶普洱，对赵之峰说："我们继续会议，小赵你也留下来一起参加吧，安全工作是头等大事哦！"

赵之峰唯诺着，点头坐下。

杜明杰、卢工、608所的总工何一凡、八五工厂的总工周晓亮，以及朱俊逸、闵东海、胡敬平、李斌，又加了生产总监张长根，都一一落座，杨一方坐在后排做着记录。

姜部长按灭香烟，收起了松懈的状态，转入正题说："我们上午听取了瑞德集团在技术性能提升方面取得的成绩，也听取了东海电机的产品方案构思，都很好！咱们的民营企业一旦融入参与了国家军需项目，我相信，一定不会比专业军工企业差！而且会有更多的灵活性和更好的效率！咱们都不要多花时间在讨论和审核批复流程上，我建议：

"一、38公顷，570亩土地吧？瑞德60%，东海电机40%，差不多吧？不要打架哦！根据瑞德和东海电机的各自设计预案，由八五设计院以及608所一起，承担厂房设计、施工建设。由卢新宇少校负责现场指挥和管理。完成交付使用时间最长不超过四个月！

商谍

"二、瑞德集团和东海电机各自设计配备自己的生产设备设施、技术和测试设备设施,以及其他配套设施,时间从现在起,在第五个月内完成!并且是可以开始批量优质地接单生产的!设备设施的设计和制造八五工厂一起参与和协助。

"三、瑞德的第一期设计年产能是300G千瓦小时,总设计年产能不小于500G千瓦小时!

"四、东海电机第一期设计年产能50万台,总设计年产能150万台!

"五、瑞德和东海电机的总投资,按双方的报告中的预估,除土地和房屋外,分别为36亿和22亿元,由华城贸易公司划拨专项资金。资金为零利息借款,借款期限为三年。借款事宜由瑞德及东海直接与华城签订。三年,这些投资应该都赚回了吧?"

引起了一阵轻笑。

"六、土地持有人为华城贸易公司,这是因为军需土地使用权不能转让给地方企业。所以我认为,房产部分也算是华城贸易的吧?这样产权会比较清晰。那么,土地和房屋投入就是由华城投资,租赁使用,交付使用后三年内免收房租,三年后你们协商租金。

"七、新建厂区内,无公共电讯网络。也就是社会用的手机、电话、网络等均不能使用,将会有608所提供D1TS军用网络量子终端系统。这不会影响工厂与外界的工作联系,比如采购物料和其他事宜,只是外界进入不了内网,任何终端设备也不能受外界因素而解密或是窃取等。全部网络系统、服务器、终端电脑设备、全部软件,以及电话交换机、终端

第四十章 会议继续

电话机等，均由608所提供和安装调试。

"八、新厂内的所有员工，包括从现在工厂转入的，新招聘的员工，甚至是清洁工杂工，都必须经国安局审核通过后才能录用。强调一下，不招用外籍员工！包括技术及管理员工！"

姜部长没用稿件，好像都是已深思熟虑过，一气呵成。讲完后，喝了一大口普洱茶，抽出支烟，看了一下大家，又放下了。

姜部长接着说："以上这几点，将由小卢形成报告，有些修改细化，送交军需部和总参审批，流程还是需要的。有什么问题，今天全部敲定。

"我的要求是：快速高效建成新工厂，而且是最先进的，同时要做到安全和保密！这部分由八五设计院承担主要职能，瑞德和东海协助，我们暂且把新工厂叫作新瑞德和新东海吧。

"新工厂不需要向地方工商局注册，军需部会直接颁给许可证。

"之所以要投资建设新工厂，主要原因还是能与民用生产分开和企业生产上规模。瑞德和东海都是上市公司，民用部分是财报公开的，但军需部分是绝对保密的！新工厂在任何环节和操作，包括管理人员和员工，当然包括财务和采购什么的，都必须是独立的！"

闵东海心里暗喜，不需要为投资苦恼，竟然是一下子能将自己的企业规模扩大到中国第一！且是不需要低声下气地去做销售寻订单的了！

朱俊逸却是在想着，从赵副局长和马雄所了解的情况来

商谍

看,境外势力的偷窃技术之心不死!新厂的通信设施就算是如姜部长的部署,真的能控制了技术泄露,人的因素是最难控制的呀!有了一个周明昌,竟又出现了一个叶明!难道我身边都是内贼?还会有吗?

想着,竟感觉有些毛骨悚然!

第四十一章 危情依然

散会后,姜部长留下了赵之峰,朱俊逸和杨一方。

姜部长转身问赵之峰:"查清了两个长岛人的身份行程了吗?叶明与他们之间的关系?目的?"

赵副局不放心地看了一下会议室,声音降低着说:"两个长岛人的身份已查明:小田一郎,今年37岁,长岛九州基山町人,所持护照号码 JP8624541,现任黑龙商贸株式会社商社专务。

"而另一个长岛人的背景有些复杂,更值得我们的关注:柘村田丸,41岁,持有长岛国和星国双重国籍,曾就读星国宾夕法尼亚大学,又在台岛大学学过中文。曾任长岛安洋电池株式会社研技课长。2028年去了星国,尚不清楚是公司派遣还是自己个人原因。

"经查,柘村田丸竟然是在位于弗吉尼亚州阿灵顿的"国防高级研究计划局(Defense Advanced Research Projects Agency,简称DARPA)工作!该机构隶属于星国国防部,尚不清楚柘村田丸的具体职位是什么,但至少是个电能技术专家!"

赵之峰接着说:"DARPA 是星国顶尖的军事研究机构,对军事装备,卫星通信和网络技术,都有着非常前沿性的研究和开发！但我们没有听说过DARPA直接参与间谍性活动。

"柘村田丸的出现，这给我们敲响了警钟！至少说明我们的电能动力军用技术已经触动了DARPA！或者说，DARPA从一开始就已经盯上了我们的电能动力技术。我们判断，黑龙帮的后台老板是安洋，但真正的买家可能是DARPA！

"令我们措手不及的是，在我们获得了小田一郎和柘村田丸与叶明一起吃饭的情报后一个小时，小田一郎和柘村田丸已经登上私人公务机返回了。

"我们已经监控了叶明，暂时不计划逮捕，叶明现在仍在上班。

"叶明身边的女子，准确地说，是个人妖，叫差蓬巴颂，现年二十一岁。父亲是暹国清来人，母亲是云贵省人。

"差蓬巴颂出生在清来，因贫穷，八岁时就开始转性为人妖，十五岁起在暹罗的巴巴拉会所成为当红明星，据查，或许是与一长岛富商多次出巨资为差蓬巴颂捧场有关。

"两年前，差蓬巴颂来深川黄贝岭公园边的自由鸟歌厅娱乐城任妈咪，还带了十来个暹国人妖过来，这使得自由鸟歌厅生意火爆，差蓬巴颂也成了歌厅股东之一。

"还没有查证叶明是怎样认识差蓬巴颂的，差蓬巴颂是什么背景？这个长岛富商是谁？但差蓬巴颂差不多是在每个星期六晚上下了班后，大约是凌晨一两点，会去叶明的住所，一直到星期天的中午才离开。我们也已经监控了差蓬巴颂。"

赵之峰接着说："问题还在于，小田一郎是上午10：15从深川机场入境后，直接到了喜来登酒店，但并没有住宿。

第四十一章 危情依然

"11：45在酒店的花园中,站着与一个男子见面,大约交谈了半个小时左右,离开时小田一郎给了他一个礼品袋类的包包。

"酒店的监控视频对花园范围仅有很少的几个监控器,我们是在国安云网上查找到的。

"但这个男子戴了帽子,看不清面部,又是站在大树下,所以,这个男子的来龙去脉也还没查证。但看这个男子的走路,是一种又轻又快的姿势,像是个练家子。

"男子离开后,小田一郎和柘村田丸去了赤板亭吃午饭。半个小时后,差蓬巴颂先到了赤板亭与两个长岛人会面。

"叶明是两点到赤板亭的,大约一个小时后,叶明也独自先走,直接回家。

"差蓬巴颂迟了十来分钟离开,手上也是多了个礼品袋,直接回自由鸟歌厅娱乐城。

"然后,小田一郎和柘村田丸离开赤板亭,打了辆出租车去了机场,直接离境了。

"我们现在还不知道,小田一郎和柘村田丸的匆匆来回,仅是为了见这两拨人?而且是乘坐私人公务飞机来回?是专程来送礼品的?这个礼品袋到底装了什么?

"我们也查了叶明的手机的电话往来和行程记录,结果是通话记录非常的少,仅有几次瑞德集团的内部短号电话,以及半年中仅有几个与差蓬巴颂的通话记录。这极不正常!我们估计叶明等人,一定会有另外的一种通信手段!"

赵之峰说完,眼露疑惑地,慢慢地扫着会议室的每一个角落,想是要看出些什么⋯⋯

姜增明部长点了支烟，默默地看了朱俊逸一眼，吐出了一大口烟气，低沉地说："没有内鬼，引不来外贼！看来，我们的身边，我们的周围，对手一直是在虎视眈眈着呀！

"我相信，我们国安部门会全力做好安全防范工作！这毕竟是国家军备重点项目！是关系到国防技术的保密和国家战略部署的重大项目！

"我们一方面要加强技术保密工作！一方面要加快实施和生产具有国际先进水平的电能动力系统！这是一个极具挑战性的项目！也是极受国际敌对势力关注的项目！

"人的生命第一重要！项目的安全和进展也同样重要！我期望着国安局能够在保护项目安全的同时，更多的是要保护人的安全！

"瑞德和东海都是民企，不像八五工厂和608研究所是军管企业，在安全和保密工作方面会有不少困难。我建议，现在就可以先引进八五工厂的安全和保密工作机制，或者将八五工厂的安保部长借调到瑞德和东海，参与管理和指导。"

姜部长看着朱俊逸说："新厂建设工程中，我将卢新宇调过来，任建设总指挥。这样会方便军需部与八五工厂之间的协调，也方便施工进度和现场管理。"

赵副局立即接口说："我非常赞同姜部长的建议，在民企转军工的过程中，引进军工企业的安保管理制度和管理人员的方案，将会最有效地实现安保工作的严格化！"

朱俊逸心情沉重，一声不吭。

一直以来，朱总认为自己的团队，特别是管理和技术高层，

第四十一章 危情依然

都是文武全才，忠勇兼之。怎么会出了个周明昌，又冒出来个叶明！还会有谁？都是为了什么？

朱俊逸浑身战栗了一下！

"没有内鬼，引不来外贼！"

姜部长的这句话，犹如鞭声，抽打着朱俊逸！

第四十二章 新厂建设

八五工厂设计院仅用了十五天的时间，就将瑞德新厂、东海新厂的全景图、平面图和全部设计蓝图拿了出来。周晓亮总工和卢新宇少校，带着两名建筑设计总监，来到瑞德集团。

胡敬平、闵东海、李斌、张长根一起参与了设计图的审核。

使闵东海和胡敬平，张长根最感吃惊的不是八五工厂能在几天的时间内，设计完成了38公顷巨型厂区内的两个风格迥异、功能不同的平面设计和厂区配套，而是几万平方米车间内的布局和流程设计！

这不就是闵东海和张长根想要的，先进合理的车间流程和设备设施的完美布局吗？而且是细致到每一工位，每一工序！

原想着八五工厂设计院最多也只是设计好基础和厂房，或者加上配套设施建筑，车间内部设计一定是自己的事了。

难道八五工厂设计院也有着电能和电机系统的超级高手？

周总工说："各位如果感觉对车间布局不合理的，尽可以修改，我们已经开始在设计生产线设备了。否则，你们的设计力量，恐怕来不及哦！"

闵东海仔细审核着永磁悬浮电机的生产流程设计，兴奋异常！矽钢片流水线的作业流程竟是从卷钢带开始，到高速

第四十二章 新厂建设

静音脉冲步进式自动冲床，叠片装配，转子、定子定型，一气呵成！且是自动动静平衡中心检测，一步完成！

定子绕组也是全自动绕线入槽，自动接线和绝缘处理。

冷却系统是两片铜片经自动压层后，再经激光焊接后自动卷绕成型的。而东海的尚海工厂是用几十根铜管，在两端进行人工铜钎焊处理成型的，这个差距和质量可靠性，真是不能对比的！

电悬浮轴承部分是另外一条生产线。

电子驱动系统是从自动印银浆、贴片插件、真空回流焊到自动检测，一条线完成。

五条分线汇入到总装配自动流水线，一直到电机装配完成的点检和电机系统参数全检，运行可靠性，变频变速以及异常性能全检。

车间的平面图上，已布局了这样的五套流水线，还空出了可以再安排五套流水线的空间。

五套流水线可以年生产 50 万台电磁悬浮永磁同步变频电机，而只需要 48 个车间员工！

而尚海东海电机的车间有 600 多员工，年产同步变频电机才六万台！

这样的生产流程设计，是闵东海曾经想过，但受困于投入巨大而订单可能不足，只是个不敢实施的一个美丽的梦！竟然是在八五工厂设计院的笔下成真了？这着实是给闵东海惊着了！傻傻的说不出话来！

而瑞德集团现有的生产流程和自动化生产系统本已经是位于同行前列了。八五工厂设计院又在总装配流程和成品检测程序中，加入了异常充放电和超强电饱和状态的测试。并且在生产系统又精细到部件点检测，原有的人工岗位换成了机器人操作。这使得整个生产过程人员又减少了80余人，而质量控制更有序可靠了。

而电芯材料的合成，是在头顶上方管道内边行进边制备的！再进入外壳体后直接固化。这样，电芯材料其实是从仓库开始到工位，全部是在密闭的容器里生成的了！这使张长根觉得不可思议！

周晓亮总工对李斌说："技术实验中心你们自己设计吧？这个部分是技术研究中心，我们会参与技术安全性和保密要求部分的设计施工。"

李斌微笑着点头说："是想结合我们的喜好和理想状态下的布局吧？"

周总工也笑着说："你说对了！我自己也是这样，八五工厂的办公室都很整齐舒雅，可我不喜欢，这样不方便。然后，我的办公区域就给我搞得乱糟糟的，我的办公桌超大，且是一个半圆形，仪器仪表也都是搁在办公桌上的。书柜子多得像是图书馆，但我舒服呀！用起来顺手嘛！"

第二天开始，工地上就开进来了几十台基础施工机具机车，施工现场全部是装备部的工程部队，气势恢宏，极具招之即来，来之能战，整齐划一的作战气概！

施工进度效率飞速！土地平整，基桩施工，基础浇筑，厂区浇筑，全线铺开施工，有序地推进。

巨大的模组式高压变配电系统、水电总管线、燃气管道，

第四十二章 新厂建设

全部置于地下工程中。

整体的厂房建筑全部采用镀锌钢结构拼装式工程。预制件尺寸，连接孔分毫不差，犹如搭积木似的，施工进度神速。

而施工总指挥卢新宇却是忙而不乱，稳坐在临时施工办公室内，用军用量子对讲机接听着各施工班长的进展汇报，然后在施工进展图表上写些什么，一副战时状态的大将风范。

闵东海每天兴奋地在工地上屁颠着跑东看西，惊叹不已！

张长根手捧着施工蓝图，每天抽空就泡在工地，验证着生产车间平面布局，生怕设备在安装时会遇上布局不附，可是每天都是微笑轻松地离开工地。

一个车间就占地几万平方米，是闵东海、张长根此生连想都不敢的巨作！

新厂区全部是由武警军管着，除了闵东海、张长根和其他施工的军人以外，都不准进入。

闵东海看着蓝图上的"新东海电机"的平面总图，铺平后用手机连拍了几张，这样可以发给小洁，也可以炫耀一下，她老公的事业已经是跳跃式发展了！省得她每天在电话那头问东海在深川干些啥？是不想回家了？在深川一定是有新欢了……令东海头疼！

可是东海发现，手机上翻拍的照片，竟然是白板一张！什么图像都没有！

闵东海检查了一下手机的拍照功能，完全正常的呀！再对着建筑平面蓝图反拍，仍然是一张空白照片！

呵！呵！闵东海看着张长根，傻傻地问："这个蓝图竟是拍不出来的？你知道吗？"

商谍

张长根笑了:"闵总,你刚发现啊?我一拿到蓝图,胡敬平就急着要复印一下保存,结果是一片空白!另外,你看看我手上的蓝图,会发现什么?"

听了张总监的话,闵东海看向张长根手上展开的蓝图,吃了一惊!闵东海只是看到张总监手上拿着的是一张白纸!没有任何图线的白纸!

闵东海赶紧看了一下自己手上的蓝图,图线清晰完整!他展示给张长根看,张长根也是笑了,白纸一张哦!

闵东海倒吸了一口气!这些设计图都是视网膜显映技术显制的?只有设定了的本人才能看到?那么反拍或是复印,一定是不显现的了!除了本人以外,其他人是看不出什么的!

那么,对着施工工地现场拍摄总可以的吧?闵东海想着,用手机对着工地,"咔嚓"几声,再调看照片,竟又是云里雾里的一片!只是看到了两座架在工地上的三十多米高的铁杆!

这个就想不通了!

闵东海百思不得其解!转身看着张长根。

张长根呵呵地笑着说:"你别看我,你是今天才想起来拍照,而我是从工地施工第一天开始,就想用定时摄像把施工的过程拍录下来,以后可以做个留念,可是什么都没有拍摄下来!

"我问过周晓亮总工,他也呵呵着说,他说这是何总工的鬼把戏!别说你是拍照摄像,就是头顶上的间谍卫星航天飞船,看到的也仅是一片空白啦!说是叫什么'电离层网',大概就是在这个工厂的上空罩上了一层肉眼看不见的电离子层吧?

254

第四十二章 新厂建设

"所以,姜部长曾经说过,新工厂内是没有社会手机信号的。大概就是这个'电离层网'把所有内外信号都屏蔽掉了吧?这样真的太好了!我们瑞德一直最最担心的问题:安全和泄密!这样的措施一定可以实现保密工作的完善了!"张长根有点兴奋地说。

两座新工厂从开始进入施工,到主厂房、仓储设备检修维护,办公区域和技术区域,生活设施以及食堂和宿舍,员工休闲娱乐和篮球场,包括沥青混凝土道路和绿化,仅用了六十天的时间,竟是全部一一施工完成!

整个厂区进入了"内装修"阶段,生产设备开始进场安装调试,技术设计和实验测试中心同时开始安装调试,生活设施也是一应俱全。

朱俊逸站在八楼办公室,每天关注着新工厂的拔地而起!看着这速度效率惊人而有条不紊的施工现场,惊叹不已!

朱俊逸深知,这个效率速度,也正是映衬着中国的建设速度!也见证着国家军需技术的发展速度!国家需要强大,不再受列强欺凌的决心!必须要在军事装备上赶超世界先进,走在世界前列!

朱俊逸明白,瑞德和东海,虽然只是军需装备制造企业中的一小部分,一个配角,一个零件,但事关国家利益!事关军事装备的发展!

朱俊逸清楚,产品技术性能的提高和领先,与产品技术不泄密,同样重要!必须两手同时抓!不能有丝毫松懈!

朱俊逸深知,自身的责任,将会重于生命!

第四十三章 追查叶明

国安深川局赵副局长约了朱俊逸去国安局会面,杨一方也随首长一起去。同时到达的还有深川市公安局刑侦大队长徐佩卿,侯子华。

朱俊逸有段时间没见过徐大队长了,两人问候着走进接待室。

说是接待室,还不如说更像是审讯室了!涂黑的墙壁和天花板,除了一整面的屏幕之外,墙面空无一物,阴森诡异!

徐大队是来过几次的,笑着拉朱总坐下说:"国安的'接待'领教一下吧!有多少'被接待'的人,到了这里就脚软头晕了,哈哈!"

赵副局长打着招呼轻松地说:"别介意哦!我们局的会议室,接待室,都是这个模样!真的是很不适合开个小会或是朋友聊天什么的!"

"呵呵!不是说国安的茶不好喝吗!"朱总自嘲着说,坐了下来。

一位表情冷漠,但透着英姿的女子在每人桌上放了瓶纯净水,自己也坐了下来,无声地打开电脑。

赵副局向在座的人介绍了一下:"这位是我局十一处的处长刘洁少校,协助负责瑞德案的工作。"

第四十三章 追查叶明

刘洁点了下头,并无言语。

赵副局长挥了挥手说:"各位轻松些,只是我觉得在瑞德谈这些事情不怎么合适,是关于叶明的情况,今天主要是先将已掌握的一些情况向朱总通气和讨论一下。

"我们直至今日,还没有惊动叶明,但已对他实施了监控。同时,我们对瑞德管理层的主要人员也实施了监控。

"我们比对了出现在瑞德集团在服务器终端发现的7.5G'云端'发送模块上的指纹,识别确定是叶明,而且指纹很用力,也就是说,模块是叶明插装进服务器终端的!

"搜查了叶明的住宅,在一个外形是立式空气净化器的装置内,竟然是一套完整的,军用级的量子加密通信系统设备!而且是在最近几天刚更新升级了量子纠缠中继通讯器部件。这可能就是小田一郎和柘村田丸专程来深川送部件的原因之一。

"这套量子通信设备,在先进性和发射输出功率性能上,远好过梁百志在服装厂地下室的那一台。

"目前叶明使用的这台量子通信设备,我们已换了同一型号的发射模块,也就是说,假如当叶明在发送文件邮件什么的时候,该台量子通信设备已经不能将文件发送到应该的接受方,而是转发到我方了!虽然目前技术对量子加密通信几乎都不能破译,我们接收到的也只能是一堆量子纠缠码而已。但至少,这台量子通信设备,在叶明使用时,不会发现有故障,但发送的文件飞向哪里了,短时间内叶明可能还不知道。这总比叶明将有价值的东西发送出去好些。

"那么,从当天的监控录像来看,小田一郎和柘村田丸又送给另一人的'礼物',也有可能是量子通信器中的系统升级部件?不清楚是否还有其他什么?

"也就是说,除了原来的梁百志,现在的叶明,还另有其他人,也是拥有量子通信装置的!我们还没查获确定这人是谁,只是略有眉目。

"这点很清楚,黑龙帮直接把量子通信装置给这些人使用,可以证明这些人的角色绝非一般!

"下面请刘洁把我们这几天查获的叶明的情况向各位汇报一下。"赵之峰看了一下刘洁。

刘洁点了下头,打开墙上的屏幕。

屏幕上显示出了叶明早些年的照片,好像是大学时代的毕业照。

刘洁边操作电脑边说,声音清脆甜美,完全不像她那冷淡的表情。

"叶明,男,2001年7月16日出生于安州鼓楼市。父母在叶明6岁时离异,叶明随母亲生活,改用母亲姓氏。

"母亲是中学语文教师,叶明从小就是学习尖子,但性格懦弱。

"2021年,叶明以高分考入天都大学中文系,又升入研究生,以博士学位毕业。2029年7月进入瑞德集团办公室工作。

"在叶明读本科期间,母亲因病去世,叶明性情从此变得更加孤僻,少有同学结交,也没有女性朋友。"

墙上屏幕上显示了一张照片,是环境昏暗的酒吧,有一男一女相对而坐。右下角的日期显示是2030年2月2日,21:25。

第四十三章 追查叶明

刘洁继续:"2030年春节假期,除夕夜。叶明独自一人,在住宅小区外的一个小酒吧独酌。

"有一年轻貌艳女子,端着酒杯坐在了叶明对座。

"两人大约聊了有半个多小时,这女子换了座位,跻身在叶明怀中。又过了半个多小时,两人起身,一起离开酒吧。

"显示屏上的截图显示了叶明拥着女子,走入小区住宅。图片显示虽然模糊,但能认出来是叶明。

"当年的小区监控显示,从大年夜到初四这几天,叶明和这女子一直混在一起。"

刘洁接着说:"这个女子,准确地说,是个男人妖,叫差蓬巴颂,现年21岁。父亲是暹国清来人。这些赵局已向各位介绍过。

"差蓬巴颂在暹国刚出道时,曾经有一长岛商人,经常去暹国,一待就是十天半月,几乎是每晚都去巴巴拉会所喝酒,并一直是差蓬巴颂陪着,这也捧红了差蓬。

"2029年底,差蓬巴颂来到深川,进入自由鸟歌厅娱乐城,任了娱乐城的股东,还带来了不少的暹国女子或是变性人。

"经查,发现该长岛商人竟是黑龙商贸株式会社现任社长木村一郎的二弟木村太郎!

"但木村太郎不能说是属于黑龙帮,他是村上制作所的实际控股人,是安洋电池株式会社的大股东!也是木村家族成员中举足轻重的人物!此人也是金诗娜曾经的老公木村井一的二伯伯。

"目前暂没有证据显示木村太郎是指使差蓬巴颂的幕后人物。

商 谍

"我们除了持续盯着叶明的一举一动以外,这个差蓬巴颂的表现也是令人捉摸不透的!

"我们没有直接去调看自由鸟歌厅娱乐城的内部监控视频,这会惊动了差蓬巴颂等人,而且歌厅来往人杂,不一定有价值。

"从我们了解的情况看,一是差蓬巴颂几乎是每星期六晚上独自去叶明家过夜。除了差蓬以外,我们没有发现叶明和其他人有往来。"

刘洁介绍情况后,赵副局长接着说:

"从发现叶明和差蓬巴颂与两长岛人会面,今天是第三天,我们仍在继续查审中。可以断定,木村太郎、差蓬巴颂、叶明,这三人是可以串起来的。

"问题是,量子通信技术的保密性很强,目前技术很难做到解密破译,也没有留下什么痕迹。

"但从瑞德集团的服务器终端上 7.5G 高速传送模块上叶明的指纹,可以推断,2031 年瑞德集团民用产品的新技术泄密和安洋公司的新技术电池领先推出,与叶明有着密切的关联。特别是瑞德集团的网络终端服务器的日常运营管理归属集团办公室,而叶明则是办公室主任,在窃取技术情报资料上会非常方便。

"更重要的是,另外一个人我们尚未查清!这个人会对我们的杀伤力有多大?现在还不清楚!这也是今天的情况介绍放在这里的原因。

"但我们在调查瑞德集团高层管理人员中,又发现了另一个问题:胡敬平!

第四十三章 追查叶明

"胡敬平是瑞德最老资历的高层管理人员,我们在他的出入境记录中发现,2032年上半年期间,胡敬平有5次进出濠江的记录!我们又查了濠江的网格监控,在这一年中,胡敬平每次都是入住百利酒店,在百利赌场玩百家乐。

"据初步调查,胡敬平竟是百利的钻石VIP客户!并且有着一次输了四千万元的记录!

"他的年薪也不过几百万元吧?怎么可能有如此手笔?他还欠着钱吗?这不可能!那么,他能拿出四千万巨款还赌债吗?或者,是谁帮他还的赌债呢?我们仍在继续调查和监控中。"

赵之峰边说边看了朱俊逸一下。朱俊逸的脸色越发难看了!

长期以来,朱俊逸一直引以为傲的就是,这么多年以来,公司培养了一个强有力的管理层团队!一批在同行业中颇具领先地位的技术骨干人才!都是可以信赖的下属!可是,怎么会冒出这么些内贼败类?周明昌!叶明!胡敬平!都是我身边的主要骨干呀!这是为了什么呢?

除了工作,朱俊逸平时很少关心管理人员的业余生活和喜好,只是偶尔会在办公室聊天时问一下身体好吗之类。好像公司的工会在关心员工业余生活方面也做得很差,仅限于公司的食堂伙食和宿舍而已。

可是,朱俊逸至少是没有听说过胡敬平喜欢赌博的呀!

百思不解!朱俊逸心情沉闷,陷入沉思中。

赵之峰接着说:"新瑞德和新东海马上就要进入投产。新东海的电机技术目前尚不算是超越于国际顶级先进地位,但新瑞德的电能新技术,已经较强地领先于国际水平了!而且在生产规模上,新瑞德和新东海将是世界第一的了!特别是,新瑞德将会推出容量更大、技术参数更先进的储能动力电池,这更会引起敌对势力的窥视,甚至是武力抢夺!

"上面要求我们,必须对新瑞德和新东海的技术和生产工艺流程等,实施严格的保护!对技术人员实施更严格的安全保护!"

赵之峰介绍说:"我们国安和公安昨晚一起对现在的情况和可能会发生的问题,做了讨论后认为,除了瑞德集团的内贼之外,应该还会有类似梁百志之类的,甚至是境外势力直接插手的外围协助,这是第二波的较量!"

徐佩卿接着赵副局长的话说:"从赵副局和刘处介绍的情况来看,境外势力指挥着瑞德集团内部人员,甚至是境内外武装势力,将会与我们展开一场殊死的较量!我的意见是,先逮捕叶明!解除一个是一个!这或许能看到后面跳出来的人是谁!"

赵之峰点了下头说:"我同意徐大队长的提议!我请示一下,先逮捕叶明!"

第四十四章 叶明被杀

星期六晚上十点,侯子华在刑警车上"云天网监控"中发现,叶明下楼来接差蓬巴颂。

一改平时书生气,见到差蓬巴颂,叶明竟是一副猥琐的样子,相拥差蓬巴颂一起进入楼内。

"骚包一个!"侯子华看着监控视频骂了一句。

在车上待了半个小时,徐佩卿挥了挥手,带着侯子华和三个刑警,以及国安十一处处长刘洁,进入楼内。

侯子华拿出解码器,对着叶明房门上的数码门锁扫了一下,轻微的一声"咔嚓",一行人冲进了房内。

房间内灯光通明!卧室更是已经乱如狗窝般不堪入目!

实在是看不下去了!徐大队长一声怒吼!这才吓醒了两个正在云雨的家伙!

叶明猛地傻了!木呆地看着一屋子的人,不知道是怎么回事!

倒是差蓬巴颂,并不惊慌,慢条斯理地穿着外衣。

差蓬巴颂又拉了几件衣物,递给叶明,叶明这才慌乱地喘着粗气套上,浑身如筛糠般地颤抖着!

差蓬巴颂自己整了下衣服,又脸贴着脸地,柔情万种地给叶明整了下衣服,又用纤纤玉手给叶明的脸颊抹了下汗,貌似旁若无人。

但怎么看总觉得模样令人作呕！徐佩卿吼了一声："带走！"

差蓬巴颂竟是极冷静地交叉着双臂问："你们是谁？为什么要带我们走？"

这倒是使徐大队长有些吃惊！如此冷静笃定的人真的并不多见！

侯子华拿出刑警证说："我们是深川市公安局刑警大队！叶明！差蓬巴颂！请跟我们去公安局协助调查！"

差蓬巴颂竟然是一脸豪横地说："我是暹国公民！我需要通知我的暹国领事馆！"

徐佩卿冷哼着说了一声："可以啊！去了公安局后再通知吧！"

"押走！"徐大队长厉声喝道！

刑警给差蓬巴颂和仍在发抖着的叶明戴上手铐。

猛然发现，叶明口吐白沫，身体剧烈地颤抖着，竟瘫软在地上！

不好！

侯子华猛地朝着差蓬巴颂踹了一脚！差蓬巴颂猝不及防，给一脚踹到了墙角橱柜上。一声巨响，把整个橱柜撞倒了下来！

侯子华一个箭步冲到叶明身上，脸朝下背朝上地拎起叶明，用两个手指猛地插入叶明的喉咙！帮他呕吐！

叶明像只癞皮狗似的颤抖着，猛地喷射出了一大堆呕吐物！弄得侯子华手上、身上一塌糊涂！酸臭无比！

第四十四章 叶明被杀

侯子华像是丢弃一堆垃圾似的,手一放,叶明就如一摊烂泥,瘫在地上!

斜眼一看差蓬巴颂,已经爬了起来,铐着手铐的双手,竟然是拿着一个手机对着叶明!

徐佩卿突然觉得有异状!飞起一脚踢落了差蓬巴颂手上的手机!可是迟了,叶明身体猛抽一下,不动弹了!

徐大队长恼怒极了!一个巴掌抽向差蓬巴颂!瞬间,差蓬巴颂的半张脸红肿了!

差蓬巴颂用戴着手铐的双手捂住脸大叫:"不能打脸的呀……"

刘洁也是猛然醒悟!是这个"女人"的身上有毒物!一恼火,把"她"的身上衣物全扒了!竟然掉出来一个细小的口红状喷罐,是剧毒的暹国产"蛇三步"!

一个摔在地上的手机和一块脱落了的电池板状的物件,竟是手机手枪的子弹夹!这种子弹直径仅为2.54毫米!长度25毫米!但杀伤力极强!一块电池板状的子弹夹,可以装25颗子弹!装弹量是普通手枪的几倍!

叶明死了!

从铐上手铐,到差蓬巴颂二次出手杀了叶明,前后仅不到一分钟!

"蛇三步"是已知剧毒物质中,最毒的毒素!所谓是三步必倒!

侯子华是在几秒钟时间内就发觉了差蓬巴颂的异样,并且是催呕成功的。按理来说是可以抢救过来的!谁知竟又是死在差蓬巴颂的子弹下!

商谍

　　手机手枪有听说过，可是真枪实弹却是刑警队第一次看到！这是一个外观完全是普通手机，只是加了片背夹电池板形状完全一样的子弹夹。但极细长的子弹却有着极强的杀伤力！且是静音无声的！

　　徐佩卿叹了一声！一个瞬间的疏忽，差蓬巴颂竟杀了叶明！是自己粗心了！失误啊！

第四十五章 审讯人妖

差蓬巴颂穿了套监狱服,剪了头发,戴着手铐,被押进审讯室。

徐佩卿和侯子华因为叶明的死而向局长做了检讨。

看着这个不男不女的家伙,恨不得抽他两下解恨!可是看着他这个完全靠手术刀造出来的女人脸,估计一个巴掌就会散架了的!

可是差蓬巴颂却是一副冷漠豪横的模样!恨得徐大队长手痒!

"姓名?"

侯子华问,

……

"姓名!"

……

差蓬巴颂一副死猪不怕开水烫的模样说:"我要见暹国大使馆!"

国安十一处处长刘洁拿着一张印有红色大鹏鸟的暹国国徽图案的大使馆回复函,在差蓬巴颂面前晃了一下说:"暹国大使馆已回函,一切按我国的法律法规处理!你自己看一下!"

差蓬巴颂伸过头来，扫了一眼信函上的蝌蚪状的暹文，一下子像个皮球泄气般的焉了！嘴巴还在嘟哝着说："不是说好的可以保释引渡回国吗……"

"谁说的？木村太郎吗？"侯子华紧接着问。

……差蓬巴颂吃惊地看了一下侯子华。

"别做梦了！没有谁能保释你！杀人案的重刑犯也不可能引渡！只有老实交代，才有可能从宽处理！"徐佩卿用手指敲着桌面说。

……

"不说？"侯子华狡黠地冷哼一声："叫军医，先处理了这个不男不女的！"

进来了一位穿着白大褂的，侯子华起身，装着去解开差蓬巴颂铐在审讯椅上的手铐……

"你们要干啥？"差蓬巴颂急叫了起来！

"我们的性别栏上只有'男'和'女'两栏！没有不男不女的！你自己选择吧！"侯子华冷笑着说。

"不！不要！"差蓬巴颂急了！

死到临头了！差蓬巴颂仍是念着这个男身女腔！侯子华差一点笑出声！

徐佩卿看了一下侯子华，心里也是暗笑！这个猴子，怎么会想出来这一招的？

侯子华敲了下桌子问：

"差蓬巴颂，是谁指使你接近叶明的？你和叶明是怎样偷窃瑞德集团的技术资料的？技术资料交给谁？对我们来说，枪毙一个罪犯，和遣送一个罪犯回国，是一样的，只是看你

第四十五章 审讯人妖

是否能老实交代清楚！"

……

差蓬巴颂沉默了一会，嘤嘤地哭了起来！抽泣着说：

"……我出生在清来，上有三个哥哥。家里很穷，仅靠着我爸一人在橡胶林场割胶为生。

"我七岁那年，爸爸和大哥在林场被毒蛇咬伤后，因治疗不及时，先后瘫痪在床！家里更是没了最基本的维持生活的来源！妈妈养不了我们，把我和三哥送给了清来府的老鸨。简陋粗糙的变性手术，使三哥死在了手术台上！我死活不肯做手术，只是不停地吃雌性激素，每天涂抹着含铅量很高的护肤药，皮肤一层层的腐烂，一层层地脱皮！

"第二年，老鸨把我卖到了暹罗。我在会所打工，赚的钱留下点吃饭的，其余的都要交给老鸨。

"十五岁的那天，本应是我的生日。我在会所的酒吧招待客人，被几个洋人打得差点噎气，是几个长岛人救下了我。

"这几个长岛人将我带到了宾馆，叫来了医生为我治伤，给我吃的穿的。这样，我在宾馆休息了十来天，伤也基本好了。

"我很感恩这些日子！也非常感谢这些长岛人！这十来天，是我人生中最最快乐的一段时光！

"我没有回到原来的会所。长岛人应该是花了不少钱，把我赎了出来，换到了一家在暹罗数一数二规模的'巴巴拉会所'，开始学做演员。

"我后来知道，三个长岛人中，年长些的是巴巴拉会所的大股东，叫木村太郎，但平时不管理经营什么的，也不常在暹国。另外两个长岛人，一个叫渡边川三，会说中文。另

商谍

一个叫小田一郎,就是前几天来深川的那个。

"巴巴拉的人妖选美,是暹国规模最大,级别最高的一年一次的大型活动。这一年,我被戴上了白金皇冠,由卡琳娜公主亲自宣布我为暹国年度选美冠军!这是2026年。

"不知道我是真的美,还是长岛老板捧场的结果?但我是冠军了!我是明星了!

"从那次选美之后,慕名而来的客人,每天挤满了巴巴拉会所,以一睹我的芳容。

"我的收入也是几倍几倍地上涨!我把钱都寄回给了妈妈,用于治疗我爸和大哥的瘫痪。

"我的长岛恩人从不要求我为他们服务些什么,我的心里一直很愧疚,也一直很感恩。

"2029年底,木村太郎叫我去深川发展。深川的自由鸟歌厅娱乐城的大股东,也是木村太郎。

"我问过木村太郎,有这些投资的应该是很大的老板了吧?木村太郎哈哈大笑着说,这不能算是投资,是零花钱,闹着玩的!所以,我感到他们其实是很大很大的老板!

"因为是暹国的选美冠军,我到了自由鸟歌厅娱乐城后,又带来了人气爆棚!

"2030年初,是元旦后几天吧,渡边川三来深川见我。他告诉我,他们需要瑞德集团的锂电池最新技术资讯。

"渡边川三给了我瑞德集团高层的四个人的名字和职务、住处以及详细的个人情况和喜好。"

"是哪四个人?"侯子华急着插话问。

"是总裁朱俊逸,总工程师李斌,总经理胡敬平和办公

第四十五章 审讯人妖

室主任叶明。"

"哇！是想一网打尽啊！"侯子华自语道。

名单中为啥没有周明昌呢？徐佩卿惊奇地想，这只能说明周明昌在那时就已经被收买利用了！

差蓬巴颂继续说："渡边川三要求我，主攻的目标是李斌，只有这个人才是掌握着瑞德集团最新最高技术的。但是我没有机会接触到李斌。

"我非常愿意为我的恩人做事！何况这又不是什么杀人放火！只是用钱或是身体换取他们的技术资料而已。

"也是很巧合，春节会所放假，我也没回清来。闲着无聊，独自一人在小酒吧里，遇上了叶明。

"叶明也是独身一人，我俩没聊几句，叶明就一副猥琐相，猴急着往我身上蹭……

"我当着叶明的面，吃了颗药丸，是荷尔蒙激素药，这种药我每天必须服用。

"叶明竟是好奇，吵着也要服药，这正中我意！给他服了一丸。不过，给叶明服用的却是高剂量的可卡因！然后我俩去了叶明家。

"有了第一次，第二次！叶明根本就离不开我了！或许是离不开我的身子，但更多的应该是离不开我给的药了！只要我有一次不去他家，叶明就疯疯癫癫的，要死要活的。

"这样，别说我要求叶明协助我把瑞德集团的技术资料拿出来，就是我要他的命，我想他也会毫不犹豫地给我的。

"2030年下半年开始，叶明陆续把资料转发给了渡边川三。"

商谍

"用什么方法发资料？"侯子华问。

"是叶明家的这台电脑，我不是很懂电脑。"差蓬巴颂回答。

"这台电脑，是空气净化器内的这台？"侯子华问。

"是的。"差蓬巴颂回答。

"这个电脑是谁提供的？"侯子华问。

"是渡边川三送过来的，有时还需要换个什么配件的"。差蓬巴颂说。

"今年五月中，渡边川三来深川，逼着叶明要什么资料，是可以出很大价钱的资料，是叫什么？LHC32？

"可是叶明除了能看到这个LHC32的封面外，看不到里面的内容。渡边川三那边很是恼火！

"我甚至试着以不去叶明家，不给他药为要挟，可是叶明仍是弄不到这个资料。

"好像我们后期提供的零星资料，长岛那边并没有显得很高兴。我感觉长岛方面收到的不只是叶明一个人提供的资料。"差蓬巴颂沮丧地说。

"你知道还有谁会提供资料？"侯子华接着问。

"我不知道，只是听叶明说过周明昌死了！"差蓬巴颂回答。

"前几天，小田一郎和柘村田丸来深川，带来了一个电脑部件，说是给我们的电脑是有有效期限的，过了期限会自动自毁的，必须经常要换这个升级部件。又给了我一个'手机枪'，两瓶很小的喷罐，是毒药，他教了我怎么使用。特别是这个喷雾罐，说是只要喷少许在身体的任何部位，三分

第四十五章 审讯人妖

钟即死,而且毒雾会立即蒸发,是查不出死亡原因的。

"小田一郎心情很差,凶狠地对叶明说,要在一个月的时间内,搞到新工厂的布局,产能,和最新电池的技术资料,是什么什么的电池,我在一旁也没听懂。看来日本人很急着需要新的资料!

"叶明哭丧着脸说,好像是朱俊逸已经不相信他了,新工厂的筹建和管理工作的会议都没让他参加。他也接触不到任何新工厂和新产品的任何信息资料,拍照后发现都是白片。这些都是由军人接管了的。

"事后,小田一郎对我说,叶明已经没有用处了,叫我择机处置了。

"那天,就是你们不来,也是叶明的末日了!"

"是谁透露朱俊逸要去参加追悼会的?"

"是叶明告诉我的,说有个国安的女官员下午开追悼会,朱俊逸家中没人的。"

"你告诉谁了?"

"我用专用电话打给了渡边川三。"

刘洁做着视听记录,一点表情都没有。

徐佩卿明白,好像不能从差蓬巴颂这里得到什么有用的信息了,有点儿丧气。

"小田一郎和柘村田丸来的那天,同时又和另外一个人见面,这个人是谁?"侯子华不死心地问。

"我不知道小田一郎他们又见了谁。"差蓬巴颂摇了摇头。

侯子华看了一下徐大队长,徐佩卿点了下头。侯子华对差蓬巴颂说:"今天就到这里。"说完起身。

273

商谍

差蓬巴颂又急了,想要站起来,可是身体是扣在审讯椅上的,根本站不起来,嚷着说:"不是说交代了就可以回国了的吗?"

"是的!可是你仍没有老实交代清楚哦!"侯子华边说边和徐大队长、刘洁一起,头也没回地走出了审讯室。

差蓬巴颂被狱警带回重案监狱。

第四十六章 新工厂落成

从设计到施工,到设备安装调试,到试生产,新瑞德和新东海的新工厂落成,前后仅用了四个月的时间!

2032年9月1日,新瑞德和新东海同时落成开业。

没有举行落成典礼仪式。但是,瑞德办公大楼内一早就人声鼎沸,客来人往的热闹。

安安和闵东海一起回了一趟尚海,把老爸和女儿菲菲、姐夫郭华鸿、易凤洁和胖子陈伟成一起接来了深川。

杨一方心里总是觉得会发生什么似的,拜托着郭副局,希望郭副局长能注意老爸和安安、菲菲的安全!这可以使杨一方腾出时间,照顾好自己的首长。

闵东海的太太易凤洁也来了,一身杜嘉班纳色彩浓重的时装和从耳朵武装到手腕的香奈儿饰品,配着色彩浓重的脸妆,显得有些夸张。

林雅琴忙得香汗淋漓的,接待着到来的各方来宾。

军需装备部姜增明部长今天是将服笔挺,叼着个板烟斗,吞云吐雾的,微笑中透着威严有加。和安安、老爸、郭副局像是老熟人似的聊着,却是和蔼流露。

身后是杜明杰少将和卢新宇少校,也是将校军衔肃严。

深川市市委、市政府、发展局和科技局的官员们也前来道贺。只是觉得这么庞大的工程，极度可观的生产规模的新企业，理应有极具数量的税收，但却是与地方财政的收入无缘，而颇觉尴尬无趣！

608研究所总工程师何一凡和八五工厂总工程师周晓亮院士，却是穿着新瑞德的工装白大褂，一副学者模样，在新瑞德的大门外和新工厂的几位设计总监讨论着什么。

国安局的赵之峰副局长和十一处的刘洁处长没有上楼，二人的眼睛中流露着警惕，站在新瑞德厂门口附近的位置，扫视着前来道贺的每一个客人。其实，新瑞德，新东海附近和厂区内，已经布置了有二十多名国安的探员，严密监控着现场。

朱俊逸今天穿着西装，系着红色领带，精神矍铄地和来宾握手致礼。身后跟着闵东海、胡敬平、李斌、张长根和现任技术中心主任李易峰。

虽说没有开业典礼，八楼的大厅还是布置着自助式茶点、酒类和饮品等，气氛很是热闹。

上午9:30，朱俊逸握着话筒，声音喜悦地传递开来：

"各位领导，各位专家，各位来宾！今天，是新瑞德电能和新东海电机的开业典礼！典礼活动免了，我们简单地举行个茶话活动，以感谢各位领导和专家的到来和指导！

"新瑞德和新东海从设计施工，到今天的落成开业，仅用了四个月的时间！我要再次感谢各位领导的支持！各位专家和技术设计人员，工程施工企业和各位员工们的辛勤付出和努力！

第四十六章 新工厂落成

"今天的工厂参观,只是模拟生产,没有生产正式产品,请各位能谅解!下面我们在卢总指挥的引导下参观工厂。"

卢新宇佩戴着耳机式话筒,边走边引导来宾们乘电梯下楼。

林雅琴站在电梯门口恭送着客人。

来宾中,特别是政府部门的官员心中疑惑不解!一般的新企业开张,老板会在开业典礼上大谈投资了多少、产品是什么、目标销售量是多少等,而且往往是夸大了的!

而今天的新瑞德、新东海开业,占地38公顷的巨型工厂,总裁竟然是一字不提这些最基本的数字。

新瑞德和新东海共用着一个大门,简洁大气,无一点花哨多余的装饰,闵东海戏称这是"两室一厅"。

来宾们分乘几辆无人驾驶的观光车,从瑞德办公楼到达新厂大门口下车。

卢新宇站在大门口介绍说:"请各位谅解了!进入工厂按正常程序是要换工作服的,今天因为不生产,所以简化了,但各位的手机不能带进工厂,不能拍照!麻烦请各位配合了!"

闵东海的老婆易凤洁先是尖声地嚷着:"我老公的公司呀!我怎么不能拍照啦?"闵东海连忙阻止她,否则会从小洁口中吐出来更难听的话!

"不可以,任何人一进入工厂大门都不可以!何况你们的手机已经是不能使用了的!"

"啊?"易凤洁看了下自己的手机,竟然是黑屏状态的

277

了！来宾中也有人看了手机，全是黑屏状态的。

进入车间门口的通道，第一段是更衣室。正常时，所有员工和管理人员、技术人员，是要将全部衣服裤裙都脱了，换上各自的工作服。下班时把工作服换了，集中丢进洗衣车内，由洗衣车自动送去洗净烘干处理好后，第二天早上会自动送到更衣室。

今天是特殊情况，这一段换衣就都免了。

第二段是进入扫描检查段位。这段是类似登机检查，身上的任何物品都会引发报警和自动阻拦！

过了扫描段位后是眼睛虹膜动态识别系统和手指动态系统。这个过程其实只需要几秒钟的时间就能极快速地识别和对比读出放行了。但系统是动态识别的，你要动动手指眨眨眼睛什么的。

608所何总工曾经嘻哈打趣着说过，这是活的可以进，死的不让进！

今天这一段是执行的。

但使朱总裁吃惊的是，眼睛虹膜和全手指识别是要预先录制设置的！今天的来宾并没有预先设定，如何已经有了设定对比了呢？

何总工在朱俊逸边上解释说："今天使用的虹膜识别和指纹识别，是临时的，仅是今天有效。不过也是真实的，是来宾在进入了公司时自动提取了的。明天开始，所有进入厂区车间，仓库，技术中心等任何部门的员工，包括朱总您，都只能是脱了全部衣服，只有内衣不换，换上工装后才能进入。工装是不同岗位有不同的款式颜色。"

第四十六章 新工厂落成

当员工离开厂区车间时,身上别说有一根针,哪怕有一个纸片,也是带不出来的,是会自动报警和拦阻的。

厂区内所有的量子电脑操作软件都是特定的,是不能下载和外部链接的。当然,量子电脑的开机操作都是双重加密的。

员工和管理人员、技术人员的联络通信系统,也是特定的系统,是不能链接外部信息的。

这在刚开始时,会有些不习惯和麻烦,一段时间后就会适应的了。"

何总工向朱总裁边走边介绍。

其实,这四个多月来,朱俊逸不是喜悦企业的巨量化发展,而是一直担忧着产品和技术的保密工作和人员的安全措施!

姜增明部长的这句:没有内鬼,引不来外贼!一直刺痛着朱俊逸的心!

所以,朱俊逸最关心的仍是厂区员工进出的可控性和安全性。对何总工的安防系统措施的介绍,颇感满意。

来宾们全部进入了车间,众人都发出了尖叫式的惊喜!

这是工厂吗?

这是生产车间吗?

有一种一望无际的感觉!太巨大了!这是一个广场啊!

设备是在运转着的,不过没有生产产品。

自动行驶着的车辆,外行人也能看出,这是在自动送料和收物。

机器人在各自的领域快速地运动着,演示着各种操作动作。

商谍

头顶上各种管道和运载抓手,穿越在各个流水生产线之上。

信号指示灯闪烁着,薄如卡片的电脑显示屏滚动着看不懂的数据。

来宾们坐在自动行驶的参观车上,犹如穿越在时空隧道般的存在!惊呼声连连!

朱俊逸和老爷子,胡敬平,何一凡总工等坐在一辆车上。国安局的刘洁,也不知道是什么时候上了朱总的这辆车,坐在最后一排。

朱俊逸心里有点明白……

老爷子明显是兴奋有加,不断问着胡敬平这个那个的。在深川,胡敬平是老爸在尚海创业时唯一还在位的老属下了。

其实胡敬平也不了解新工厂的生产工艺和流程,也不清楚怎么会冒出来自动化程度如此之高的设备。

新工厂从基础打桩开始,胡敬平就没有进来过!不是不想进来,而是不让进!这并不是拦着胡大总经理一人,连总裁朱俊逸都不让进!新工厂完全是一种军事管制的模式。

大家也都只是在瑞德办公大楼张望着。这样想,也是可以释然的了。

参观车驶出新瑞德,进入新东海厂区,易凤洁发觉,新东海的厂区车间面积比新瑞德明显小了!虽然也都是机械手臂机器人,先进化程度极其之高,是国际上同行业中自动化程度和效率最高的企业了,但心里仍是不很舒服!扭着闵东海问:"为啥啦?为什么我们不可以比瑞德大的啦?"

闵东海有点后悔,真不应该让小洁来深川的!女人烦,

第四十六章 新工厂落成

什么都不懂的女人更烦！况且易凤洁说话口无遮拦的，嗓音又响，就像这个工厂是她家里的一样，有些恼怒！

"你用脑子想想再说话呀！这个工厂是我尚海工厂十多倍的啦！开始前两年还用不了这么大的呢！你要清楚自己的呀！我的今天，都是朱俊逸给的呀！没有朱俊逸，你有今天这样的日子过吗？还想要超过瑞德？这个新工厂也是朱俊逸给的，你少做梦了！"

夫妻间的一顿训斥，反而搞的同车来宾有些尴尬了！

离开车间进入了后厂区，这里是员工生活区。

外观简洁时尚的公寓楼，有二百多间住房，分为双人间和部分单人间。每间客房均配备有卫生淋浴室和书房及小客厅。双人房是分隔开的，绝对不差于三星级标准。

公寓楼的底楼是公共活动场所，乒乓球室、阅览室、健身房、咖啡饮料，应有尽有。

楼外有一标准篮球场，围绕着球场是一圈绿色橡胶跑道。

食堂是一栋独立的建筑，自助式餐厅清洁明亮。

虽然新瑞德和新东海的规模巨大，但两个新工厂的车间员工也就不到二百人。倒是技术人员、管理层人员、后勤保障等，加起来也有二百余人。

林雅琴引导着来宾们一起进入了食堂，朱俊逸呵呵着打招呼说："各位抱歉了哦！今天的午饭我们就简菜便饭了！"

大家并没有埋怨之言，嘻哈着各自拿着盘子去盛上丰盛的菜品水果等，又各自招呼着进入餐桌。

朱俊逸端着盘子，坐在姜部长和杜明杰、卢新宇一桌。

商谍

"对不起了哦!各位只能将就着吃了!"朱总打着招呼入座。

姜部长微笑着说:"我是想着今天的大餐呢,哈哈!"

"朱总,你老爸今年高寿?看着他神清气爽的!有些羡慕哦!"

"今年八十七了,还是不服老的模样哦!"朱俊逸摇着头说。

"怎么样?对新工厂的建设和设备设施设计还满意吗?"姜部长边吃边说。

"真心地感谢各位!从这新工厂的设计到建设完成,我感悟到最重要的是,我们的军队建设,我们的国防力量和科技进步的强大!我们军队的科技人才的优秀!这不是地方企业能比的!我如井底之蛙,一直认为瑞德的生产设备的先进性已经是行业中的佼佼者了,今天才是真正的大开眼界了!其实,你们军队对储能动力电池的生产和技术,对电机的生产和技术,是非常熟悉了解和掌控的嘛!"朱俊逸如梦初醒地说。

"嘿嘿!国家军委,军需装备部门,如果对新技术不掌控,那么还是这句老话:落后是要挨打的!"

姜部长说着,看了一下四周,接着说:"我觉得,新瑞德和新东海的工厂规模还是有些保守了!我估计不出三年,你们的生产规模会不适合订单需求喽!"

一句话把朱俊逸噎着了!嘴巴里的一大块红烧肉卡在了喉咙,进也不是,出也不是!

还不够规模呀?要知道现在的工厂,走上半天,还没绕

第四十六章 新工厂落成

过来呢!

"朱总,"卢新宇看了一下周围,插话说:"新工艺中有一道自动配料,这就像是中药铺里看着药方配草药。

"我们的仓库原材料从进货基础材料,到配成电池生产的成分,这一段工艺是电脑根据物料清单的指令自动生成配比的,而且是在密闭环境中生成和合成完成的,然后通过头顶上的管道直接输送到各个工艺环节点。这个工段是有自动记录全过程和自动验证系统的。

"这一个配比段是按照保密配比制度设计的。当然,再保密再先进,也是需要先由人去设定的。我会移交给你两套密钥,和一套备用密钥,这是加密的。

"我的建议是,李斌总监和朱总您,各持一套,然后您再保管好一套。我会在晚些时候告诉你俩怎么使用。同样,物料清单配比生成的全过程,也是在这同一套系统里的。"

姜部长听了,反而是皱着眉,瞪了一眼卢新宇说:"这么个关键核心的事,怎么在吃饭时说呢?"

卢新宇并不生气,解释说:"我只是觉得,朱总的办公室不见得方便,而这里新厂区反而会安全。我是想,下午会议时,这个密钥和配料工段的事就不在会议上说了。"

朱俊逸不吱声,点了点头,心里明白,这个工段是动力电池技术的生产保密措施的前提!

朱俊逸也理解和明白,卢工的设计,已经将材料配比最大限度地保护了技术的泄露了!有道是:天机不可泄露!

姜部长不置可否,突然问朱总:"你姐夫郭华鸿多大了?退休后倒是可以考虑一下,来新工厂任安全管理工作的呢!

283

我知道他可是反间谍方面的老手哦！"

"呵呵！姐夫今年才56呢，要好几年才能退休呢。"

"你和老郭说说看，或者把郭华鸿的关系转到我们军需部，一定会是个正局级，然后派到新工厂。不过这有些大材小用了！"姜部长微笑着说，"人才难得呀！我了解杨一方，警惕性高、忠诚、善于格斗。最大的优点是'忘我'！但如果交给小杨来管理新工厂的安全，我觉得能力可能不够，何况你身边也不能缺人。是你我熟悉了，随便说说的哦！我们军方不参与民营企业的管理事务的哦！"姜部长又是半真半假地说。

朱俊逸苦笑着……

第四十七章 赌场得意

军方的来宾在活动结束后就各自回去了。留下地方政府部门的官员，朱俊逸陪他们一起晚餐，林雅琴作陪。

胡敬平也是忙碌了一天，晚餐是他邀请了朱老总和安安，菲菲，一起在喜来顿酒店吃饭。

不知怎么的，杨一方今天成了朱老总的司机兼保镖了，一起进了喜来顿包间，明显像是护驾。这样，胡敬平的车上仅是坐了郭华鸿了。

胡敬平也没在意。

朱老总全名朱瑞德，刚开始创业，奋斗辛苦了一年后，自感在企业管理上力不从心，把刚从同济大学企业管理系毕业的胡敬平归入了麾下，协助参与企业管理工作。是胡敬平将朱老总的新企业逐步走向规范化的。一直到小朱总接班，迁移到深川。胡敬平是目前管理层中唯一一个最老资历的员工了。

在尚海时，曾经和大学的一个女同学拍拖着，但没有结果。胡敬平是到了深川后，才找了个比他小十岁的女子结了婚。可是不知道是什么原因，一直没有孩子。

在瑞德集团，胡敬平的职务仅次于朱俊逸，是第二把手。但论年薪，他却是远低于李斌，低于周明昌。为此，他时有发牢骚,可是也不敢当面与朱总裁抱怨!他自己知道,朱总裁是按贡献定工资的,说了也是白说!

可是胡敬平心里老是不舒服!没有我胡敬平的助佐,哪会有老瑞德的发展?也不会有今天的新瑞德了,愤愤不平,可又是无可奈何!

今天来客不少,胡敬平感觉少了个谁不在?都在忙碌着,也没去细想。晚餐后回到家,猛然想到,是叶明不在!

作为办公室主任的叶明,今天怎么会不在?去哪了?连忙掏出手机,打给叶明,却是传来一个完全陌生的声音问:"你找叶明什么事?"

一股不祥的预感袭来!胡敬平感觉一阵心悸!

今天杨一方的举动也有些令人捉摸不定!一直跟在朱总裁身后影形不离的杨一方,今天为什么要挤在我的包房里一起吃饭?是已经怀疑我了?还是在跟踪我?

他躺在床上,一丝睡意全无,满脑子回想着今年春节后,自己一步一步地滑入了深渊!一次一次地被人利用!

2032年春节假期,胡敬平带着老婆去濠江度假,住在百利酒店。

平时连麻将都不玩的胡敬平,对赌场其实是毫无兴趣的。以往来濠江也只是老婆买些时装包包化妆品、吃吃广式菜葡式菜什么的。

下午在百利商城,老婆要买个范思哲包包,胡敬平坚持认为太花哨艳丽了,也太贵了。夫妻俩不开心,老婆没有买成,嘟着嘴独自回房间了。

第四十七章 赌场得意

胡敬平无聊,穿过底楼的卡西诺,看着人声鼎沸的热闹场面,便觉好奇,也挤进了牌桌边看热闹。

这是一种古老的"百家乐"的玩牌,也就是极简单的压"庄家"和"闲家"。谁越接近9点谁赢!超过了9点是"爆"了!

牌桌边坐满了玩家,没座的站着,手上都是捧着一大把筹码,看不懂是什么原因,纷纷往赌桌上的"闲"区位压筹码。荷官做了个手势后,手法极其娴熟地从发牌机中抽取出扑克牌,分别放在"庄"和"闲"两个位置。

桌边坐着的,站着的,全身透着欲望!口中狂喊着"闲"!"闲"……

荷官开牌,"庄"6点,"闲"8点!桌边的人齐声大笑,"哦"了起来!几近疯狂的激动!

赢啦!

荷官开始发筹码,一赔一的,一赔七的……

大家都是嬉笑着!

胡敬平看着,也跟着一起乐了!这么简单呀?赢一把也有几千几万元的呢!

于是掏出五万元,换了筹码。胡敬平也跟着大家一起,压"闲"或是压"庄"!

七八个来回,胡敬平手上的筹码竟是已经捧不下了!

站在一边点了一下,竟然是多出了十二万元了!这么容易就赢了啊?

胡敬平第一次有了赢钱的畅快酣畅!

在账房将筹码换了钱,满心欢喜!

账房中伸出个头来说:"先生,你应该办张VIP的,积分可以用来消费的。如果你升级到钻石会员,来回濠江和住酒店也可以是免费的啦!"

有这么好事?

账房很快地就办妥了会员卡,不过是普通卡。账房拖着长长的广式口音解释说:"先生你只要多来几次,就可以升级为白金卡、钻石卡会员的啦……"。

揣着赢了的钱,感觉真的好!

胡敬平哼着小曲儿,匆匆忙忙地赶回客房。

姣俏漂亮的老婆,斜倚在床上,看着胡敬平一副捡了钱包的模样,心里发笑,可脸仍然是耷拉着。

胡敬平掏出口袋里的钱和会员卡,一刻不停地和老婆说着过程,兴奋之情,洋溢在脸上!抱起老婆亲吻着说:"走,我们去买包包!再买套顶级的时装!"弄得老婆兴奋了起来……

拎着大包小包的,两人在百利商场的茶餐厅点了几个菜,一瓶啤酒。吃好后买单,胡敬平拿着会员卡试着问服务员:"我这卡里有什么积分的吗?"

服务员刷了一下说:"有呀!你们的用餐是560元,卡里有1200元的积分奖励呢!扣除今天的用餐,还留有640元的积分。"

"这个积分一直有效吗?"胡敬平真的不懂,问服务员。

"一年内有效,过期就清零了。"

"呵!谢谢啦!"胡敬平也学着广式腔。

第四十七章 赌场得意

哇！赢了钱！吃饭还免单了呢！这个开心啊！

"解放区的天，是明朗的天！解放区的人民好喜欢！"

有生以来，胡敬平就没有今天这么开心过！

岳母身体不好，老婆很多时间在岳母家。

闲得无聊，胡敬平猛地想起，塞在书桌里的一张百利VIP卡，卡里还留着640元的积分呢！他和老婆说起，明天去濠江玩吧？老婆却说她不去了，她妈身体不好，想要在节日期间陪陪妈。

老婆加了一句："你自己去吧，不过只能是小赌怡情的！千万别迷失了哦！"

"不会！不会的！我平时连麻将都不喜欢的，只是觉得卡内的积分别浪费了！"

深川直接坐磁悬浮列车到濠江站，仅是半个多小时，又转乘百利酒店的自动无人驾驶电能中巴，下榻于百利酒店时，也已经是傍晚了。

站在酒店大堂的前站等候开房。 排在前面的两人，手上拿着闪烁着耀眼光芒的钻石卡，好像全是免费！还能升级到套房。

胡敬平打心底有点羡慕嫉妒！

入住了客房，冲了个澡，精神抖擞。老婆没来，不用去逛累人的商场了，直接去楼下的卡西诺看看吧。

没有直接去换筹码。胡敬平独自一人，在卡西诺上上下下走了一圈，其实是真的不懂赌场应该是怎么玩的，也不了解赌场的规则。

289

商谍

有一间偌大的玻璃房间，装饰更是豪华无比！里面的服务小姐年轻又漂亮，托着有吃有喝的盘子，忠实地站在客人的身后，一对一的服务！

偌大的一个VIP房间里，也就只有四五位客人在玩百家乐，安静奢华的！

胡敬平发现，这才是高大上的地方！我是堂堂瑞德集团的总经理！应该是在这样的环境中玩才合适！边想边壮着胆走了进去。

"胡总经理，您好！欢迎您的到来！"一位娇滴滴的美女服务员迎了上来。

胡敬平吃了一惊："你怎么知道我的？"

"我们当然知道有身份有地位的贵宾的光临的啦！"

一句话把胡敬平捧得飘飘然的了！

"可是我没有钻石卡的，能在这里玩吗？"胡敬平有点心虚地问。

"没关系的啦！您玩啦！我马上为您办理钻石卡！您只要给我您的银行卡就可以了！"

服务小姐请胡敬平在一个宽大的沙发上就座，端上一杯咖啡，还配有两小片曲奇饼干。

胡敬平也是饿了，把两片曲奇塞进口中，一口气喝干了咖啡，才觉得有些不雅。

服务小姐将一个金色托盘放在茶几上，微笑着对胡敬平说："胡总经理您好，这是您的银行卡，请您收好！这张是代表着我们百利集团最高贵的客人专享的钻石VIP卡！这代表着您身份和地位！这个卡您在濠江、拉斯维加斯、蒙地卡

第四十七章 赌场得意

洛、布莱克本都可以使用，都具有最高贵客人的荣耀和身份地位！"

胡敬平心跳加快，站起身来，用双手接过了这张闪耀着钻石光芒的，印着胡敬平照片和英文名的卡片！心情激动极了！

这是我胡敬平的身价！这是我胡敬平的荣耀！这才是我胡敬平应有的！

"胡先生，请您在这份VIP贵宾委托书上签上姓名，您就正式是钻石卡会员了！"

胡敬平接过服务小姐递上的金光闪烁的签字笔，庄重而认真地在贵宾单上签下了自己的姓名。

服务小姐请胡敬平移坐在百家乐赌桌边。这是一个舒适的沙发，边上配有咖啡、红酒、曲奇饼和果仁零食等，还有两支硕大的古巴雪茄。胡敬平估计着，单是这些就要上千元了吧？

服务小姐送上一个做工讲究的黑丝绒包裹的筹码盒说："先生，这里是一百万元筹码，不够您说话。"

说完退下。

胡敬平有些迷糊！我没付过钱呢！这是先玩后结账的吗？VIP就是不一样！

看着桌边另外四个玩家，闲庭信步的，叼着雪茄，笃悠悠地在压"庄"或"闲"，翻牌，收进筹码……

胡敬平根据自己的感觉，小心翼翼地把十万元的筹码压下，赢了！再压二十万筹码，赢了！

胡敬平的心脏"怦、怦"地跳动！再压一把！二十万元！

291

商谍

又是赢了!

胡敬平停了一局,喝了口红酒,使心情平静下来。抬头看了一下另外几位玩家,几位玩家也投来羡慕的眼光,点了下头作为回礼。

小赌怡情!胡敬平默念着老婆的告诫!

转身问服务小姐:"我可以离开或是不玩了吗?"

"当然!胡总经理可以随时不玩,也可以随时来玩的啦!"

不过,服务小姐凑近胡敬平的耳朵,轻声细语地说:"一般玩家会在赢了的时候,抽出五到十个点,赞赏给服务员和荷官……"

"哦!给小费?抽水?应该的!应该的!"胡敬平明白是怎么回事了。连忙从筹码中拿出五万元,递给服务小姐。又将装有四十五万元的筹码盒递给了服务小姐。服务小姐恭身接过说:"胡先生您稍坐……"

不一会儿,胡敬平的手机收到了一条短信:银行卡的余额中,显示了收到四十五万元!

服务小姐托着个小盘子,放着一个鳄鱼皮纹的钱夹,打开,取出一张打印的银行进账单,说:"胡先生,您的银行户头里已经收到了四十五万元,请您核对。"

这种感觉真的很好!

胡敬平点头起身,服务小姐还扶了一下,一股淡淡的清香,飘进了胡敬平的鼻腔!

另外二位见胡敬平不玩了,也是结账起身。

"胡先生,你的手气真好呀!"二位说。

第四十七章 赌场得意

"哪里,我是一点也不懂的,今天是碰巧了呢!"胡敬平略显谦虚地说。

"一起去吃饭如何?我们买单!"

"哪里是你俩买单呢?赢钱的买单嘛!"胡敬平客套着。

边说边走,三位谈笑风生地向餐厅走去。

人生,应该是这样的!

胡敬平略有感悟……

第四十八章 鸿运当头

濠江住了一晚,天还没亮,就被手机吵醒了!

老婆哑着嗓子说:"你赶紧回来!妈去世了!"边说边抽泣着!

"呀!怎么回事?"胡敬平想要问个究竟,可是老婆那头已经挂机了。

岳母才过 80 岁,身体一直不错的,住在胡敬平一个小区里的。由于住得很近,两口子就经常在她妈妈家蹭饭了。

前段时间,岳母在小区里摔了一下,股骸骨骨折!在医院住了十几天,出院后在家就躺床上了!怎么就去世了呢?

胡敬平想着,匆匆收拾了行李,退房回了深川。

料理完岳母丧事,闲了一些,又想起了"钻石 VIP 卡",拿出来看着,钻石卡散发着迷人的光芒!

去一次就赢了五十万元!还加上吃住全免!我辛苦劳累一年,年薪才四五百万元呢!

胡敬平明年要跨入半百了!人生能有几个五十岁呢?

看着朱俊逸飞黄腾达的!企业越做越大!如果没有我的协助管理,瑞德能有今天?

瑞德集团,除了产品开发和营销这两头是朱俊逸亲自抓

第四十八章 鸿运当头

的以外，生产、采购、企业管理、办公室、食堂、后勤保障，等等，可以说是吃喝拉撒，都是我胡敬平在打理着！所有的企业规章制度，都是胡敬平一手抓。

总经理？无非是个打工的！对着老板，整天是唯唯诺诺的，连个抱怨都不敢！

做老板有多风光？一呼百应的！

如果我有资本，我也可以开一家电池生产工厂！而且一定会比瑞德做得更好更强！我就同样有身价了！

这是胡敬平日思夜想的梦！

资本？钱？

只是梦而已！哪有这么一大笔的资金呀！

胡敬平胡乱地想着，手中把玩着"钻石VIP卡"！

去年，路过广栋顺乐一道观，步了进去。一道士眉雪须白，手持拂尘，清新洒脱的模样，开口招呼："这位贵人，是要占卦吗？"

胡敬平不迷信，但见这座道观，古风犹存，香火鼎盛，便觉好感！点头称是。

道长双手奉上一个竹筒道："贵人运旺财旺！佛祖保佑！"

听着舒心惬意！

胡敬平摇动着签筒，跳出一根落在地上，恭身拾起，见竹签上书四字："鸿运当头"！

道长哈哈大笑，连说："好签！好签！上上签哦！吉人天相！自有好运连连！"

295

商谍

　　胡敬平心喜，却又嘀咕着说："这签筒内是不是都是上上签啦？"

　　道长一副不悦，说："世人都是一个德行！疑人疑鬼也就算了！疑神疑佛实是不该哦！"说着，竟是气呼呼地将整个竹签倒在了供桌上，有二十余条，愤然地说："按理说，天机不可泄露！但老道要让世人明白！神佛不可辱！"

　　弄得胡敬平唯喏着道不是，边斜眼看着供桌上散落的竹签。

　　除了刚才抽到的那条"鸿运当头"，还有一条"早得贵子"也绝对的是上上签，只是这一般是女子求子的。其余的都不怎么样了，更是有两条明显的下签，下下签了！

　　胡敬平连忙拱手合十！低首磕头！

　　道长这才怒尽悦来，单手作揖道："居士鸿运当头！可喜可贺！机不可失，时不再来！"

　　胡敬平心服口服，心花怒放！生怕道长会推托，摸出一千元放在供桌上，作揖退出。

　　玩了不到半个小时，就赢了五十万元！这绝对是鸿运当头呀！这个上上签很灵验的！

　　道长另外说了一句什么？哦！对了！是说：机不可失！时不再来！

　　机不可失 ！时不再来！这是？这是说，机会要抓住！过了这个村就没这个店了！

　　哈哈！胡敬平如大梦初醒！天助我也！

　　鸿运当头！机不可失！

　　胡敬平手上的"钻石VIP卡"，更是耀烁着强烈的光芒！

第四十八章 鸿运当头

周五刚下班,胡敬平电话与老婆说了声去濠江,就匆匆走了。

百利大酒店高大壮观的建筑,金碧辉煌的酒店大堂,人声鼎沸的游客,穿着制服点头哈腰的服务生,都是那么的妙不可言!

出示了钻石 VIP 卡,前台服务员像是换了个脸似的,甜美的笑容让人愉悦:"先生,您不需要排队等候,请在沙发上稍坐,我们办理了入住手续后,会带您直接入住。"

服务生拎着包,领着胡敬平电梯上楼,打开房门,打开全部的灯光,然后躬身地介绍了一下房间的功能后,退身出去了。

这是一个硕大的套间,外间客厅,中间卫生间,内间卧室。洗漱用品和床上用品,竟全部是国际顶级一线品牌的!

桌上还摆放着水果、小食和红酒!

重要的是,这些都是免费的!住两晚都是免费的!

胡敬平仰天倒在床上!

如果还年轻,一定是会在床上翻个跟头的!

人生啊,如梦呀……

冲个澡,换了件红色 T 恤,下楼。

不急不慢地走到上回的这间福地。

一抬头,看到的就是上次在一起吃饭的那两位玩家。

胡敬平连忙上前打招呼!

"哈哈!是平哥呀!这么巧啊?我们兄弟缘分不浅呐!"两位也是起身招呼!

商谍

上回在百利一起晚餐,三位都有相见恨晚之感觉!

这位白净文雅的,是岛田(香江)贸易有限公司的老板郑田君,香江人,早年在长岛经商,香江的贸易公司只是他偌大的企业一部分。另一位叫小田一郎,是长岛人,郑田君介绍说是他公司的工程师。论年龄,胡敬平略比他俩大两岁,他俩称胡敬平为平哥,胡敬平也只能呼他俩名字了,三人还互换了手机号。

晚餐时聊着各自的家庭,各自的工作,各自的人生观,甚是投缘。

听说胡敬平是深川瑞德集团的元老总经理,两位竟是非常尊重!小田一郎连声说:"这是个了不起的企业!有着了不起的、世界一流的动力电池产品!"

酒过三巡,郑田君好奇地问胡敬平:"平哥,您是瑞德的创始人,是瑞德的功勋!为什么您没有想过自己创业做老板呢?您愿意打工吗?"

……

一句话撩到了胡敬平的心坎里了!可是胡敬平支吾着没法回答。

"哦!是平哥忠诚可嘉!难得呀!"郑田君说。

"哪里呀!我是有此心无此力呀!"胡敬平叹了口气说,"你们知道,早先朱老总创业,仅是几百万元的投资呀!而如今的技术,生产工装,全自动化了呀!没有个三亿五亿的,开出来的工厂,也仅是作坊的档次了呀!"

"那是,那是!"小田一郎完全同意胡敬平的说法。如果达不到先进和规模化的起步条件,产品也是不会先进的!

第四十八章 鸿运当头

不是顶尖先进的产品，投资也是打水漂的！

"所以，您是准备把卡西诺搬空了，再回去开工厂吗？哈哈哈！"郑田君边说边自己也笑了！

"哈哈哈！"

三人一起笑了起来！

"不过，如果平哥你真的要自立门户，投资不是问题！钱我可以给你，借也可以，入股也可以，你可以是没有资金，但必须要有最先进的技术！你有了技术作为资本，你就是大股东，是老板了！"郑田君认真地说。

"产品销售是我的强项！我可以全部包销你的产品！这也是我最感兴趣的，敢于投资或是借钱给你的基础。你的关键是技术！是需要有最最先进的技术！我知道，动力电池已经成了替代燃油能源的最佳途径！这是一个能掌控动力能源的重要产业！前景无量！"郑田君说得有点激动。

胡敬平心生感动！

濠江真是福地呀！又能赢钱，又能遇上能扶持自己完成梦想的知心朋友！

只是第二天一早就匆匆离开了濠江，没有继续谈下去。

胡敬平在VIP百家乐桌前坐下，服务小姐笑容可掬地奉上了一盒筹码。

实战过一次，胡敬平显得老练了许多。

心平气顺地看着显示屏上的"闲"，"庄"走势，煞有介事地研究着！然后拿出二十万元筹码，压在"庄"位上！

开牌！庄家赢！荷官面无表情地宣布。

胡敬平不动声色地，第二局竟是放空不压"庄""闲"，而是拿了二十万元的筹码压在了"对子"上。

开牌，竟然真的是对子！两张"7"！

荷官看了一眼胡敬平，宣布着：庄家赢！对子赢！

胡敬平心里一阵激动！扫了一眼郑田君和小田一郎，他俩竟都是压在"闲"家！一大沓筹码给荷官收了回去！

一百四十万元呵！加上第一局的二十万元，仅仅只是十几分钟，就赢了一百六十万元了！胡敬平暗自窃喜！

第三局，胡敬平看着显示屏上的走势图，捉摸不定，举子难下！放空了。

第四局，二十万元筹码，压在"闲"家，赢了！

第五局，五十万元筹码，压在"闲"家，仍是赢了！

第六局，瞅着"庄"家的位置，感觉"庄"家位像是在闪烁发光！胡敬平心想，压它个二百万！输了就当是没赢吧！不入虎穴， 焉得虎子？

开牌！庄家赢！

"哇！"郑田君、小田一郎欢呼了起来！这局他俩也是跟着压"庄"，也是赢家！只是仅各压了二十万，压少了！

四百三十万元啦！胡敬平手有些发抖！还是胆小！如果压它个五百万？八百万？那就……

"平哥，不玩了吧？赢钱就收手了哦？"郑田君轻声说。

"哦……"

胡敬平想了一会说，听兄弟的！结账吧！边说边拿出四十万元的筹码，抽水给了服务小姐，爽快大方！

卡里又多了三百九十万元！才半个小时啊！爽！

第四十八章 鸿运当头

三人嘻哈着走出卡西诺。

找了个海鲜酒楼,边吃边聊着,还是继续上次的话题。

"平哥,如果开工厂,你希望厂址选择在哪比较好?"郑田君问,好像是已经开始做筹备工作了。

"当然不能在深川的,与朱俊逸抬头不见低头见的。我是尚海人,父母也在尚海,工厂开在尚海是最好的了。"

这叫衣锦还乡,光宗耀祖!胡敬平曾经也是这样想过。

"那朱瑞德,朱俊逸不也是尚海人吗?"小田一郎插话问。

胡敬平愣了一下,他俩也知道朱瑞德?朱俊逸?是我说过的吗?

"这倒也是,老朱总,小朱总在尚海是很有人脉的,如果要找我麻烦,怕也是个事!毕竟是使用了瑞德的技术和工艺的。"胡敬平点头称是,而且有许多专利,是瑞德的,也是绕不开的!

"我在长岛福井有个现成的工厂,原来是制造汽车零部件的,转型了,刚空出来,生产生活一应俱全!车间面积有四万多平方米。如果工厂设在长岛,投资就可以减少许多,而且是可以立即使用的。"郑田君说。

"这个……"胡敬平从来没有想过把工厂办到国外去。

郑田君接着说:"另一个好处是,你和你的家人,包括技术人员,都可以作为投资或技术移民,迁居到长岛。"

移居长岛?胡敬平也是从未想过。不过老婆倒是去了几次长岛旅游后,对长岛国颇具好感。曾经说过,等胡敬平退休后,去长岛居住。

"移居,不一定是要长岛公民。这样,你就可以国内、国外,

301

潇洒地来回。"郑田君解释说。

"更重要的是，工厂在长岛，长岛的汽车制造商可以很方便地采购配套你的动力电池，也很方便销往世界各地！'长岛制造'还是很有市场的嘛！价格也高，利润会更丰厚！"郑田君希望胡敬平能接受他的提议。

胡敬平感觉这来得太快了！

郑田君在说话中，始终是"你的、你的"。这个工厂真的是我的了吗？我真的可以是老板吗？真的可以扬眉吐气了吗？

胡敬平心中窃喜，但没有立即答应，说："让我考虑一下，再决定吧？"

"那当然！不过，机不可失，时不再来哦！"郑田君说。

"机不可失，时不再来？"这句话又在胡敬平的脑海中回荡！这是顺乐道观的道长对胡敬平说的话，今天郑田君又重复了这句话！

真的是"鸿运当头"了吗？一定是！接二连三的财运不断，不都是印证了道长的吉签吉言了吗？

胡敬平斜倚在套房的沙发上，心情极是喜悦……

"叮咚"，悦耳的门铃响起。

胡敬平刚脱了衣服准备洗澡后睡觉，猛听到门铃声，急忙披上客房的浴衣，束了条腰束去开门。

"胡桑！你好！"

一个女子站在门口，深弯腰的鞠躬，胡敬平一时看不出是谁，长岛女子？

第四十八章 鸿运当头

"您找谁?"

女子直了腰,娇艳动人的细声:"郑桑请我来为您提供服务……"

服务?郑桑?胡敬平一时没有反应过来。

"我可以进来吗?"女子微笑着问,声音中透着浓浓的诱惑。

"哦,哦……"

明白了是怎么回事了!胡敬平移开身让女子进了房间。

胡敬平一时犯蒙了,束手无策,坐也不是,站也不好……

可这个女子倒是毫不忸怩作态地说:"胡桑,您可以叫我美子,我能开始为您服务了吗?"

……

第四十九章 "好兄弟"

一觉醒来,竟是快中午了!

躺在五星级宾馆的富丽华贵的套房柔软的大床上,胡敬平感觉极好!浑身轻松舒适!

昨晚上的感受,好像还在……

赢了大把的钞票,又有美女相伴……

我胡敬平真的是时来运转了吗?郑田君绝对是哥们!不但能资助我当老板,还送我美女!以后当了老板,是不是天天都能如此快活了?这个叫什么来着?美子?噢,是叫美子!世上竟有如此柔情似火的女子……

胡敬平想着,嘴角流露出舒心的微笑……

起床洗漱一下,准备先去吃点什么。

手机铃响,是郑田君:"平哥,还在梦里啊?晚上睡得好吗?哈哈哈!"

睡得好吗?这怎么回答啦?胡敬平说:"刚起床,兄弟怎么安排?"

"外面好热的,我叫了送餐服务,到我房间来一起吃些简单的吧?"郑田君说。

小田一郎已经到了房间,郑田君穿着睡衣,迎了胡敬平进来。

第四十九章 "好兄弟"

送餐车是可以拉长的，变成一个类似西餐桌，又铺设了台布。服务员正在熟练地把菜点水果什么的摆好，又在三个水晶酒里斟上些许人头马XO（白兰地），退出。

刚好也饿了，胡敬平端起酒杯，抿了一口，整个眉头就皱了起来！什么XO啦？像是一股咳嗽药水的味道！尚海的黄酒也比这好喝多了！

看着郑田君慢条斯理地在酒杯中搁了几块冰块，摇晃着，然后再品尝着⋯⋯

郑田君嬉笑着说："平哥，说说昨晚上怎么样？哈哈！"

胡敬平说："这个⋯⋯不好意思说的⋯⋯"

"哈哈哈！"郑田君笑着，"咱平哥还怕羞了呢！"

"这才是男人的人生享受嘛！平哥，你到了长岛后，是可以夜夜莺歌燕舞的，哈哈！"

去长岛当老板！又可以夜夜笙歌，欢乐人生！又有这样的好兄弟助力！嘿嘿！胡敬平感觉真的很好！

"好啊！"胡敬平激动地站了起来说。

"决定了是吗？"郑田君追问了一句说，"平哥，技术怎么保证是最先进的呢？我听说瑞德公司的技术主要是由李斌专家担任首席技术官！你能把李斌聘用到长岛工厂担任技术官吗？所有条件都好谈的！"

"这个？"胡敬平一时语塞！

他真的没有好好想过，当老板，开工厂，除了需要投资，需要钱以外，还会缺少什么的？

不过，李斌这个书呆子，是个油盐不进的家伙！胡敬平曾经跟李斌聊起过共同开工厂的事，遭到了李斌的拒绝！

郑田君脸色不怎么好看，沉声说："平哥，我可以投入十几亿的资金，也可以拿出工厂。你呢？如果没有技术，我是说瑞德最好最先进的技术，那你怎么能当老板呢？拿什么做老板呢？"

像是一盆凉水，兜头满脑地泼在了胡敬平身上！一个美梦，好像已经可以实现了，且又立马破灭了！

"我回去后再与李斌谈谈，看看有没有转机？"胡敬平不愿就这样放弃了当老板的美梦！

"我不认为你能说服李斌跟着你走！"郑田君肯定地说，"平哥，你或许可以换个方式，你是总经理，应该能拿到全部的最新技术资料的！"

"哦！对呀！公司的技术档案，是由办公室负责保管的呀！我是可以随时调阅的呀！"胡敬平长长地松了口气！

"你搞错了！瑞德集团办公室保管的技术资料档案，无非是些民用动力电池技术，这些并不是瑞德的核心技术！我要的是'华城项目'的最新技术！要的是军需项目的最新技术！"

胡敬平猛地吃了一惊！

郑田君是非常清楚瑞德集团的！不但清楚，还很了解瑞德的人员和运作！了解瑞德的业务！

郑田君好像不是和我巧遇！一定是有的放矢，有备而来的！

绕了一大圈，这其实是要我提供军需产品的技术资料呀！

胡敬平突然悟醒过来！

"这个不可以！"胡敬平斩钉截铁地说，"民用技术可

第四十九章 "好兄弟"

以,国家军需项目,这是国家的国防战略产品!这是要掉脑袋的!"

郑田君和小田一郎对看了一下,郑田君开口说:"是的,我们要开工厂,就一定是要有绝对领先的技术和技术人员!我们关注和研究瑞德有多时了,瑞德的'华城项目',现在已经升级为更加核心的军需项目了!军需项目中的动力储电技术,瑞德已经是占据世界一流的技术了!星国、长岛都落后了!只要能使李斌为我们服务,退一步,能拿到最先进最核心的技术,我们就能赶超瑞德!胡总经理,难道你就这样轻易地放弃了吗?你好好考虑吧!"话语中透着恐吓!

好好的心情,被一顿午饭弄没了!

胡敬平回到客房,倒身在沙发上,心烦意乱的。

军需项目技术资料?在瑞德的大小会议上,朱总裁一再强调,军需项目的保密措施和重要性!军队代表和国安也是时不时地出现在瑞德!这绝对是不可触碰的高压线!

算了!这个老板梦还是别做了!否则,不知道会发生什么事!还不如多来濠江几次,赢了钱,有了钱!我就是爷!

胡敬平想着,在沙发上迷迷糊糊地睡着了……

第五十章 陷阱

开着冷气,又没盖什么,躺在沙发上的胡敬平感觉鼻塞难受!打了个大大的喷嚏!

是着凉了!

泡个热水澡应该会好些,何况这么奢华超大的浴缸。

浸泡在冲浪模式的浴缸中,胡敬平闭上眼睛,全身心地放松自己,任由温暖的水流,冲击按摩着全身。

整个浴室迷漫在蒸气笼罩中。

猛然感觉,浴室里有一个女人,正在宽衣解带……惊得胡敬平猛喝一声:"谁?"

迷雾中,一声娇嗔声:"哥!是我,美子嘛!"

"你?你怎么进来了?"

"哥,我有房卡的呀!你昨晚上给我的嘛,你忘啦……"说着,美子整个人跨进了浴缸……

猛地,胡敬平抬头看到几个凶悍粗大的男人,站在浴室门口拿着手机,竟是在拍照录像!

胡敬平大吃一惊!连忙跳了起来,边穿睡袍边喝道:"你们是谁?"

"我们是谁?你好大胆!搞我老婆!想死啊?"

没等胡敬平搞清楚是什么状况,一顿拳脚相加,如暴雷

第五十章 陷阱

般地劈下！

美子却是慢慢悠悠地跨出浴缸，朝这几个人挥了挥手，几个凶神恶煞的家伙才住了手。

胡敬平犹如经过了冰火两重天！整个脸都是鼻青脸肿的！站立都困难！

眼睛视线模糊了！一股血腥味！胡敬平伸手摸了一下，手上全是鲜血！

遇上"仙人跳"了！胡敬平猛地想起了这个词！

可以报警的！胡敬平去摸放在洗漱台上的手机！

又遭迎面一拳！

"你们要干什么……"胡敬平怕了！颤抖着不知所措！

"干什么？你找死啊？我待会把视频发给你老婆！发给你瑞德集团网站！发在微博上！"

"不！不要！"

胡敬平慌不择词地叫喊着！

这个视频一扩散，我怎么做人啦？胡敬平额上的汗水，混着血水，又滴下来了！

连爬带扶地走出浴室！冷气一吹，胡敬平略有清醒。

"你们到底是要干什么？"胡敬平心里明白，他们绝对不会是来拍个视频这么简单的！

"要干什么？要么赔偿两千万！要么给郑老板电池技术资料，或者，你也可以选择在这个房间里死去！三选一！"

郑老板？郑……

胡敬平这才猛然醒悟！

"郑田君！我着了你的道了！"

商谍

三选一？

死？当然不能选！技术资料？难度很大！

两千多万元？不是说能用钱解决的事就不算是事吗？可是我哪儿来两千万呀？

可是我手气好！我能赢钱的呀！我正是"鸿运当头"嘛！我可以赢了钱给他们，不就万事俱无了吗？胡敬平三选一的答案很快就做好了："我现在只有几百万元，待会我再去赌一把，给你两千万，这事就了了，是吗？"

"哼哼！可以啊！我们晚上十点来收钱，要是你付不出，你就别想活着回家了！"

胡敬平看着镜子中的自己，用湿纸巾轻轻地洗涤着伤口和青肿，心里恨得咬牙切齿的！

"郑田君！你这个混蛋！我把你当兄弟！当朋友！你跟我来这一套！竟然叫这帮家伙来敲诈勒索我！你有本事别来内地，来的话我一定叫人狠狠地收拾你！"胡敬平深恶痛绝地说着！

两千万？我如果不给他两千万又怎样？不过这是在濠江，举目无亲的地方，还是先吃点亏吧！

胡敬平边想着边整理好自己，可是精神状态明显的不好。

刚走进VIP区，服务小姐就满脸笑意地迎了上来，昨天傍晚给了她四十万元的抽水呢！能不殷勤吗？

"哎呀！胡先生您脸上怎么啦？"

"嗯！"胡敬平摸了下脸说："在卫生间滑了一跤，很难看吗？"

第五十章 陷阱

"还好啦!可要小心哦!"服务小姐边说边领胡敬平在百家乐桌前坐下。

胡敬平扫视了一下周边,有两位玩家在压筹码,金额明显是很大,筹码都是五十万一枚的!

显示屏上的曲线乱而无序!一会"庄",一会"闲"的,毫无规律可循!

胡敬平手支撑着下颚,感觉牙齿有松动感的痛!一阵心浮气躁!胡敬平知道,这不适合赌钱的!

喝了口红酒,又观摩了一会桌面上的胜负,心静气平了些,这才找到了些许感觉!

两千万元?这是活生生地掉在坑里被敲诈!

我前后几次,才总共赢了四百多万元!要完成两千万的任务,这要搏一把的!否则,我真的有可能会回不去的!

鸿运当头!鸿运当头!!

胡敬平默念着!

筹码盒里一共是一百万元,十个十万元的筹码,胡敬平一下就全部压了出去!"庄"!

开牌,补牌,开!

"庄"9!

赢啦!

胡敬平猛地站了起来!喜笑颜开!边座的两个玩家也一起鼓掌叫好!

机不可失,时不再来!胡敬平念叨着,双手发烫!盯着"庄"位,再压一把!两百万!全部推进"庄"位!争取尽快拿下这两千万元!

开牌!

"闲"赢!"庄"输!

胡敬平一下子蒙了!

看看筹码盒,空无一子!

服务小姐微笑着,送上两盒筹码,五百万元一盒!两盒是一千万元!在胡敬平耳边轻声说:"胡先生,悠着点!你的额度到了!"

胡敬平转头看了小姐一下,一千万啊?心里却并无喜悦。

服务小姐手上拿着张一千万元的签单,胡敬平扫了一眼,拿笔签字。

不是有本大赢面大的说法吗?其实我只是输了一百万嘛!但总的来说,还是大赢家的呀!

胡敬平心态略微平静了些。

继续!

手上拿着两个筹码,看着"庄"位,"闲"位,一百万!压"闲"!

开牌!

"闲"赢!

荷官动作娴熟,手势干练利落!

哈哈!小试牛刀,扳回一局!

胡敬平有点后悔,压小了!

这样耗下去,何时才能赢得两千万呀!

看着两个筹码盒里的筹码,共有一千万元!胡敬平突然豪情澎湃!

鸿运当头!再压"闲"!一把将两个筹码盒全部推入

第五十章 陷阱

"闲"位!

惊得另外二位玩家不敢压了!站在桌边,看一胜负!

荷官面无表情,开始发牌。一张"庄"位,一张"闲"位……

开牌!

"闲"6!"庄"9!

庄家赢!

胡敬平突然觉得手脚冰凉!张大着嘴合不拢了!他大大的一口闷气吐了出来!身子才有了点热气。

服务小姐端着杯热咖啡,胡敬平一把撩过,一口喝了。

VIP室玻璃门外,好多人趴着看热闹!哇!一把上千万的啊!豪横啊!大呼小叫的……

输了一千万?总是要扳回来的!否则,哪有钱给这几个混蛋啊!

胡敬平招手示意,服务小姐又搬来了三盒筹码,每盒一千万元!手中拿着签单,胡敬平想都没想,签名落笔!他心里已经麻木了!这是筹码,并不是现金!

眼睛发红!两手发冷!

三千万!胡敬平只是推了三把,筹码盒就空了!

招手呼服务员!

服务小姐仍然是微笑着说:"先生,你的额度已经用完了!"

"什么?什么额度?我堂堂上市公司的总经理!你怕我还不出吗?"

从VIP内室走出一黑色西装男,看着像是经理或是领班的，黑着张脸，请胡敬平一同进了内室。

内室里五六个穿着同样黑色西装的男子，站着如同黑塔似的粗壮！

"胡先生！你已经借了我们四千万元！你打算怎么还？"

"我借了……我借过钱了吗？"胡敬平懵了！

"什么？这是你签字的签单吗？"西装男手上拎着两张纸，上面明显有胡敬平的签名！

这……胡敬平被吓醒了！哆嗦了半天！这……这……四千万啊？我没钱还的呀！

只听"砰"的一声，胡敬平被一脚踹飞在了几丈远的角落！头上血又涌了出来！

黑塔男又一把头发，把胡敬平如拖死猪似的揪到中间！

西装男挥了挥手说："你烂命一条！我不要你命！是要你还钱！告诉我！你是找你老婆呢？还是朋友？老板？"

"我……我能赢的！我能再赢钱的！我鸿运当头……我……"

话还没说完，又听得"砰"的一声，整个胳膊垂了下来！断了！痛得胡敬平满头冷汗，高声喊叫！

西装男也不多废话，把手机塞在胡敬平手上说："你自己找人来保你！没有四千万，你就躺着吧！"

胡敬平大口喘着粗气！仿佛只有出气，没有进气般的！心里想着，这回真的是要死了！

呼吸稍平息了些，胡敬平哆嗦着打开手机，找谁呢？老婆？充其量也就是有几百万的存款！把房卖了也才五六百万呀！

第五十章 陷阱

朋友……

盯着通话记录中的"郑田君"……都是这个混蛋给害的！我杀了你！

慢！

只有他才是个有钱的主啊！手指不自觉地按了"郑田君"！

"哎呀！平哥呀！你想通啦？"

电话那头的声音明显带着幸灾乐祸的样子！

"我！我！"

"哎呀！什么我，我的啦？你在哪里快活呀？有事吗？"

"我……我在百利VIP，给……给他们打了！"胡敬平吞吐着。

"啊！谁这么胆大？敢打我的平哥啊？我过来！"

挂了电话，胡敬平看着旁边，几个黑塔似的家伙，脸露凶相！仍像是黑塔似的，一动不动地站着！

胡敬平发现，这几个明显是地狱的催命小鬼！张牙舞爪的！

半个多小时了！郑田君仍是没到！

如果郑田君不救我，我肯定是死在这里了！胡敬平寻思着，手臂痛得要命！就这样死了？

一阵嘈杂声，吵醒了躺在地上的胡敬平。

郑田君、小田一郎，后面还跟着两个在浴室里殴打胡敬平的家伙！

胡敬平心里后悔！真不应该叫他们来的！可是……

看着疼得龇牙咧嘴的，躺在地上的胡敬平，郑田君阴冷地笑道:"平哥呀!到濠江是来玩的啦!不是来赌的啦!更不是打架的啦!"

转身对着几个黑衣家伙怒道:"他的手臂是打断了还是脱臼了?还不赶快给我平哥治疗!"

一个黑塔似的家伙上前,拎起胡敬平的手臂,一个猛拉,再猛推,只听得胡敬平一声号叫!脱臼的胳膊复原了!豆大的汗珠从胡敬平额头冒出!

胡敬平爬起来,鼻青脸肿的脸上带着羞耻。

"平哥呀!你欠了他们两千万!一转身,你又欠了赌场四千万啊!你这条命可不值六千万的啦!你知道赌场的钱是好欠的吗?一个星期后,赌场的钱可是利滚利的啦!你拿什么还啦……"

胡敬平嘴角抽搐着!

"我是可以救你的啦!可是你却是怎么向我交代啦?我要的最新军需产品资料,你准备好了吗?"

到今天这个地步了,胡敬平知道,不答应下来,死在他乡是一定的了!

"好的,我一个月内给你!"胡敬平咬着牙说!

"你搞清楚啊?我要的是最新军需动力电池的技术配比,生产工艺和技术参数啦!我们是很清楚的啦!如果你在一个月内没有搞到交给我,你、你的老婆、你上海的父母,都会没命的啦!"

"啊?"胡敬平支吾着:"我的事,和我家人没牵连的呀?"

"嘿嘿!你的事?你的命值六千万吗?你愿意就立了字

第五十章 陷阱

据,我帮你还钱,不想立字据,我可不管了啦!"

广栋话的国语拖着"啦、啦"的长音,平时还好,今天听着怎么像是在唱丧歌这么难听啦?

胡敬平明白,今天不是掉坑里,是掉井里了!郑田君手中牵着一根稻草绳子,胡敬平脚已浸在井水中,命悬一线!只要郑田君一松手,此生就命归黄泉了!

"好的!我立!我写!"胡敬平慌不择言地拼命答应着!

小田一郎拿出一张事先拟好稿的内容,叫胡敬平照着稿誊写一遍,签上姓名,按了手指纹印。

郑田君微笑着说:"平哥呀!我们还是好兄弟嘛!一个月的时间内啊!超过这个时限你仍没做到做好,可别怪我小弟了啊!不但是你和你的家人!你的字据和浴室视频都会公开的啦!告诉你,黑龙帮的势力知道吗?"

黑龙帮?胡敬平听说过,杀人不眨眼的一个黑帮组织!我怎么会撞在这个黑社会帮派手上的啦!

是自己作死啊!不作死就不会死的呀!可是悔之晚矣!

第五十一章 鬼魔缠身

胡敬平一进家门,就把老婆吓得不轻!"哎呀呀!你这是怎么啦?怎么脸上都是伤啦?"

"没啥,在酒店门口的台阶上摔了下来,脚踏空了!"胡敬平照了照镜子,发现脸上真的很难看。

"这么不当心呀!是输钱了心情不好了吧?以后别去了,这赌钱也会上瘾的!"

"哪里啦!我运气很好的,赢了好多钱呢!"

"哦!赢钱了也不能多去的,总有输钱的时候的。"老婆劝说着,帮胡敬平把包里的衣物拿出来去洗了。

"问题是你这样,明天还能去上班吗?"

"明天上午还有重要的会议呢,不去不行的。"

走进办公大楼,就遇到朱总和杨一方。

"哎哟!你怎么啦?"朱俊逸看着胡敬平的脸。

"老喽!昨天站在椅子上换个灯泡,摔了下来,把客厅的茶几都撞碎了!"

"这么不小心啊!要多注意啊!"朱总裁关心地说。

"没事,只是破坏了帅气的形象了!"胡敬平自嘲着笑了笑。可是笑起来更痛!胡敬平心里骂了一下。

第五十一章 鬼魔缠身

上午的会议内容是个惊心的突发事件！国安局赵副局长在会上告知周明昌被害了！LHC32项目有泄密的可能！李斌总监和家属受到了严重的恐吓和要挟！而这些都是黑龙帮的所为！

会上宣布了加严管理军需项目的技术资料和技术人员的安全措施。并且把项目专用电脑全部加密锁死了！把生产工艺流程和技术部门全部管控了！

胡敬平懵了！这好像是针对我的一个警告？又是黑龙帮！

黑龙帮不是只叫我一个人偷资料，怎么还有周明昌？还有谁呢？是多头并进？这都是单线联系的吗？

LHC32项目被管控了！我怎么办？郑田君手上有我的承诺字据，写着保证在三十天内交给他最新军需产品"锂硫石墨合成动力电池"！就像是一条索链，捆绑着胡敬平的脖子！

胡敬平是LHC32项目组成员，有项目专用电脑，也拥有完整的项目的文件和工艺流程资料。可是电脑已经不能下载了！插口也都已拆了，已经管控了！

像是热锅上的蚂蚁，束手无策！胡敬平只能打电话给郑田君，告诉他瑞德集团发生的事。可是郑田君却是在电话那头阴阳怪气地说了胡敬平父母的姓名和在尚海的家庭地址，以及胡敬平在深川的家庭住址和老婆的姓名！明显是在恐吓！

胡敬平倒吸了一口冷气！明白郑田君是什么意思！

寝食不安！胡敬平察看了公司的总服务器，项目专用服务器，都无从下手！

319

商谍

看着自己项目专用电脑上的技术文件,有足足的三百多页!整理得整整齐齐《LHC32华城项目——机密》全部资料,就是抠不出来!

一个公司的堂堂总经理,竟然无法下载自己公司的资料!想想也是闷憋!胡敬平摸着自己的脖子,呼吸都觉得越来越困难!

闭着眼睛躺在大板椅上,胡敬平陷入了绝望!

突然,胡敬平如神经搭错似的哈哈大笑起来!真是笨呀!拍照!我对着屏幕一张一张地拍照!不就是三百多张吗?趁着没人进我的办公室,能拍几张是几张,拍个几天不就可以了吗?哈哈哈!天无绝人之路!

趁着办公室没人来,胡敬平断断续续地拍了五天,才把项目资料全部存入手机相册里。

回到家,一头钻进书房,每张照片全部输入电脑,经过裁剪修整,打印成厚厚的一叠文本。

打个电话给郑田君,又是传来阴阳怪气的声音:"呵呵,平哥啦……旗开得胜了啦?"

真想摔了这个电话!可是把柄在人家手上!胡敬平只能是忍声吞气地说:"全套资料到手了,是怎样给你呢?"

"哈哈哈!我说平哥,你可以的啦!你来濠江快活呀!还有个美子说是想你了啦,哈哈!"

胡敬平在心里骂着,嘴上却说:"我送过来可以,你要将我的字据和视频同时还给我的!"胡敬平脑子很清醒!

"那个当然的啦!我们是好兄弟啦!"

"什么好兄弟!我是在用国家的机密换我一家人的性

第五十一章 鬼魔缠身

命！"胡敬平愤恨地自语着！

磁悬浮列车从深川东站上车，穿过珍江横琴，进入濠江，仅用半个小时。胡敬平一路上一直是悬着颗心，提心吊胆的！总是感觉好像是国安的人会突然拦住去路，把他拿下！

到了约好的威尼酒店，这是离车站最近的一个酒店。郑田君和小田一郎二人已经坐在咖啡厅的一个小包间等他了。

"哎呀呀！平哥呀！你早说能拿到资料，不就已经是当老板了啦！"

"老板个屁！"胡敬平骂道，"我的字据带来了吗？"

小田一郎翻看着资料，点了点头说："平哥好本事啊！是翻拍的呀！"说着也是呵呵了！

"哈哈！平哥不要急啦！我是守信用的啦！"说着，把一张纸递给了胡敬平。

"你们把视频删了吗？"胡敬平紧接着问。

"你看着，我现在当着你的面删了啦！"边说边给胡敬平看着手机的视频删除！

胡敬平起身说："我们两清了！以后我们就没有往来的！"转身就离去。

一身轻松！用资料换了性命！是换了全家人的性命！还有，还有这六千万元！也只能是这样了！谁叫我碰上鬼了呢？

胡敬平一刻也不想在这濠江停留，直奔车站回深川了。

胡敬平一夜未眠，翻来覆去地睡不着，想着去濠江的遭遇。

原以为，胡敬平把LHC32项目全部资料给了郑田君，就可以高枕无忧了！就可以万事大吉了！

321

商谍

把军需项目资料给了郑田君还没十天，胡敬平下班回到家，刚在车库停好车，竟是有人拉开了车门，一副贼兮兮的脸硬塞了进来！

郑田君那张丑陋的脸，猛然出现在胡敬平的面前！弄得胡敬平下车也不是，关门也不行！

"平哥你好啦！别来无恙啦……"

郑田君边说边挤进了车的前座，车后座又挤进了一个人：小田一郎！一柄冷飕飕的小刀顶在胡敬平的脖子上！

"我……我……我们不是两清了吗？你们这是要干吗呢？"胡敬平哆嗦着，语无伦次地问。

"嘿！你是在玩我呀？过期了的资料拿来搪塞呀？"

"什么过期了啦？我给你们的资料是今年最新的军需装备产品的锂电池技术资料呀！"胡敬平叫嚷着！可是脖子上顶着的刀，生生地疼！

"我们要的是新工厂的生产工艺和准备在新工厂生产的电池技术资料啦！"郑田君狠声地说，"你这什么资料，我们手上是有的啦！你害惨我了啦……"

"你如果不合作！我会把你的字据、视频和你给的资料复印件交给中央军委的啦！是瑞德集团的总经理胡敬平出卖了国家的军事机密的啦！"

"你！你不是已经把字据还给我了吗？"

"你拿到的是复制的啦！你要多少我可以给你多少张的啦！"郑田君冷笑道。

"你！你这流氓！是你设的骗局！你！"胡敬平感觉脖子在淌血！

第五十一章 鬼魔缠身

"平哥呀!你提供的资料翻拍照片的打印文件上,有你的大把大把的手指纹的啦!这你清楚,是证明了你提供的啦!你如果不继续合作,后果你是知道的啦!"

"啊!"胡敬平如梦惊醒!

这是胡敬平没想到的!这个把柄,比字据,比视频更是恶毒万分呀!出卖了一次,就脱不了身的了!

他在脖子上摸了一下,手上全是鲜血!

胡敬平悔呀!不该去濠江的!也不可能有两清的了!是鬼魂缠身了!

"问题是,新工厂是军管的,是不让进的!施工总图和总平面图倒是有,可是拍照后不显示的!奇了怪了!

"而最新技术?LHC32就是最新技术了呀!李斌虽然说过什么钒钛酸锂固态电池的容量密度可能更先进,可这只是研究方向呀!"

胡敬平哆嗦着说。

"那么,谁能拥有全部的技术资料?"郑田君问。

"是军需部的几位专家,不过他们也好像是各归各掌握着的吧!或许李斌和朱俊逸有最新技术研究的进展?我不知道的!"胡敬平说的是事实,但也是想甩锅!

小田一郎放下手中的刀,从背包里掏出个小纸盒给胡敬平,说:"这是'视网膜解译镜相机',是可以解除视网膜预设置的照相机!这个可以拍摄用'视网膜显映技术'制作的图纸的,你明白了吗?注意!这个相机,可以销毁,不可暴露!"

胡敬平听懂了,这真是一物降一物的存在!没有这种工具,胡敬平尚可推诿搪塞,可是……

小田一郎又掏出个纸盒说:"这是独立基站的量子加密手机!以后与郑桑联络,必须用这个手机!同样,这个手机可以销毁,不可暴露!"

胡敬平知道,从此就脱不了卖国的干系了!

胡敬平回想着,一丝睡意全无,浑身冷汗……

周明昌死了!叶明失联了!我的结局会是怎样的?也不会有好的结果的!

第五十二章 背水一战

黑龙商贸株式会社的会议室，社长木村一郎穿着黑色，绣着白色"村"字家族徽记的和服，叼着烟斗，步履沉重地来回踱步着。

松本井田、渡边川三、小田一郎和柘村田丸等也是惶恐不安地站立着。

会议桌的一端，坐着气势汹汹的星国郎能士股份有限公司老板约翰逊。

安洋电池股份株式会社的社长木村太郎则是面无表情地闭着双眼。

约翰逊怒吼着："二十年前，我没听说过什么瑞德！他只不过是尚海金浦渔村边上的一个小作坊！而今天，瑞德已经发展成为世界第一规模的动力电池制造集团！不但规模第一，技术也竟然是第一了！

"一个李斌！星国斯坦福大学电储能博士，从我们星国学到了电储能高端技术！一个周明昌！从你们长岛早稻田大学毕业，又在你们的村上电池实验室工作，然后把你们的技术偷了回去！一个星国的技术，加上另一个长岛的技术，这两个理应是世界上最好的技术，却是在中国获得了二者最好的结合！获得了最佳的合成反应！获得了电储能技术世界领先的水平!

"而你们愚蠢到了竟然把周明昌给杀了!你们不懂人才是企业最重要的资源吗!

"而我们合资企业的安洋电池株式会社呢?理应是世界第一技术的!第一规模的!这几年竟是靠着剽窃中国瑞德的技术在生存!

"十几年前,中国的锂电池开始用于民用车船。而今天,可怕的中国锂电池已经开始用运于军用坦克、军用飞机、军用舰艇上了!

"中国政府是绕开了燃油引擎技术的落后,而跳跃到了电动机引擎技术,跳跃到了储能电池的供电容量和高技术性能上了!

"而我们呢?我们却被中国瑞德抛弃了至少有五年的距离!更重要的是,中国瑞德的电池不爆不燃!而我们安洋的电池,却是在平板电脑使用中能爆燃!在手机使用中能爆燃!然后,我们大笔大笔的赔偿用户损失!

"我们星国的强大,靠的是什么呢?一是武器装备!二是星元!如果星国的武器装备,飞机船舰都落后于中国了,续航能力都不如中国的,星国拿什么去强大?

"国防部非常恼火!我们已经不是承受赚钱的压力了!而是国家的压力,是政治和军事的压力了!

"DARPA的官员却说:不就是锂离子,三元催化石墨,再加上什么钒呀、钛呀,硅碳的元素合成吗?这难道比我们的航空母舰,比我们的导弹还难吗?问我为啥会落后于中国?我也是无语了!

第五十二章 背水一战

"国防部要求我们的合资企业安洋电池,必须要在一年的时间里能提供最先进的动力电池产品!技术性能指标必须要超过中国瑞德!特别是在军用电池领域的技术和性能参数上!否则,我们就只能退出合资!也可能是死!而且你们将面临巨大的赔偿!"

安洋电池株式会社社长木村太郎睁开眼睛,揉搓着被约翰逊吵得发痛的耳朵,心里暗骂了一声:八嘎!可是嘴上仍是"哈伊、哈伊"着。

"是的,约翰逊先生说的,是我们安洋最大的问题!近几年来,我们安洋在锂合成电池容量和技术上,已经远远落后于中国制造了!特别是在几年前的用户电脑电池和手机电池发生爆燃,致使索赔案纠结不清,巨大的理赔后一蹶不振!与瑞德的差距越来越大!

"要想马上能赶上中国,这在目前是没有可能了!

"去年,我们是用了瑞德高层提供的技术资料和工艺参数,才使我们赶在瑞德前面,推出了9千瓦小时／千克容量密度的硅碳锂合成动力固态电池,但这只是瑞德的民用产品。

"而瑞德在中国军方的帮助下,最近已经建造了占地达38公顷的,全新的,巨大的生产厂房了!估计在这个新厂房里,还会生产磁悬式变频调速电机!我们发现,东海电机的老板闵东海最近一直出现在深川!

"新的工厂是军事管制的,而且是设置有电离子隔离层网的!从'丸红3号'通信卫星发回来的照片上看,竟然显示是空白的一片!

"但我们今年拿到的资料是12千瓦小时／千克容量密度

的LHC32 军用项目的合成锂电池，但资料中却是没有丝毫防爆燃技术！"

"我们尝试着按LHC32的技术资料复制合成锂电池，但根本达不到12千瓦小时/千克的容量密度！实际仅仅是8千瓦小时/千克！资料是假的！

"我们尝试着锂电池的防爆防燃性能研究，但目前没有效果，没有进展！

"我们不知道瑞德是怎么做到的！就算我们的容量密度提高了，而仍然是易爆易燃，这种技术是不能用于军需工程中的！

"另外，据我们了解到的更可怕的消息是，瑞德同时在与京华大学和尚海的两所大学合作，有研发15千瓦小时/千克容量密度的最新合成固态电池的动向！可是这两所大学只是做聚合物的研究，我们没有获得可供参考的情报资料。

"这个技术如果成了产品，是更加惊人的！这会惊动世界的！

"这些，如果靠我们目前的安洋，那恐怕再加五年也赶不上！就算我们努力在赶，可是瑞德也不会是趴着睡觉的呀！

"所以，我们目前唯一的、最有效最快速赶上世界技术前列的途径，能使动力电池性能获得DARPA的认可，就是：不惜一切代价！从瑞德这里弄到最先进的15千瓦小时/千克容量密度的技术！或者是人才！这是当务之急！非常急！"

松本井田沮丧地说："我们已经花了很大的努力，利用了三个瑞德高层为我们服务。我们仍然是在瑞德公司中寻找着可以为我们服务的人员，可是，在瑞德高层中，现在我们

第五十二章 背水一战

仅剩下一个非技术性人员了！而且，新瑞德的管理和保密措施已经全部由军方接管了！我们没有可能与中国的军方去对抗的！据了解，目前的瑞德，除了军方专家外，可能只有朱俊逸总裁和首席技术总监李斌，有掌握着全部或部分最新技术的可能。"

"那我们可以找一下朱俊逸总裁或者李斌总监吗？"木村一郎狠凶地发话问。

"最好是李斌！"约翰逊插话说，"可是必须是要活着的！"

松本井田摇着头说："朱俊逸总裁除了有军方人员保护，他的身边还有个叫杨一方的保镖，是个中东战役中退役回来的特种兵！是个厉害角色！而李斌自从我们挟持过他以后，不论上下班，或是外出，或是在家，除了有'云天网'监控着，至少还有两个武装的军方人员暗地里随时保护着！根本无从下手！"

"他俩没有家属的吗？"木村一郎恶毒地，几近疯狂地说。

"这……"

松本井田支吾着说："朱俊逸总裁的老婆近期在深川，我们曾经准备抓住她后要挟朱俊逸的，可是给杨一方救走了。他父亲住在尚海，他女儿在尚海复兴大学读书。李斌的老婆和儿子都在南洋。而我们黑龙帮的势力因贩毒，在十几年前就被南洋政府清除了！短时内也没有东山再起的机会！

"我们在中国的人手不够，特别是武器装备几乎没有。梁百志的马峦山据点给深川公安武警攻破了后，武器装备和人手更是没有了，马雄又不肯与我们合作。如果对他们家属动手，逼迫朱俊逸或者李斌交出技术资料，这必须是要动硬的。"

"马雄是谁？是那个在长岛卖冰毒的吗？"木村一郎问。

"是的，马雄在广栋地区是有些人脉的，他有着不小的黑道势力，自己也有钱。"松本井田回答。

"开了个什么皇冠会所吧？把他这会所灭了，看他还不出来？"木村一郎豪横惯了，不加思索地说。

"这个有点难！而且反而会适得其反！"渡边川三插话说，"我们曾经要绑架金诗娜，逼周明昌就范。可是马雄跳了出来！我感觉，马雄或许是在追求着金诗娜。"

"金诗娜？这个名字怎么很熟呢？"木村一郎问。

"是的，她是木村井一的女人，木村良诗的妈妈，这段时间在长岛，和她女儿住在一起。木村良诗是老太爷的小心肝哦！"松本井田回答。

其实松本井田对金诗娜也是颇有好感，在深川天琴湾酒吧餐厅见过几次金诗娜。所以，在后面特别加了句，她女儿是老太爷的心肝宝贝。是想尽量不要将金诗娜作为筹码。况且，哪一天木村井一认了金诗娜为老婆了，加害过金诗娜的人，是没有好果子吃的！

"哦！和井一没成婚但生了个女儿的那个女人？如果把金诗娜做抵押或是什么的，逼迫马雄为我们做事，可行吗？不过老太爷挺看重她的呢！"木村一郎嘴角露出一丝嘲笑着说。

约翰逊摇着头大声说："我不管你们用什么手段！我要的是时间！时间！国防部要求我，必须要在三个月的时间里，

第五十二章 背水一战

证明给他们看，我们安洋是能够做到最先进的！"

安洋电池社长木村太郎看了一眼自己的哥哥：黑龙帮首领木村一郎。脸上挂着一丝微笑，眼睛中却是冒出一股凶狠的杀气！

木村一郎哆嗦了一下！知道这个二弟的眼中蕴含着什么！在木村家族中，真正掌握实权的，是老二木村太郎！

木村一郎挺直着身子，大声吆喝着说："今天！我宣布！我们要对瑞德的新技术发起战斗！中国瑞德的新技术是从星国窃取的！是从我们长岛国窃取的！我们必须要去夺回来！不惜一切代价！"

"你们！听明白了吗！"木村一郎看着松本井田、渡边川三他们，怒吼着说，"只有一个月的时间！否则你们都将……"

"哈伊！哈伊！"

松本井田、渡边川三、小田一郎和柘村田丸等人胆战心惊地齐声哈腰高喊着！

商谍

第五十三章 树欲静而风不止

新瑞德和新东海相继开业生产，一切顺利。前期在瑞德生产的 LHC32 的订单，也全部移到了新瑞德生产。这样，民品订单在瑞德生产，军品订单在新工厂生产，管理也容易多了。

国安指派了一名处级官员，暂时负责新厂区的安保管理。厂区内外也时不时地能发现有国安的保安人员在巡逻着，一切井然有序。

军方代表卢新宇少校暂时驻在新瑞德和新东海，协助和关注着新工厂运行中可能会出现的问题，以及产品的质量管理。

而新工厂的各部门，但凡有事，不论是不是该卢新宇分管，都向卢少校汇报商量，都称呼他为"卢总"。弄得卢新宇推托也不是，接受也不是。几天下来，卢新宇就成了没有任命的"总经理"了。

李斌的技术团队中又加入了几位从京华和大通大学调来的年轻教授，一起对 LHC32 项目的新储能电池的钒钛酸锂电池做最后的攻关检验，以期达到容量密度 15 千瓦小时/千克的目标。经过京华和大通大学实验室在前一年里的共同协作努力，在元素反应合成工艺技术方面，已经能获得非常稳定的聚合物固体电芯技术了，李斌对此特别满意。

第五十三章 树欲静而风不止

搞技术的,最具幸福感的莫过于此生的理想,都能实现!

朱俊逸的责任和担子就更重了!办公室虽然仍在瑞德大楼,但心却系着两边。朱俊逸曾和姜部长提出过,新瑞德可以由军方委派一名总经理或是管理团队过来,比如卢新宇。可是姜部长没有同意,只是呵呵着说:"我说过,老瑞德也罢,新瑞德也好,都是你朱总裁的私营企业!我们军方只是配合协助,我们只是一家需要产品的用户而已!"

一切看似风平浪静⋯⋯

胡敬平心情一直是明显的不好!朱总裁也感觉到了,问过他几次,胡敬平也只说是胃不舒服,没事的。

可是,反拍的施工图,也只是他手上仅有的几张厂区总平面图,真正的分图和详图都是在杜明杰和卢新宇手上。而最新的动力电池,只是在项目组会议上听李斌介绍了今后的方向:15千瓦小时/千克的高容量密度,还有什么"钒钛⋯⋯"胡敬平连记都记不住!

几张翻拍的施工平面图,郑田君不让发邮件或是QQ(即时通信软件),只能专程送到了濠江。郑田君很不满意!又说不清到底是要什么!反正电话里都是敲诈和恐吓!粘上了,甩也甩不了!

新厂房的生产和管理按部就班地正常进行。自动化程度高了,是机器管理着人的了,更是没有胡敬平什么事了,去了也发现不了什么秘密。

周明昌死了,叶明又失联了有半个月了!也不知道是死是活！公司竟然没有说起过叶明是怎么了！堂堂的一个办公室主任不见了，竟然是无声无息的？绝对不会是好事！朱总裁只是任命了林雅琴代为管理办公室的工作。

烦躁得很！胡敬平知道，自己早晚也会是周明昌的下场！苟且偷生吧！

只有杨一方，仍是时刻绷紧着弦一般。

最近这几天，杨一方总是觉得，首长上下班或是外出去开会什么的，隐约有车跟踪。跟随着的车也没什么动作，杨一方几次停车，跟踪的车辆却是顾自开走了。

杨一方又在手机的"云视频"中发现，大梅沙爱琴湾山庄的别墅，首长家的围墙外，几次有人影闪过！

杨一方把自己的疑惑告诉了侯子华，侯子华查看了，同样也有疑惑，也要求杨一方要随时保持警惕！并告诉杨一方，已经有警员在小区内守护。

首长的这辆揽胜车上，是设有传输定位器的，具有国安和公安的双定位监控系统的，这是在李斌总监被挟持后就装上的。侯子华说："你家首长的车，是随时在刑警大队或是国安的眼皮底下的。"

可是杨一方总有担心！如果有事发生，等你们赶到，岂不是马后炮了？

树欲静而风不止！

第五十四章 为了金诗娜

9月18日是周六，皇冠会所的生意比平时更是红火热闹。

马雄向新老客户们打着招呼，指挥着各部门经理接待好客人，忙碌得汗流浃背。

已经很晚了，猛一抬头，马雄看到渡边川三和东馆鸿泰会馆的馆长梁晓明，在小包房内落座，倒是吃了一惊！

自从五月中旬，渡边川三和松本井田来皇冠会所后，出了好多事！马雄也差点被卷了进去，就没见渡边川三再来过。

怎么？那个梁百志差点把马峦山的教堂给掀了！梁晓明又与长岛人混在一起了？

梁晓明笑哈哈地说："看你一直在忙着，看来是没人能为我们买单了！老朋友来了也不进来一起坐呀？"

也的确是老朋友的，二十年了！2011年，马雄为了躲债，只身去了长岛，是渡边川三把马雄拉进黑龙帮的圈子里贩毒，才最终有了今天略有自己事业的马雄。

马雄和渡边川三打着招呼，边叫服务员进来点菜。服务员对马雄做了个手势，马雄发现，这名服务员怎么没见过呢？立即明白了！没有多说什么，只是把菜名叫服务员记下，又加了瓶长岛产的龙泉清酒。

是国安或是公安盯上渡边川三了！马雄心想着。

马雄若无其事地看了一下梁晓明,哈哈着说:"梁大馆长是要重操旧业了吗?现在可是查得很严的哦!"

"不是啦!是渡边先生要找你一起喝个酒啦!"梁晓明推诿着。

"渡边先生没有特别重要的事,是不会来的,是吗?"马雄明知故问道。

渡边川三明显是不想聊天,喝着清酒吃着菜说:"没事,去香江旅游,想来看看老朋友而已的。咱马雄君现在是财源滚滚呀!这个会所多兴旺呀!嘿嘿!"

"在深川多住几天哦?"马雄问。

"没有啊,在你这里蹭了饭就回去了,想念朋友了嘛!"渡边川三流露着闷闷不乐的心情。

没坐半个小时,他俩就吃好了,渡边站在会所门口,点了支烟说:"马雄呀!你这个窝看来也是不能来的了!"

"怎么了?我的酒菜不好吃吗?"

"你的服务员你认识吗?这是公安的吧?"渡边川三吐了一口烟。

"呵?你是说我的服务员?"马雄惊奇地问。随即明白了,是渡边川三嗅出了那个人不是服务员!

"别说你的酒菜不好吃,连讲话都不可以了啦!在会所里还能说话吗?不过,这会所门口也是监控摄像头哦!"渡边川三摇了摇头。

"有什么事吗?"马雄问。

渡边川三看了一眼梁晓明,梁晓明连忙哈腰了一下,转身对马雄说:"马老板,渡边先生是找你有些事,否则,先

第五十四章 为了金诗娜

生是不会冒着危险来的啦！"

看着渡边跛着步子走到了会所的花园中，马雄明白，渡边川三是在避开监控，也只能跟了过去。

渡边川三看了下四周，又点了支烟，对马雄说："我家老大带话给你，我们要对几个人动手，需要你和你的兄弟一起帮助！"

"对谁动手？"马雄吃惊地问。

"瑞德的高层人物！我们并不是要他们的性命，而是要逼迫他们交出最新的技术资料！"渡边川三阴狠地说。

"这是瑞德自己的技术！何况今天的瑞德已经不是昨天的瑞德了！你去看看，在盐山区的梧桐山下，你沿着新的厂房走一圈试试？有七八公里呢！占地有三四十公顷之巨！而且全部是军方军管着的！你总不会要与军队对抗吧？别做梦了！"马雄严肃地说。

"我知道，我们这几天观察和分析了朱俊逸和李斌的上下班路线和平时的生活，的确很难下手！至少两名武装人员全过程保护着！我们决定，对其家属实施偷袭或抓捕，以逼迫朱俊逸或是李斌就范，用技术资料换取和拯救家属的性命！"渡边川三好像是已经过了深思熟虑地说。

"李斌家属在你们上次的挟持后，好像已经去国外了。"马雄其实也是听说。

"是的，但至少朱俊逸的家人，父亲和女儿在尚海，老婆在深川嘛！"

"马雄！你是我们黑龙帮的精英！你必须要听从命令！组织强有力的人员，协同我们一起战斗！

我们会提供武器！更是会提供大大的钱！是巨额的，大大的钱！"渡边加重口气，重复地说！

"哈哈哈！钱？我要钱干什么用呢？我缺钱吗？哈哈！"马雄很清楚！黑龙帮这是在与国家机器作对！何况是在中国，与中国的军方作对！这是必死无疑的！

"马雄！我家老大说了！如果你不协同，可能哪一天，你的皇冠会所会一把熊熊大火，烧成灰烬了！或许，你也会陪伴着你的会所，一起化为灰烬的！"渡边一计不成，又生一计！

"哈哈哈！"

马雄竟然更加狂笑不止！"渡边君呀！这样我就更要好好感谢你啦！哈哈！告诉你，我这幢房子是有保险公司承保的！这房子如果现在卖了，最多值三个亿吧？可是我保险的可是五个亿哦！你把它烧了！我不得要好好感谢你啊！哈哈！除非我一起烧死了，那我就先设立个什么'马雄基金'或者叫'皇冠基金'，你看看是哪个名字好呢？哈哈！"

渡边川三给马雄笑得汗毛都竖起来了！脸色发白！要是现在是在长岛，早就一枪崩了他了！

"哦！马雄你是钱多了！无所谓了是吗？那么，金诗娜在遭受着苦难，你也是无动于衷是吗？"

"什么……你说什么？"马雄猛地听到渡边提到金诗娜！

渡边川三吐了长长的一口气！总算是踩着了马雄的要害点了！八格！心里骂了一句！掏出手机，打开视频，给马雄看。

视频显示的是一间灯光昏暗的杂物间或者像是车库，墙角上绑着一个马雄再熟悉不过的，令他日思夜想的女子——

第五十四章 为了金诗娜

金诗娜!

只见金诗娜挣扎着,听不清在叫嚷着什么!但是金诗娜已是衣衫褴褛!脸上鼻青眼肿,惨不忍睹!

马雄一把揪住渡边川三的前襟,急吼一声:"你们把她怎么啦……"

"别激动嘛!我家老大,木村一郎,知道的吧?是老大亲自动手,先是要叫金诗娜回来劝你合作的,她不肯!老大恼怒了!就把她绑了起来!老大看她美貌,是真的漂亮啊……想要把金诗娜据为己有……如果金诗娜不从,那下场可就会很惨了……"

"什么?木村一郎!我要宰了你!"马雄咆哮着!

"我去长岛!去救金诗娜!"马雄叫嚷着。

"好啦!你别叫呀闹呀的了。你能去长岛,但你能进黑龙帮总部吗?黑龙帮总部能让你活着出来吗?"渡边川三冷笑道,"你冷静一下!好好听我说!"

马雄整个人杵在那里!

"马雄,你组织十多个人,是要敢打敢拼的那种!我们会提供每人用的武器,会安排人跟你联系!这是你的专用手机,这个手机在中国是查不出的。你的任务是听我的指挥:把朱俊逸老婆安安绑了!找个破地方关起来,拍摄视频给我!你们要供吃供喝的。我们不是要杀人!后面的事我们做:我们是要叫朱俊逸拿出技术资料换老婆!"

"去哪里绑架安安?"

"朱俊逸家里!白天朱俊逸去公司了,杨一方是一起去的。家中仅留下安安和妮妮两个女人,绑一个或者绑两个都

339

可以。你要押着朱俊逸老婆,直到我通知你放了。"

"绑架了安安,我就结束了?不趟这个浑水了?金诗娜就可以回来了吗?"马雄追问着。

"不是,在绑架了安安后,你还要去绑架李斌!我们人手不够!同样,必须要分别扣押在不同的地方!拍摄视频给我!"

"怎么可能?我不干!就算是绑架成功,我以后还能在深川混了吗?"马雄还是决定不干!

"我们得手后,会立即安排你去长岛,与金诗娜相会,木村家族已经同意了!另外,你会获得很多的报酬!你会在长岛与金诗娜一起,生活得很快乐!或者任你去哪里!如果你不干,那么,金诗娜就惨了!不是马上会死哦!是会在黑龙帮众人的摧残下……"

"别说了!为了金诗娜!我干!但如果我发现你们没有好好保护着金诗娜!如果金诗娜受到一点点的伤害!我会跟你们拼命的!"马雄咆哮着说。

"我们说定了哦!你明天上午会收到需要的武器和手机!你必须要亲自打开的哦!"

渡边转身,和梁晓明消失在黑暗中。

马雄仍是在号叫着:"金诗娜!我会去救你的!我会冒死救你的!"

第五十五章 菲菲被绑架

瑞德大楼八楼会议室，朱俊逸和林雅琴、杨一方，在接待来自南洲城市车辆制造公司的客人。这家客户是瑞德的老客户了，也是南洲电能动力城市公交车辆的最大的制造商。

朱总裁的手机发出振动声，为了礼貌起见，朱总没去接听，递给了林雅琴。

小林拿过手机就立马大叫起来！

一段视频中，是朱总裁的女儿菲菲，被五花大绑着！小林惊慌失色，立即拉了朱总过来，把手机递给了她，可是人还是在哆嗦着！

朱俊逸看着小林惊慌的模样，皱了皱眉头，看了一眼手机上的视频。猛然！朱俊逸像是被卡住了脖子似的，说不出话了。

杨一方发觉不对劲！也窜到首长面前，看到了手机上的视频。

时间是10:28！

是菲菲在嚎声哭叫的声音，掺杂着有骂人的声音！

菲菲整个人被绑成粽子似的，挣扎着，脸上淌着血水。

朱俊逸整个人都惊了！拼命地对着手机喊着菲菲！菲菲！

商谍

可这是视频，不是可以对话的。

杨一方立即将首长手机上的视频传到自己的手机上，并拨通了郭华鸿的电话。

郭副局长猛地看到来电显示是杨一方，接通电话就急切地问："小杨，怎么啦？出什么事了吗？"

因为杨一方从没打过郭华鸿的电话！

"郭局，"电话那头杨一方的声音更是急切惊慌："菲菲被绑架了！我马上传送视频给你！我不知道视频是从哪里发出的！也不知道菲菲在哪里？老爷子呢？好吗？"

杨一方挂了电话，又拨打了徐佩卿电话、赵之峰副局长电话！把菲菲被绑架的情况向他们做了汇报和求助。

手机响了一下，菲菲的视频传到了郭华鸿的手机上。

郭副局长绝对的大吃一惊！菲菲是在复兴大学住校的，一般周五下午回家，周日晚上返校。今天是9月21日，是星期二，她应该是在学校的！上午没课吗？怎么会？

对着桌上的总机电话，按了下免提，接通了刑警总队，大声喊叫："曹建军呢？立马叫他上来！"

"郭局！我在你办公室呀。"刑侦总队长曹建军站在郭副局长的桌前，有些莫名。

"哎呀！我是急糊涂了！小曹，你立刻安排查一下，菲菲，噢，朱安菲！我的外甥女，被绑架了！是在复兴大学研究生院读书的学生！"

"我知道菲菲的，我认识！我立刻去处理，郭局你不要太着急了！"曹建军边说边跑出了办公室。

郭华鸿担心着老爷子，杨一方在电话里特别问了老爷子

第五十五章 菲菲被绑架

好吗？老爷子也会出事？立刻拨打老爷子家里电话，响了好一会，竟是没人接！这下慌了！连忙拨打老爷子的手机，又是响了好一阵，老爷子才接了电话。

郭华鸿心急火燎地询问："爸，你好吧？你在哪里？"

"华鸿啊？有什么事吗？我在松昆民宿，和一些老朋友一起出来住几天呢！正在打麻将呢！哈哈！你家俊涵不放心，也一起在呢。她没跟你说吗？"

"爸，没事的。我只是问个好！爸，如果有什么事，如果有陌生人找你，千万不要搭理他们！或者立即告诉我哦！"

老爷子"噢、噢"地应着，心里感觉怪怪的！哪有什么陌生人啦？

朱俊逸仍是呆愣着不知所措！

南洲客人明显感觉到是朱总裁家里发生了什么重要的事了，知趣地离开了。

杨一方只能是安慰着首长："别急！郭局一定会有办法的！"

朱俊逸的电话又响了，显示是个9位数的短号。杨一方抓起手机，同时按下了录音键和免提键。

"是朱总裁吗？视频收到了吧？"声音明显是作了变声处理的！

"你是谁？你想要干啥？"杨一方狠声地问。

"哈哈！你是杨一方啊？你叫朱总准备好李斌总监正在研发的最新的15千瓦小时/千克的防爆防燃动力电池全部技术资料，来换他的女儿！我会在下午告诉朱俊逸在哪里交换，希望你的老板准备好全部技术资料，只能朱俊逸一个人来。

商谍

你一起来或者是报警,他的女儿就没有了哦!哈哈!他的女儿还挺漂亮的……"对方挂了电话。

朱俊逸搓着双手,惊恐揪心地在办公室转圈。

杨一方将刚才的电话录音同时转发给了郭华鸿、徐佩卿和赵之峰。

徐大队长马上回了电话,说:"这个电话是私人基站,应该是在广栋东馆地区的!我们开始准备搜索。"

赵之峰来电,说:"视频是经过二次转发的,第一次的频根是发自尚海市杨江区的黄兴体育公园,第二站转发的是在广栋东馆,位于东城中路旗峰公园附近,我想应该是鸿泰武馆!我们已经通知了国安尚海局,同时,尚海局已通知了尚海市公安局协助,出发去复兴大学和黄兴体育公园了。

我们也同时出发去东馆,杨一方,你现在锁定这个电话号码,并随时注意来电情况!"

"是!"杨一方立正道,如同战士将要奔赴战场。

杨一方又习惯性地回拨了那个9位数的电话号码,听到的是手机台的"查无此号码,请查询后重拨"。

朱俊逸猛抽着烟,坐立难安……

"他们怎么会知道15千瓦小时大容量密度的最新技术的呢?还没有投入生产呀!"朱俊逸惊悸着自言自语。

林雅琴心疼地看着朱总,说不出更好的安慰话语,轻声地说:"至少,敌人没有办法获得我们的最新技术,才会用这下三烂的手段!我们的公安,国安会全力侦破的,菲菲会没事的!"

朱俊逸仍是猛抽着烟!技术资料换女儿?家人重要还是

第五十五章 菲菲被绑架

国家利益重要？国家利益重要还是家人重要？心烦意乱地反复地想着！

三个人都没有吃午饭，紧张地盯着手机！

郭华鸿与复兴大学保卫处处长通了电话，了解了朱安菲的班级每周二上午都是没课的，同宿舍同学说朱安菲有每周二上午去体育公园跑步的习惯。

调看市公安局网格中心的总监控，调到复兴大学校区的研究生院公寓楼外，时间显示：2032.9.21.AM8:46；朱安菲穿着白色运动装，轻快地骑上停在公寓楼下的自行车；9:12到达黄兴体育公园门口，下车后慢跑着进了公园。

黄兴体育公园景色宜人，绿色的橡胶粒跑道上，有不少的年轻人在跑步。偶尔看到朱安菲抬手，像是与熟人打招呼。

9:46，屏幕显示，朱安菲离开跑道，去自助饮料机买饮料。

小卖店外有几张小桌和椅子。其中一张桌子上坐了三个也是穿着运动服，戴着鸭舌帽的男子，在喝着饮料。

屏幕显示，朱安菲拿着瓶装饮料，单独坐在另一张桌子上。

一个男子走近朱安菲，像是要搭讪模样！

曹建军把视频放大，但还是看不清几个男子的脸。

朱安菲没有搭理，起身去厕所了。

三个男子也进了厕所。

"出事了！"曹建军叫了起来！

显示屏上时间在过去，郭华鸿盯着屏幕，没看到菲菲出来，也没看到三男子出现。

曹建军扫视着厕所的四周，仍是没有踪影，厕所背后是

345

商谍

茂密的竹林。

扩大范围,也没有看到有朱安菲和三个男子!

"赶快行动!走!"

叫监控中心的警员继续盯着。郭华鸿站起,曹建军也跟着出了监控中心。

郭华鸿副局长、曹建军总队长率领刑侦总队警员,直升机直接降落在黄兴体育公园,扫起了一片落叶。

出发时,尚海国安总局直接电话给郭华鸿,说国安和武警警员也出发去了黄兴体育公园。

市公安局苏局长强调指出:"这是一起针对军备技术的重大刑事案件,必须全力以赴!不惜代价!救出人质!抓捕罪犯!"

郭华鸿和曹建军,直接到了黄兴体育公园的厕所,已经有佩着国徽的国安的警员到达了。

厕所很一般,一个洗手间,男左女右,干干净净的。

在洗手间的地方另有一个小间,是卫生管理人员放置工具洗涤剂和手纸的地方,已经是杂乱不堪的了!明显有打斗挣扎过的痕迹!

地上有一个手机,玻璃屏已经碎了,但还能使用!是朱安菲的!来电显示中有一连串的未接电话,都是"爸爸"的来电。

小间的墙上有一气窗,是微开着的,只是透气而已。

这里确是案发现场和视频现场!可是人是从哪里出去的呢?

洗手台!

第五十五章 菲菲被绑架

郭华鸿发现洗手台下方的不锈钢贴面有明显移动过的痕迹。

曹建军爬下去，拉开不锈钢的贴面，竟直接露出了厕所外面的绿化植物！这是为了维修水管而简化了装修的。但是要从这里爬出去，难度也是不小，除非是你推我拉的。

厕所后面的泥土已经踩得一塌糊涂了！众多的鞋印明显而杂乱！刑侦的警员收集着脚印和手纹。

厕所后面长满了蔷薇和紫藤植物。离厕所后面仅五米的距离，是公园围墙，围墙上留下好几个带泥土的脚痕。

曹建军摇了摇头，这是为了避开监控吗？搞得这么累呀！

可是这段公园围墙的外边，紧邻的是"佳泰花苑"居民小区。

曹建军问警员："有带着电脑吗？"

"有！"一刑侦警员从腰包中掏出平板电脑，熟练地打开"云天网"。

倒退到屏幕显示时间为：2032.09.21，AM9:52；搜索到了朱安菲进厕所，随后三个男子也跟着进厕所……

AM10:13，三个男子揪着一个穿白色运动服的女子，推拉着翻过不高的围墙，女子倒在了地上，被男子拖起，朝着702号跑了进去！

"702号！包围！"郭华鸿大声地命令！

公安刑侦警员，国安和武警警员，瞬间就包围住了702号！

"不要伤到居民！"郭华鸿轻声地说着，率先进了楼内。

这是一幢五层无电梯的老式住宅建筑，每层六户。

曹建军带领着警员先直接冲到最高层，往下搜索。郭华鸿带着警员往上搜索,楼外有十来名武警包围着。

当地派出所出动了十余名民警,把附近看热闹的居民拦在远处。

只摸到二楼,郭华鸿就发现,一个灰黑的住户门内,有异常的声音!这是204室!

在门外听了一会儿,郭华鸿招手示意!一警员对着门锁就是一枪!一脚蹬开门,里面竟然射出了极细小的子弹,打在铁门框上的威力却是不小。

极细小的子弹仍在密集地射出!声音很轻,威力很猛,但明显不是受过训练的射击。郭华鸿示意,必须保护人质!但是又看不到人质的位置!

曹建军也是不慌不忙地,指挥直升机靠近204室的窗口,伺机动手。

房内射击声弱了一些,曹建军一个闪步,冲了进去!郭华鸿和警员也瞬间冲了进去!

地上掉落着几把手机式手枪和散落着极细小的弹壳。

一个家伙要跳窗,直升机上飞出一颗子弹,就将这家伙打落到楼下,蹬了一下,死了!

郭华鸿一把抱起菲菲,奔出房外,长长地呼了口气!

没有更大的动静,捕捉了两个男子,死了一个。

"收队!"

看了下时间——中午11:35。

第五十六章 车祸

朱俊逸和林雅琴、杨一方，三人像是热锅上的蚂蚁坐立不安。已经过去有一个小时了，一点消息都没有！

猛地手机响了，传来菲菲的声音："爸爸！我没事！"留下的是菲菲在电话那端的泣哭声！

朱俊逸大大的舒了口气！眼中滚动着泪珠……

杨一方看了下时间：11:38。

1小时10分钟！从收到视频，到菲菲被解救！心头总算是放下了揪心的担忧！

杨一方突然觉得，为什么要绑架菲菲？难道……

应该不会，爱琴湾山庄别墅小区，公安已经安排了警员，轮流值班守护着。

打开手机上的"云视频"，再次浏览察看着12幢周边……

猛然发现，在12幢的围墙外，又是有人影闪过，而且不止一人！这是杨一方第三次发现有人影了！

再调看室内：客厅里，安安在教妮妮画着水彩画，祥和安宁。

这墙外的人影到底是谁？要干什么？

当年安装在首长家及周边的监控系统，也仅限于12幢的围墙范围之内。杨一方心急着要想了解围墙外的动态情况。

商 谍

打电话给侯子华,告诉他爱琴湾山庄别墅小区内的情况。

侯子华没挂电话,随手调看"云天网",调整到爱琴湾山庄别墅小区及周边地区。

12幢别墅的东侧是梧桐山的山坡,翻过山坡是三洲田湖,又名三洲田水库。

可是,侯子华有些惊奇,三洲田水库的梧桐山脚下,竟然停泊着三条机动救生艇。

水库哪来的救生艇?这种装有雅马哈挂机的小艇是大轮船或是军舰上的救生配置!而且有三条?

继续搜寻,电脑屏幕上显示的标识发出"滴、滴"的警示音,是茂密的大树植物下有人!且是有不少的人在向12幢别墅方向移动!

侯子华立即向杨一方呼叫:"朱俊逸家会发生危险!立即出发!"

徐佩卿、侯子华穿上防弹衣!也命令刑侦队警员全部穿上防弹衣,全副武装。

直升机起飞,警车鸣叫着,向爱琴湾山庄方向出发。

徐大队长向武警通报了情况,并要求武警官兵调用船艇封锁三洲田水库,从水库向上包围梧桐山区域。

杨一方大惊失色!立即向首长报告了侯子华的来电内容,说了声:"我去家里了!"揣了一个小皮袋子挂在腰间就走。

朱俊逸更是吃惊,一波刚平,一波又起!急声喊住小杨,一定要一起去!

小杨劝阻不住,只能带着首长,一起出发!朱俊逸还没坐稳,车辆就如弩箭离弦,直窜了出去。

第五十六章 车祸

杨一方怕爱琴湾隧道堵车，从环梅路绕道到盐梅路沿海公路，打开双跳闪灯，发疯似的驰骋。

一路上见车避车，见人避人，揽胜车像是跳跃着！窜奔着的野马！电机的吼声夹着杨一方不停地鸣喇叭声，穿梭在公路上。

前面就快到爱琴湾了。

冷不防，从云水路一侧窜出一辆货柜大卡，一头拦腰撞在"揽胜"车的车腰。车速之快，根本不是杨一方能避让的！大卡车犹如大熊顶小兔，把"揽胜"车猛地撞顶在公路护栏上。

杨一方扭头看首长是否受伤，瞬间，又一辆货柜大卡不要命了地猛撞在"揽胜"车头！

前窗玻璃瞬时爆裂，玻璃碎粒四处飞溅，车身弯曲，车头已被严重撞烂！货柜大卡的车头几乎陷在了"揽胜"的车头里。

两侧前车门已经严重变形！杨一方反身爬到后座，死命地撞开变形了的后车门，抱起头上和手臂还流着血的首长，逃离车祸现场。

猛烈的一声巨响！瞬时火球冲天！黑烟滚滚！顶在"揽胜"车前的货柜大卡的油箱爆燃！火势迅速蔓延，瞬间裹挟了"揽胜"车。杨一方抱着首长，被火势气流冲倒在地上。

小杨发现，有几个五大三粗的家伙，要围上来，又被凶猛的火势吓了回去。

交警车、消防车、救护车，鸣着汽笛，风驰而来！

一架警用直升机从天而降！跳下来两位刑侦大队的警员，

快步跑向杨一方问:"伤着了没?徐大队长命令我们来接你们!"

朱俊逸给吓得不轻,朦胧中发现已是冲天大火。他费力地从地上站了起来,感觉自己没受多大伤。但一切发生得太快了,还不清楚到底是怎么回事。

杨一方挽着首长说:"警车先送您回公司休息,我去家里。"

朱俊逸动了动脖子和胳膊,只是擦破了表皮,仍是坚持要一起去爱琴湾别墅。

杨一方拗不过首长,一起上了直升机。

惊魂未定!杨一方为首长包扎着伤口。朱俊逸问小杨:"这是事故?还是蓄意谋杀?开车的逮住了吗?"

"是谋杀!哪有两辆车同时撞向我们的?这是疯了!"杨一方咬牙着说,"让公安部门去处理吧。撞车头的大卡车司机好像是被玻璃刺伤,人卡在了车内,出血不止的。而且从另一辆小车上下来有三四个家伙,是想要绑架您的架势!"

"昨天李斌在下班途中遭到几个家伙拦截,幸好刑侦警员动作迅速,抓捕了这几个混蛋。今天上午又发生绑架菲菲!被迅速解救了。绑匪是东馆什么武馆的梁什么?梁晓明指使的!下午又蓄谋制造交通事故,要致我俩于死地!而又同时向安安攻击!这帮匪徒真的是太丧心病狂了!就是为了要拿到电池技术资料吗?"朱俊逸仍是心有余悸地说。

"不过,敌人越是疯狂,越是说明敌人已经是黔驴技穷了。"杨一方反而有些泰然自若地回答。

第五十七章 爱琴湾山庄

整个爱琴湾山庄别墅小区已经被民警封锁。

杨一方扶着朱俊逸从直升机上下来,就看到徐佩卿大队长跑了过来。

徐佩卿拦住了杨一方说:"你俩不能进去!"

杨一方看了一眼徐大队长的手臂上裹着渗着血渍的纱布问:"怎么了?里面什么情况?"

"我们晚到了几分钟,安安和妮妮已经被匪徒押在房子里了!里面好像有七八个匪徒,而且武器也不错,现在是胶着的状态,武警部队已包围了12幢楼,整个小区也都被包围了!他们冲不出来!我们进不去!硬要进攻对人质不利!我们的任务是要保护解救人质!

"武警的谈判专家在与他们对话,匪徒领头的竟然是马雄!另外一个是长岛人!"

"啊?马雄?怎么可能呢?他怎么会充当长岛狗呢?"朱俊逸叫了起来,"我去问他,为什么要蹚这浑水?"

"你不能进去!都是穷凶极恶的武装匪徒!"徐佩卿严词不让,还叫了两名警员管着朱俊逸,急得朱俊逸双脚跳也没用!

"安安和妮妮她们好吗?"朱俊逸着急地问。

商谍

"现在是好的,好像他们也不是要伤害她俩,目的应该是绑架后要挟!"徐大队长一边回答朱总裁,一边却是发现杨一方不见了。

"这个混蛋!赤手空拳的,要去也得向我拿把枪呀!"徐佩卿边骂边往里跑。

不过徐佩卿明白,朱俊逸是文人一个,而杨一方毕竟是身经百战的军人。

12幢楼,沿着别墅围墙外,武警官兵和公安警员全都进入了战斗状态!

院子里,横竖地躺着两名匪徒,血已浸染了半个身子,都已经死了。刚才应该是发生过枪战了!

前厅的大门敞开着,一个肌肉发达,个子矮粗的家伙拿枪顶着安安的头部。

马雄一副不怕死的模样,一支手枪顶着妮妮的头部,身上还挂着一把CG67折叠式自动步枪。

安安和妮妮也是站着,但手脚都被胶带捆绑着!

大门内能看到还有五六个持枪的匪徒,个个如临大敌般地警觉着。

杨一方是最熟悉别墅结构的人,看到12幢楼的后面还有两个匪徒端着长枪,四处瞄着。

杨一方悄无声息地摸了过去,从袋子里摸出两片叶子般的小刀,飞了出去!

只听得笨重的倒地声。两个家伙就同时咽气了!脖子上汩汩地冒着鲜血!

第五十七章 爱琴湾山庄

杨一方从气窗进入到地下室，又从地下室上到客厅，在沙发后面匍匐着。这样能看到安安、妮妮和全部匪徒的背影，包括马雄在内，一共是八名匪徒。院子外还躺着两名。马雄竟然带了十名匪徒来绑架安安啊！杨一方冷叹了一下！想不通为什么马雄会突然成了长岛帮凶了？

一名武警官员，有点稳坐泰山的气势，大声与马雄说话："你们也走不出去，也打不赢！缴枪投降不就还能活吗？抓两个女子垫背算什么？"

马雄大声道："我也没想要伤害她俩呀！是长岛人绑架了我的女人！要我拿安安换呀！让我们出去，我保证不会伤害她俩的！"

"你的女人是谁呀？你不是没老婆的吗？"

"金诗娜！我的金诗娜被长岛黑帮关押着啦！我只能是押了安安换金诗娜啦！"

这名武警谈判专家不知道金诗娜是谁，退回墙边问。

侯子华握着狙击枪，转身告诉说："金诗娜是天琴湾酒吧的老板娘，两个月前去了长岛，是她女儿在长岛。可是听说今天上午已经回来了呀！你叫他问一下妮妮，是不是知道？"

谈判专家走近马雄说："马老板呀！你是上他们当了吧？你现在问一下你身边的女孩，她是否知道，金诗娜根本没事的，已经回深川了啦！"

马雄大吃一惊！赶紧扯下贴在妮妮嘴上的胶带，还没问，妮妮就哇啦哇啦地对着马雄骂开了："你是个混蛋！你封了胶布不让我说嘛！金诗娜现在应该已经到家了！什么谁谁绑

355

着她呀？你这混蛋是上当了啦！"

马雄僵着了！赶紧掏出手机试着拨打了金诗娜的电话！

电话那头传来了金诗娜气喘吁吁的声音："我刚刚进家，你就来电话了？你怎么了？为什么这么喘……"

声音还是那么熟悉，声音还是那么柔甜……

马雄一屁股跌坐在地上！

妮妮反应极快！趁着马雄跌倒的一刹那，撒腿就往外跑！

背后传来一声枪响！妮妮摇晃着身子，倒在了血泊中……

在完全重叠的时间内，两个匪徒也倒在了地上，两片刀子还插在匪徒的脖子上！

杨一方突然一声急叫！身子窜出，一把扯过了安安护在胸前，却是感觉背部钻心的疼痛！也倒在了地上！

围墙外的狙击枪开火！瞬间如点名一般，匪徒一个个倒下。

马雄还躺在地上，忽地仰天大喊一声："诗娜！你能在我坟前上炷香吗？"声音撕心裂肺。

一声枪响，马雄自尽了！

杨一方挣扎着，扑到妮妮身上，大声号叫，拼命摇动着妮妮，又晕了过去！

朱俊逸听见枪声，拼命地冲了进来，可是晚了！

只见安安扑倒在妮妮身上，拼命地叫喊着。杨一方倒在地上，背后已是一片血泊……

朱俊逸头昏目眩，跌倒在地上。

一个女子拼命地冲了进来！看到了倒在门厅外的马雄，扑了上去，哭声爆裂开来……

第五十七章 爱琴湾山庄

"不值得的呀！你不应该为我去死的呀！我不值你为我的呀……"

两位武警将金诗娜拉了起来。可是，一转身，金诗娜看到，在哭泣的安安身边，躺在血泊中的竟然是妮妮！

"啊！妮妮！"

凄惨的叫喊声，更是催人泪崩！

"为什么啊！我送走了明昌哥！为什么还要送马雄啊！妮妮……你是说好会陪伴我终身的啊！怎么也走了呀？为什么我身边的人都要急着离开我？是我犯了什么罪孽了……"

第五十八章 尾声

广栋东馆的鸿泰武馆，撞进来了几个家伙，气喘吁吁地边跑边喊叫着梁馆长。

梁晓明仍着一身中襟布褂，百纳麻鞋，但凌乱的头发和慌乱的神色，已没了往日的气焰。

"叫喊什么！爹妈死了？"梁晓明骂道，"没撞上朱俊逸的车？"

"撞上了！撞烂了……"

"朱俊逸人呢？"

"被杨一方救走了！"

"你们七个人，就眼睁睁地让一个杨一方救走了朱俊逸？不知道我要朱俊逸的人吗！"

"来了架直升机，是公安的……"

话还没说完，听到大门外传来一声巨响！伴随着嗡嗡嗡的直升机降落声。

鸿泰武馆的大门已被武警炸开，冲进来二三十名武警官兵，瞬间将梁晓明几人包围！

一个家伙伸手去拿枪支，一声枪声，这个家伙已是胸膛冒血，倒在了地上。

从直升机上下来的国安深川分局副局长赵之峰和十一处

第五十八章 尾声

的处长刘洁,一身武装戎服,酷炫霸气!

梁晓明已明白,渡边川三的一大堆的承诺,已是明日黄花!面对站在自己面前的两位国安官员,自知是死到临头了!

"梁晓明,是你指使绑架朱安菲的吗?"

"……是。"

"是你指使绑架李斌未遂的吗?"

"是。"

"是你指使撞朱俊逸车的吗?"

"是……"

"是你指使绑架朱瑞德未遂的吗?"

"朱瑞德?"

"朱俊逸的爸爸!"

"哦!他们说去了后发现家中没人……没绑架。"

国安在梁晓明的客厅侧间,查获了一套手机量子通信基站,一张五千万元的现金支票和不少的枪支弹药。

鸿泰武馆再次被公安局贴上了封条。2019年打黑除恶专项整治中武馆也曾被封过。

爱琴湾山庄别墅,救护车风驰着把还尚存一丝气息的杨一方送到武警医院抢救。

妮妮没了心跳呼吸。

马雄没了心跳呼吸。

等林雅琴获知消息,赶到爱琴湾山庄别墅,徐佩卿、侯子华等警员已将朱俊逸、安安和金诗娜扶送上车,暂且安排去宾馆休息。

商谍

面对着血迹斑驳的地面，一片狼藉的客厅和院子，小林也是唏嘘落泪了！

国安的直升机，载着赵之峰和刘洁，从鸿泰武馆起飞，直接降落在瑞德办公大楼前。

办公大楼下已经到了的国安和公安的警员，站守在主要的进出口通道。

赵副局长和刘洁处长，带着两个国安警员，径直上电梯，直接到了集团总经理办公室，推门进去。

胡敬平正坐在办公桌前忙着什么，猛然发现赵副局长推门进来，一慌神，把自己的茶杯碰倒了，茶水洒了一桌面！

"啊呀呀！赵局刘处呀！请坐请坐！找我有事吗？"胡敬平一边招呼着，一边用纸巾揩吸着打翻的茶水。可是，仍没能掩饰内心的慌乱！

赵之峰不善于打哈哈，直截了当地说："胡总经理，你应该知道我们来找你是什么事的吧？"边说边是直接坐在了胡敬平的大班皮椅上了。

看这架势，胡敬平额头已渗出了汗珠！脑子里转动着应对的方法，结果却是最笨的一个字：逃！胡敬平动作极快，一个转身，拉开办公室门，却被两个全副武装的国安警员的手枪顶了回来！

赵副局长看着胡敬平的一举一动，心里着实发笑，问："胡总经理，你这是要逃跑吗？"

"不！不是！我这是要为二位领导去泡茶呢！"胡敬平倒是真的圆滑之极！

360

第五十八章 尾声

"不用客气,胡总经理请坐吧!"

赵之峰指了指桌前的椅子,这是来客或是属下来办公室与总经理谈事的座椅。"今天,我们换个座位呵!"赵副局长皮笑肉不笑地说。

岂有此理!按往常,胡敬平一定是要火冒三丈的了!可是今天……胡敬平冷不丁地哆嗦了一下!我这是要末日来临了!

刘洁坐在赵副局长的一侧,从包里抽出平板电脑,打开了录音录像。

胡敬平脸色苍白!两只手抖动着拼在了一起,像是已经上了手铐。

"姓名!"

"……"

"姓名!听到我在问话吗?"

赵副局长用笔敲了敲桌子。

"……胡敬平。"

"底气很足嘛!一输就是四千万元?认识郑田君吗?"赵副局长问。

胡敬平一下子彻底心凉了!

"认…认识……"胡敬平嘟哝着回答。

"郑田君和小田一郎已被逮捕了!胡敬平!你有要交代的吗?"赵副局长口气咄咄逼人。

"我……我没办法呀!郑田君他们是黑龙帮的,如果我不提供 CHL32 资料,他们会杀了我和我父母、我老婆的呀!"胡敬平颤抖着。

刘洁将平板电脑的投影显示在墙上。投影中一帧帧的照

片,显示了胡敬平在百利 VIP 室内豪赌;

美子在胡敬平的客房门外和胡敬平开门后让美子进房间;

胡敬平正在办公室用手机翻拍着电脑上的资料;

胡敬平在去濠江的磁悬浮列车上;

在濠江威尼酒店,与郑田君、小田一郎在咖啡厅,胡敬平递给郑田君一厚叠的资料;

在胡敬平家门口,郑田君和小田一郎;

在胡敬平的办公室内,胡敬平用"视网膜解译镜相机"翻拍着新工厂平面图;

胡敬平目瞪口呆地看着这些投影上的照片,傻傻地抬头看着自己再也熟悉不过的办公室的墙上,头顶上,也没找到一只监控摄像头!

我其实一直是活在国安的全方位监控下?我的一举一动一直都是在国安的严密掌控中?

胡敬平整个身子都垮下来了,突然又抬起头来问:"我给的 LHC32 资料是不全的!是没有防爆燃技术的!这能减轻罪孽吗?"

刘洁抿嘴嘲笑了一下。

赵之峰心里更觉厌恶!现在想到要恕罪了?要想着减轻刑罚了?这个没骨气的卖国贼!癞皮狗!

"胡敬平!告诉你!你电脑中的所谓'LHC32 技术工艺资料汇编',全部都是假的,是经我们国安局技术处重新编撰的假的资料!包括你翻拍的新工厂平面设计图、车间布局图。"

"那……那……我是不是没有造成国家绝密文件流失呢?我是不是不算是犯罪呢?我……"胡敬平突然像是打了

第五十八章 尾声

鸡血似的兴奋起来!

"呵!没有国家安全局的布控,国家机密情报早被你这种卖国贼偷空啦!还不算犯罪?"赵副局长气愤地拍桌站立了起来!

警方将没了哭声、一语不发的金诗娜送回家。

金诗娜身上沾染着马雄的血迹,沾染着妮妮的血渍,也不清洗一下,也不换了脏衣服,身子靠墙,呆呆地坐在地板上。

家,孤独一人;

女儿,远在他乡!

明昌哥为了我能过上好日子,为我而死!

马雄为了保护我,为我而死!

妮妮说好会陪伴着我的,也是先离开了我!

为什么我身边的人,都会死了呢?都是为我而死的!

是我的错!一定是我的错!

我错在哪里?

我错在容貌!

红颜祸水?

是我的容貌害了明昌哥!

是我的容貌害了马雄!

……

金诗娜从地上弹起!奔到厨房,拿了一柄小刀,猛地在自己脸上疯了似的划着!一刀、两刀、三刀……

血,顺着脸颊滑落!

金诗娜仰天长叹,晕倒在了地上……

商谍

　　俊逸和安安疲倦不堪，有林雅琴陪伴着，在宾馆里休息了一会儿，略有好转。

　　朱俊逸心里惦记着杨一方，在武警警员的陪同下，急着先去了武警医院。

　　林雅琴陪着安安，回家去看了看。

　　爱琴湾山庄别墅12幢，虽然经过警员清扫，已冲洗了血迹。但一进家门，仍是一股浓浓的血腥味，挥之不去！

　　保姆刘阿姨拼死不让梁百志搬走电脑，倒在了这里。

　　匪徒开枪，妮妮死在了这里。

　　马雄为了能救赎金诗娜，在这里自尽了。

　　杨一方为了保护我，用身体挡住了匪徒的子弹，生死未卜。

　　将近有七八个匪徒死在了这里。

　　血腥如何能挥去？

　　安安的脑海里突然浮现出两个字：凶宅！

　　一把拖住林雅琴！安安说："我们不进去了！这个屋子不要了！我们先去租个房子后再作打算吧！"

　　朱俊逸跌跌撞撞地走到武警医院，刚见杨一方被推出手术室进入病房。

　　主刀医师告诉朱俊逸："一颗子弹穿进左心房！同时损伤了肺动脉，造成肺动脉破裂！大量出血！按常人的体质，是没办法救了！好在杨一方有着惊人的体质和意志力！手术应该很成功！另外，我们在杨一方的肺部，发现了另一颗弹头，扎在肺部已有七八年了！如果是常人，应该是咳嗽不止，疼痛难忍的！这次手术中，我们也把这颗子弹取出来了！"

　　朱俊逸的脸上，终于露出了一丝难堪的微笑。

第五十九章 军方来访

今天是 12 月 31 日,2032 年的最后一天。

一早,朱俊逸和闵东海、林雅琴,在办公楼下迎候军方来客。

前后五辆军牌车一辆接着一辆停在了大楼前。

军需装备部部长姜增明一身将服,从车上下来,先是点了支烟,微笑着和朱总裁、小林握手。

陆续又从几辆车上下来了杜明杰少将、卢新宇少校,也是军衔戎服,挺拔帅气!

八五工厂总工程师周晓亮院士和 608 研究所总工程师何一凡,则是身穿无军衔的绿呢军服。军方内部有一打趣的说法,没军衔的官职大过有任何军衔的。

闵东海悄声地问俊逸:"今天的排场是有些大哦?"

朱俊逸轻声说:"下午军方是有军事演习,上午说了是过来坐坐的。"

正说着,又驶进了一辆看不出有什么不同,但是感觉就是不同的小号牌军车,杜明杰跑步上去,一个立正敬礼,拉开车门。

车上下来一位穿着便服的老者,头发已是花白,但精神依然抖擞!卢新宇悄声告诉朱俊逸,这位是副总参谋长崔志强上将!

朱俊逸快步上前,握紧崔老双手,说了声:"将军好!路上辛苦!"

崔老却是爽朗地笑了:"朱总裁吧?是姜增明把你'教唆'坏了吧?哈哈!又不是在军队,你们可以叫我老崔或者崔老,反正这个姓读起来就不怎么好听,摧枯拉朽啦!哈哈!"

姜部长在一旁也笑了:"没办法,不好总是我教的,好的都归咱崔老吧!哈哈!"

林雅琴却是大胆地凑了过来说:"哪能是崔老,根本不老的嘛!"

崔志强哈哈笑了起来:"哎哟哟!朱总裁教育的秘书就是嘴甜呢!会哄人开心呢!你是小林吧?"把林雅琴也逗笑了。

"后面这位躲着的是东海电机大老板吧?怎么?怕我这个老头子啊?哈哈!"一句话把闵东海羞得无地自容,赶紧上前,躬身握手。

众人都少了些紧张,多了些轻松。

林雅琴请各位首长在接待室落座,李斌、张长根、李易峰也一起落座。

崔老看到姜增明仍是支着香烟,不满地说:"嘿!这里是小姜你的家呀?也可以抽烟吗?"

姜部长笑得差点喷出了刚喝了一口的茶水!连忙抽出烟,又为崔老点着了,说:"自己不带烟还禁止别人抽烟呀?哈哈!"

大家都觉得这老头平易近人!都跟着笑了!

第五十九章 军方来访

只有一个人没笑,在崔老进接待室时,笔挺地站立着,敬了个军礼,又笔挺地站着了。

坐下的崔老看着杨一方,突地站了起来,走到小杨面前,两手抓住杨一方的双肩,摇着肩问:"你是杨一方吗?是猎豹旅的小杨?"

"是!旅长好!"一个标准军礼。

"啊呀呀,我的小杨呀!"崔老竟是一把抱住了杨一方,老泪纵横!

众人都很惊诧,他俩竟是战友?

杨一方扶着崔老坐到座位上,自己仍是退回到会议室门口。

"你怎么会在这里?"崔老问。

"报告旅长,我受伤后退役,在这里工作。"杨一方言简意赅。

"这些混蛋!我找了你好久啊。好吧,好吧,我们待会再谈吧。"崔老好像是在回忆那次的战斗,心情明显有些沉重。

姜部长看着崔老,也不能出声。

"是我遇上战友了!而且是我的救命恩人!哦哦,不谈这些事了。小杨你也坐嘛。"崔老指着座位说。

待气氛恢复平静,姜增明先开口说话:"新瑞德和新东海正式开始生产已经有三个月了吧?厂房建造、正式生产、产品升级,都比我们预计的要好!你们辛苦了!我代表军方,向你们在座的和所有员工表示感谢!

我们也了解到发生了一些麻烦事情,暴露出了我们内部的几个内贼,也暴露出了境外敌对势力对我军新技术的窥窃

商谍

之心。是坏事,也是好事!我们仍然需要扎紧篱笆!

"今天,我们是来邀请新瑞德和新东海的技术和管理层人员,一起观摩我们军方将进行的第二次电能动力的演习,这次的演习是对电能动力的一次检验。有装甲坦克,有艇舰,还有战斗机种参与。

"演习将是检验电能动力系统在替代了燃油动力系统后的性能表现。时间是下午三点到达现场,我们中午十二点前要起飞,乘坐我们军方的飞机,时间上有些仓促,但也不能事先通知,请各位能够理解。"

"好啊!"技术首席总监李斌兴奋地说,"我们也能检验一下自己的产品效果!"

"这次演习中的动力电池,全部来自新瑞德升级后的产品!而演习中的动力电机,则全部来自新东海的永磁变频磁悬式电机!"杜明杰兴奋地补充说。

姜部长看了一下崔老。

崔老笑了笑说:"其实今天没我什么事的,是小姜,哦,姜部长他们说来,就顺便带我来了。不过,我也是想看看,咱们这两家不是军工厂的军工厂。"

接待室里发出了轻松的笑声。

"我国的军事装备,只是在二十年前才开始大幅度起步,今年下水服役了第六艘航空母舰!这是国家的经济实力提升了,才能在军事装备上有钱投入。

"可是,这些年我们在燃油动力引擎方面投入了不少的研究,虽然有很大的性能提升,但仍然落后于几个发达国家,这主要是指航空动力!特别是军用飞机!

第五十九章 军方来访

"国防武器装备的升级不等人哦！别人在我们的家门口虎视眈眈着呢！

"燃料动力系统我们落后于别人，我们就弯道超车。采用电机动力，电机动力需要足够的电池供电，我们就在动力电池上攻克。今天下午，我们就可以看到这个成果的检验结论！

"这些是你们的努力取得的成绩，也是我们军地企业一起合作的成绩。我为此感到高兴！

"七年前吧，我当时带着我们的猎豹旅，去中东执行任务。是去救出被雇佣军围困的中国科学家。救援任务还算顺利，可是当要回程时，我们的飞机燃油不够了！这是因为我们在寻找三名科学家的过程中，盘旋的时间大大超出了总航程了。这样，我们三十名战士就要弃机步行八十多公里，到海边乘船回来。

"雇佣军人数多于我们三倍，且武器精良！我们的任务首先是要保护好三名科学家。我们边战边退，到了海边码头，我们已经死伤了一半的战士！惨烈呀！我在将要到达码头前，被敌方的炮弹击中，是小杨扑倒在了我的身上！结果，炮弹就在杨一方身上炸开了！

"我被其他几个战友拖着背着上了船，而小杨却是生死未卜！没有上船！这是我在军中生涯最失败的一次战斗了！我和杨一方出多少次的任务，没有像这次这样惨烈的！

"我们一直在寻找死伤的战友，我也一直怀念着自己的战士，今天竟然是在这里找到了小杨，遇上了小杨！"崔老说着，泪眼婆娑地，深情地看着杨一方。

"杨一方是我们猎豹旅的英雄!是国家的英雄!"崔老又补充了一句。

朱俊逸也是从没听杨一方说过以前的经历,自嘲着摇了摇头……

崔老继续说:"其实问题出在我们的军用飞机航程短。我们现在的电能动力飞机,设计航程已是燃油动力飞机的五倍了!这是多么重要的进步啊!而且我们的飞机航速也大大超越了燃油动力飞机!我真的是要感谢在座的新瑞德、新东海的付出呀!国家强大了,人民的生活才会幸福!"崔老说得有些激动!

"好啦,人老了话就多了,还是看看我们的新工厂吧!"

崔老喝了口茶,又看了一眼姜增明。姜部长笑着说:"这是你不好哦,听你说故事听着迷了,忘记吸烟了呢。"笑呵呵地过来敬烟。

朱俊逸拍了下脑袋!赶紧叫林雅琴去拿了包"中南海"来,这还是姜部长送的特种烟呢。崔老却客气地推辞着说:"是老婆子不让我抽啦,所以口袋里没有烟了,哈哈!"

林雅琴打趣道:"将军也怕老婆的呀?"说着自己先笑了。

"唉!没办法呀!老婆大人是我家的领导呢!哈哈!"

参观工厂时间较长,一行人便上到八楼露台,俯视着下面的新厂房:崭新、雄伟、壮观,一望无际!

卢新宇指着远处,为崔老介绍着工厂的情况,每个区域的生产流程、各自的特点和产能。

"你们说很大?大吗?我看是小了!姜增明就是太抠!这用不了两年,瑞德的小了,东海的更小!我看还得扩!"

第五十九章 军方来访

站在崔老边上的姜部长,认真地向崔老解释着什么。

因下午时间较紧,一行人简单地在瑞德食堂的小餐厅中吃了些简餐。

崔老拉着杨一方,坐在他的身边,两人从开始到结束,一直在说话。只是杨一方时不时地看一下首长,面露难色。

结束时,崔老拉着朱俊逸的手,轻声说:"我是想让小杨归队的,可是小杨认为瑞德需要他,你也需要他。好吧,我就把杨一方留在你身边了。朱总裁,拜托你照顾他了!"

午饭后,一行人乘上军方的车辆,去了军用机场。

商谍

第六十章 又是过年

2033年1月30日,今天是大年夜。

瑞德集团的军需订单和民品订单都排满了,春节只能安排三天假期了。

这样一来,今年过年是回不了尚海了。和安安一商量,请尚海的家人一起来深川过年是最合适的了。

菲菲放寒假了,带着爷爷一起来深川。老爷子听说俊逸出了好多事,甚至涉嫌绑架菲菲,一直是放心不下。

郭俊、郭涵趁着节日假期,已经从南洲回尚海了。一说起菲菲和外公要去深川,开心还来不及呢!

俊涵犯愁了,两个儿子好久没回家了,一回来就要一起去深川过年。一家子全都在深川过年,当然好啦!问题是如果老郭请不了假呢?

郭华鸿清楚俊逸那边的事,不说是惊天动地,也是惊心动魄的了!去看望一下小舅子,也是他日思夜想的事。大过年的,公安系统是最忙的。华鸿也是费了不少口舌,总算是申请了几天假,也一起来深川了。

陈伟成一听说俊逸全家都在深川过年,闵东海竟也是不回尚海,也赶来深川凑热闹了。

一家八口人,加上闵东海夫妻和胖子,齐聚深川,欢天

第六十章 又是过年

喜地地在一起过年,这把安安高兴坏了!欢乐得手舞足蹈!

安安忙着,又想起刘阿姨、妮妮了,她们在的话,那该多好。

好在俊涵姐在,林雅琴也来帮忙。

安安不愿再去爱琴湾山庄住,租的房子也足够大,足够舒适,人多就更热闹了。

自从妮妮去世,杨一方像是换了个人似的,更加沉默寡言了。谁都想安慰他,谁都没有更好的语言能安慰他,他只是默默地帮忙。安安看着,也只有心疼。

忽然想起,金诗娜也是一个人在家,冷冷凄凄的!安安急忙叫雅琴、小杨去接金诗娜,来一起过年。

过了半个多小时,两个人回来了。看着他们垂头丧气的模样,安安问:"诗娜不在家?"

雅琴没开口竟先流泪了,说:"金诗娜在马雄、妮妮死后,当天就绝望地在自己脸上割了好几道口子!伤口是愈合了,却留下了好几条疤痕!"

"啊!"安安大惊失色!"她为啥要自残呀?"

"她坚持认为,是她的容貌害了周明昌,又害了马雄……她说她是红颜祸水……"林雅琴伤感地说。

"啊呀……是我不好!这段时间,我忙着去小杨的医院,忙着租房、整理房间、买这买那的,竟没去看望诗娜!把她冷落了!我没想到,妮妮没了,没人陪伴她了!

"诗娜去长岛前,是将妮妮交给我的。可是,诗娜回来了,妮妮却没了!"

安安伤感至极!

停下厨房的琐事,安安在书房里用厚纸板裱上白纸,默

商谍

默地做了五个牌位,白纸黑字,分别工整地写上:刘小妹(刘阿姨)、蒋欣妮(妮妮)、徐佩琪。

另外两个牌位,安安举笔难书……

马雄?周明昌?

还是空着吧!

她找出了香烛纸钱,来到客厅。

家人都聚在客厅里聊着天,气氛热烈。大家猛然看到安安抱着几个牌位,大吃一惊,一下子全都哑声了!

安安默默地放好牌位,前排三位,后排两位。但后排两位竟是空白的。

郭华、郭鸿、菲菲都轻声嘀咕着,不明所以。

俊逸明白,闵东海明白,杨一方明白,华鸿也明白,这两个空白牌位,应该是谁。

杨一方激动得很,在大年夜晚饭前,他的家乡每家每户会先祭奠逝去的先人。而今天的牌位上,有着妮妮,是杨一方心中惦记的妮妮,是他默默爱着的妮妮!可是她却不在了!他眼眶湿润地注视着嫂子,心中感谢之情,油然而生!

安安轻轻地放好果盘和香炉,点上蜡烛。

朱俊逸先是焚香祭拜,有多少感慨!默默地化为烟雾,缭绕在心中……

杨一方泪流满面!拜跪在地上,抽泣着,轻声呼唤着:"妮妮!我对不住你!"平时看似强硬的汉子,竟是柔情万千!

众人静静地祭奠在牌位上有姓有名的亲人。

待大家上完香,俊逸又点上三支香,再次叩头。

第六十章 又是过年

朱俊逸站在阳台上,冷风吹拂。

看着远处灯光璀璨,楼下车水马龙,一派祥和喜庆的过年景象。朱俊逸点了支烟,狠狠地吸了一口!

这一年,2032年,真的是惊心动魄的一年啊!

抬头仰望着星空,他心中感慨万千!他一直认为自己拥有强有力的技术和管理团队!可是……

周明昌?是为了爱?

马雄?是为了情?

而令人憎恨的叶明,难道是为了性?

可是胡敬平是为了什么呢?为了财?还是自己作死?要坐15年的牢狱!

徐佩琪?

武警战士?

他们为了祖国的利益,牺牲了年轻的生命!

那么刘阿姨呢?妮妮呢?是为了我?是的!是我害了她们!

还有,林雅琴重伤,杨一方重伤……

朱俊逸的心情沉重。一切都发生在这一年啊!

为了祖国的强盛,为了国防科技事业的发展,为了国防建设,也是为了瑞德,在这一年内,竟前后牺牲了这么多亲人!

远处大厦墙体上的大屏幕,闪耀着几个大字:

祖国万岁!

新年快乐!